我、六道を懼れず【立国篇】(上)

真田昌幸 連戦記

海道龍一朗

PHP
文芸文庫

○本表紙デザイン＋ロゴ＝川上成夫

我、六道を懼れず【立国篇】（上）　真田昌幸　連戦記　目次

本文絵図——山下正人

〔下巻目次〕

我、六道を懼れず【立国篇】（上）

真田昌幸　連戦記

破

上野の冬空は、どこまでも高く澄み、光が硬い。

天険の峻峰、岩櫃山の尾根に造られた牙城に立ち、真田昌幸は眩しそうに晴れわたった蒼天を見上げる。それから、ゆっくりと眼を閉じ、しんと冷えた大気を吸い込む。

――真田の里よりも、少し乾いた薫りがするか。そのせいで降り注ぐ光が硬く感ぜられるのやもしれぬ。されど、山間から頭上に開かれた空は小県と同じく、どこまでも広大だ。

昌幸はまばゆい空の広さを確かめるために再び眼を開けた。

藍に限りなく近い縹色の天蓋は、人に不思議な感慨を与える深みを持っている。そのため、先ほどから奇妙な既視感にとらわれ、胸の奥が疼いていた。

それはまるで「母親の胎内からこの景色を見ていたことがある」という理屈では表わしがたい郷愁のようなものだった。あるいは「前世にここへ来たことがあるのかもしれない」、そんなことを思ってしまうような摩訶不思議な感覚。風景の中に張りつめた大気の絶え間ない揺らぎと己の魂魄の震えが、完全に同調していた。

確かに、ここは真田の里と同じ面影を持っているような気がする。眼下を眺めわたせば、神川と同じように荒々しく蛇行する吾妻川が見えた。

岩櫃城はその西岸に位置し、尾根の中腹から居館と呼ばれる本丸、二ノ丸、中城が梯郭をなし、北東の裾には天狗丸という出丸がある。さらに北側へ行けば、支城として造られた柳沢城があり、東の吾妻街道から不動沢という渓谷伝いに続く隘路でしか行けない盆地の集落へと繋がっていた。この平沢という集落にも数条の沢が流れており、これが水堀の役目を果たしている。

岩櫃城は単なる山城ではなく、平沢、柳沢城、天狗丸などを含めて里全体に壮大な縄張りがなされた城だった。

――松尾の本城もそうだが、いかにも父上が好みそうな岩峰に城を造ってある。西上野を攻略するにあたり、父上がここを本拠と定めた意味が今さらながらよくわかった。

昌幸は北東の柳沢城から南側に眼を移す。その視線の先には、榛名富士が悠然と聳え立っていた。

真田館も山々に囲まれた盆地に築かれ、山頂の松尾本城や砥石城といった難攻の城を配し、里全体で攻守を考えるという仕立てがなされている。神川をはじめとする大小の河や沢を水堀に見立て、いざとなれば段丘に広がる耕作地も柵打ちによって土塁の役目を果たすように造られていた。それらすべては武田の信濃先方衆となった父の真田幸隆が構想し、上杉謙信と越後勢が進攻してきても耐えられるように縄張りをされていた。

その父は北信濃進攻に目処を付けた後、休む間もなく上野先方衆となり、箕輪城の奪取を目指した。その本拠となったのが岩櫃城であり、父だけではなく、同じように西上野制覇の役目を担った長兄の信綱と仲兄の昌輝も長らく居留している。

もちろん、昌幸も信玄の使番として訪れたことはあるが、周囲の地勢から城の隅々までを検分したのは、今回が初めてだった。

――再び上野へ進攻するため、真田の惣領を嗣いだこの身が岩櫃城を本拠とせねばならぬのは、やはり、因縁が巡ったということか。父上や兄者たちの想いがまだ漂っている、この城を戦いの拠所とできるならば本望だ。

そう思いながら、昌幸はもう一度大きく息を吸う。

父に上野の進攻を託した主君の武田信玄はすでに身罷り、その後を追うように幸隆も一年後に亡くなった。続く長篠の一戦で武田勢が織田信長に大敗し、二人の兄までが討死してしまった。まだ完全に心の傷が癒えていない昌幸にとっては、そうした苦い記憶と否応なく繋がってしまう場所だった。

そして、冬の大気は、どこか哀しみに似たような薫りを含んでいる。それが人を逃れがたい感傷へと誘うのかもしれない。

「御大将……」

背後から呼びかけたのは、昌幸の副将を務めてきた河原綱家である。

「……ご思案中のところ、申し訳ござりませぬ」

綱家の脇には騎馬頭の深井三弥、物見頭の禰津利直、足軽頭の宮下孫兵衛たちが控えていた。いずれの者も昌幸が侍大将になってから、ずっと付き従ってきた家臣だった。

「そろそろ、評定の刻限となりまする。大広間に皆様方がお揃いになっておりまする。その前に、内々、お耳に入れたきことがあると、矢沢殿が申されておりました」

綱家の報告を聞いた昌幸は微かに眉をひそめて訊く。

「さようか。頼綱殿はいずこにおられる？」

「控えの間にござりまする」

「では、叔父上と内緒の話をしてから評定に臨むとするか」

昌幸は薄く笑いながら居館の中へ向かった。

控えの間で待っている矢沢頼綱は父の実弟であり、信濃に続いて上野先方衆となって幸隆と共に転戦を重ねてきた。岩櫃城を攻略してからは城代を務め、この吾妻郡をはじめとして上野の情勢を熟知していた。

昌幸にとっては最も信頼できる身内の一人であり、上野の仕置になくてはならない存在だった。

「叔父上、お待たせいたしました」

「これはこれは、惣領殿」

満面の笑みを浮かべて矢沢頼綱が立ち上がる。

その後ろで、つられるように若い武将も立ち上がった。面立ちのそっくりな息子、矢沢頼康である。

「吾妻の衆も皆、勢揃いし、お待ちかねにござりまするぞ。されど、その前に、お耳に入れておきたいことがありましてな。ちと、御免」

矢沢頼綱は昌幸に歩み寄り、何事かを耳打ちする。

「……うむ。なるほど」

小刻みに頷く昌幸に、今年で齢六十二となる頼綱は老獪な笑みを見せる。

「同じ滋野の一族とはいえ、皆が同じ方角を向いているとは限りませぬ。それぞれ、考えていることは違いましょうぞ。今の立場然り、各々の栄枯盛衰も然り」

「わかりました。気を配っておきまする」

「昌幸殿、この倅をお側に置いていただけませぬか。これは儂と同じくらい周囲の事情を知っておりますゆえ、少しは役に立ちましょう。上野のことならば、何なりとお訊ねくださりませ」

頼綱は息子の背を叩き、前へ出す。

「お久しゅうございまする。……長きにわたる無沙汰をしておりました」

矢沢頼康は深々と頭を下げた。

「三十郎、久しいな。今年でいくつになった？」

昌幸の問いに、矢沢頼康は少し頬を紅潮させながら答える。

「二十七にございまする」

「もう、さような歳になっていたか。すっかり大人びて、面構えが百戦錬磨の親爺殿に似てきたようだな」

「いえ、そんなことは……」

「上野のことも色々と詳しく聞きたいゆえ、それがしの側に付いてくれるか」

「是非もなく。よろしくお願いいたしまする」

「こちらこそ、よろしく頼む」

昌幸は直立不動になった従兄弟の肩を叩く。

それから、家臣たちの方へ向き直り、素早く命を下す。

「利直、そなたは清開坊とお久根を呼び、修験僧と歩巫女たちを集めるよう伝えてくれ」

「承知いたしました」

物見頭の禰津利直が小さく頭を下げる。

「その後のことは、頼むぞ」

「はっ。草の者たちの配置を改め、とりあえず吾妻街道、信州街道、三国街道の辺りに物見を出しておきまする」

「うむ、それでよかろう。三弥、間もなく出浦殿が古府中から到着するはずだ。そなたが郷原の辺りまで出迎えに行き、利直に繋いで今後のことを相談しておいてくれ」

「承知いたしました。すぐに向かいまする」

深井三弥は一礼してから、素早く踵を返す。

「孫兵衛、そなたは足軽たちを連れ、柳沢城と平沢を散歩してまいれ」

「御大将、散歩だけでよいので？」

足軽頭の宮下孫兵衛は意味ありげな笑顔で訊く。

「ああ、今のところはまだな。少々、邪険にされても、村人とは仲良くしておけ。喧嘩したりするなよ」

「畏まりましてござりまする」

「綱家と頼康は評定に加わってくれ。では、叔父上、参りましょうか」

「参りましょうぞ、惣領殿」

矢沢頼綱は手際の良い昌幸の采配に眼を細めて頷いた。

「皆の面構えが愉しみだ」

昌幸は掌に拳を打ちつけ、家臣たちと共に評定の場へ向かう。

大広間に入ると、海野幸光と輝幸の兄弟をはじめとする吾妻衆が勢揃いしていた。

一同の視線が集まる中、昌幸は泰然とした所作で大上座につく。ほとんどの者が己よりも歳嵩であったが、何の物怖じも感じない。これまで古府中の躑躅ヶ崎館で、親子ほども歳の離れた上輩たちを相手に過ごしてきた成果だった。

それよりも居並ぶ家臣たちの顔に心なしか緊張の色が見てとれる。

「皆、待たせたな。これより評定を始める」

昌幸は落ち着いた声で言い渡す。

「はっ」

一同は両膝に手を置き、頭を垂れた。

その様子をゆっくりと見回してから、昌幸は言葉を続ける。

「こたび、それがしは御屋形様の御下命を受け、上野の仕置をいたすことになった。東上野を蚕食している北條を成敗し、所領として安堵する先方衆に、そなたら吾妻衆を含めた真田の一門が抜擢されたのだ。申すまでもなく、父上が上野先方衆となる前から、この吾妻を含めた西上野はわれら滋野一族にとって切っても切れぬ縁がある。真田家にとっても、ここは特別な地だ。そして、本来ならば、兄の信綱がここに座し、そなたらとこの話をしているはずであった。ところが、わが兄二人は長篠で不慮の討死をいたし、急遽、若輩のこの身が真田を嗣ぐことに決まった。それゆえ、そなたらにとって、まだ頼りない惣領であることは重々承知している。されど、父上が本拠と定めたこの城を足場として上野の新たな仕置に向かうことを、それがしは誰よりも誇らしく思うておる。皆にもそれぞれ思うところはあろうが、これまでと変わらぬ助力を賜りたい。どうか、よろしくお願いいたす」

昌幸は何の外連もなく口上を述べ、深々と頭を下げた。

意外にも謙虚な新しい惣領の態度に、一同の間から微かなどよめきが上がる。ほとんどの者が驚いて隣の者と顔を見合わせ、それから、慌てて頭を下げた。

「しかれども、身内の遺徳を偲ぶ気分にいつまでも浸っておられるほど、北條は生易しい相手ではあるまい。今こうしている間も、上野の東側から厩橋城と箕輪城を虎視眈々と狙うているであろう。われらが北條と対決するには、まず吾妻から北と東にある三国街道の拠点を押さえねばならぬと考える。そのために如何なる策が必要となるか、是非に皆の腹蔵なき意見を聞きたい。各々、忌憚なく己が考えを述べてくれ」

昌幸は伝えたいことを簡潔に述べ、顎を引いて半眼の相となる。

後見人となった矢沢頼綱は、その様子を見ながら満足げに頷いていた。

吾妻衆筆頭の海野幸光と輝幸の兄弟は、感情を押し殺した面持ちで新しい真田の惣領を見つめる。他の者たちは「誰が口火を切るのか」と息を詰めるようにして場の様子を窺っていた。

――いきなり肚の裡を見せろと言われても、すぐにさらけ出せる者などおるまい。されど、それでよい。一筋縄でいかぬ者たちが揃っていればいるほど、それが結束すれば真田一門の力は強くなる。主従の契りというものは、それなりの時をかけねば深まらぬものであろう。

微かな笑みを浮かべ、昌幸は一同を見渡す。

なかなかの面構えが揃っている。しかし、そのすべてが忠誠を秘めているというわけでもなさそうだ。

――ここに座り、やっと父上と兄者の跡を、真田を嗣いだのだという実感が湧いてきた。

皮肉にも、己は大切な人々のほとんどを失うことでしか、真田の名跡に戻れなかった。

――武田家に忠を尽くし、真田一統を守るためならば、もう手段など選ばぬ。

その決意を胸に秘め、すべてを背負わねばならぬ重責をひしひしと感じながら、西上野吾妻郡の岩櫃城にいた。

暦は天正七年（一五七九）一月、昌幸は己の生様を問われる齢三十三となっていた。

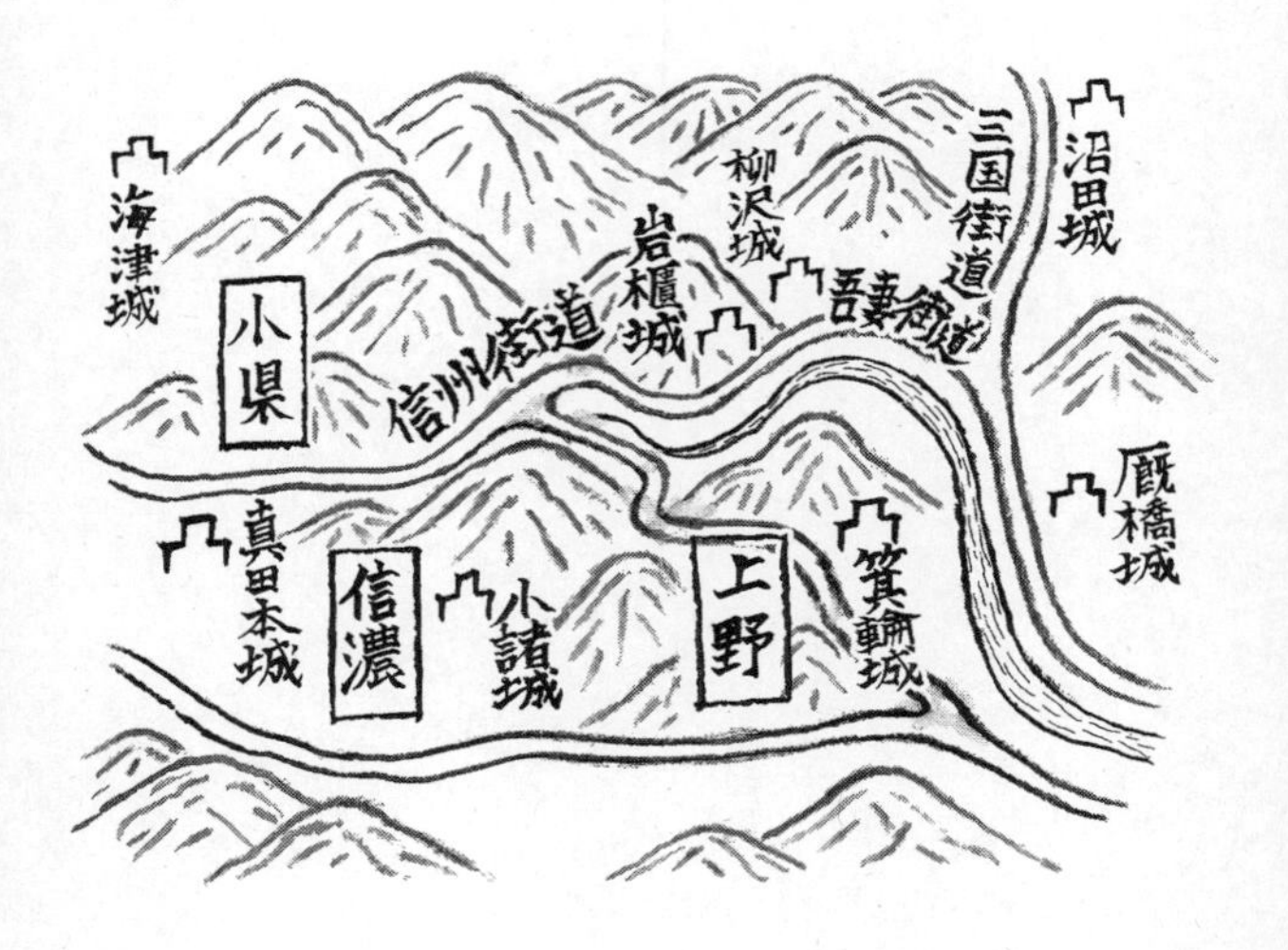
沼田城
三国街道
柳沢城
岩櫃城
吾妻街道
信州街道
海津城
小県
厩橋城
真田本城
信濃
小諸城
上野
箕輪城

第一道 立身

岩櫃城に赴く半年ほど前、昌幸は古府中の躑躅ヶ崎館で主君の武田勝頼と向き合っていた。

勝頼の脇には、奥近習の上輩だった曾根昌世と数名の小姓が控えているだけである。謁見の間にはわずかな人数しかおらず、会合が内密のものであるということを窺わせた。

「真田、そなたも聞き及んでおるやもしれぬが、先代の三年御秘喪もあけ、余は御遺戒に従い、越後の上杉景勝殿と縁組をすることになった。わが妹の菊を景勝殿に嫁がせ、武田家は越後の上杉家と盟約を結ぶ。存じておったか？」

勝頼は探るような眼差しを昌幸に向ける。

――確かに、越後との同盟が模索されているという風聞は耳にしたことがある。されど、その相手は北條家から養子に入った上杉景虎殿ではなかったのか……。

いずれにしても、昌幸は同盟交渉の役目には加えられておらず、勝頼の側近である長坂光堅や跡部勝資が舵を取り、小諸城代となった武田信豊や海津城代の香坂昌信が越後との連絡を行なっていた。

「詳しくは存じておりませぬ。されど、さような話があるらしいと小耳に挟んだことはありまする」

「さようか。父上の末期に立ち会っていたそなたには、余の口から直々に伝えたくてな」

「有り難き仕合わせにござりまする。重ねて、まことに御目出度うござりまする」

「少し時はかかったが、やっと父上との約束を果たせ、余もほっとしておる。されど、それに際し、少しばかり不都合も起こっているのだ。下野、あとはそなたから話してくれぬか」

　勝頼は曾根昌世に説明を命じる。この上輩は主君の計らいにより内匠助から下野守に昇進していた。

「畏まりましてござりまする。昌幸、話を進める前に、確かめておきたいことがある。そなたが耳にした風聞とは、当家が北條から上杉に養子へ入った景虎殿の相続を支援し、同盟を結ぶというものではなかったか？」

「ええ、さような話にござりました」

「では、謙信殿が身罷った後、上杉家に内訌が起こったことも存じておるな？」

「だいたいのことは。確か、当家が双方の和睦を取り持っていたのではなかったかと」

　昌幸は家督を嗣いでから父が組織した修験僧や歩巫女の集団を直に差配し、周辺にある国々の情勢を探っていた。

　特に、上野、越後、駿河、相模には草の者と呼ばれる間者を配し、独自の情報を摑めるようにしてある。それらの報告から今年の春に上杉謙信が病死した後、北條からの養子だった景虎と甥の景勝との間で家督争いが起き、家中を真っ二つに割る内訌に発展したことを摑んでいた。

盟友の北條氏政から景虎の支援を請われた勝頼は、五月下旬に武田信豊を大将とする二万の軍勢を信越の国境へ派遣し、両者の調停を試みていたはずである。昌幸は己の知っていることを簡潔に述べた。

「そこまで存じているのならば、話が早い。われらはあくまでも景虎殿と景勝殿の仲を取り持ち、互いが和を為した上でいずれかに越後の家督相続が行なわれるよう協力したつもりなのだが、それに関して北條がつむじを曲げている。というのも、実は景勝殿から当家へ直々に和睦と同盟の話が持ちかけられ、奥信濃に残っている上杉方の所領を渡し、今後は信濃へ一切の手出しをせぬと申すゆえ、御屋形様はそれを承諾なされた。されど、それは景虎殿を見捨て、景勝殿と結んだというわけではなく、これまで話す手立てすらなかった景勝殿と和を為した上で調停を進めようとしたのだ。だが、それを北條氏政殿が誤解したようだ」

曾根昌世の話によれば、こうした経緯で武田家は春日山城を占拠した上杉景勝と府中の御館に籠もった上杉景虎の和睦を仲介することになった。

しかし、その矢先に越後側への窓口となっていた海津城代の香坂昌信が六月に急逝してしまったのである。これにより勝頼自らが海津城へと出向き、調停に奔走して八月十九日には両者が春日山城において和談を持つことに決まった。その間にも徳川家康が遠江から駿河へ侵攻する動きを見せたため、勝頼はいったん古府中へ戻ることになった。

「御屋形様が古府中へ戻られた途端、景虎殿が席を蹴り、和睦は水に流れてしまったのだ。しかも家康の駿河侵攻を氏政殿が了承しているような節がある。景虎殿からは破談に関して何の報告もなく、景勝殿からは経緯の詳細を記し、和談の決裂を御屋形様へ詫びる書状が届いた。その上で、越後の妻有城へ援軍を出してもらえないかと打診してきたというわけだ」

「なるほど。して、越後へはいかに?」

「援軍を出すことにした。われらが兵を送れば、おそらく北條とは手切となるであろう」

「では、それがしが手薄になる駿河へ赴けということにござりまするか?」

　昌幸は表情ひとつ変えず昌世に訊く。

「確かに、それもある。されど、まだ話しておらぬことがあるのだ。実は、景勝殿ともうひとつの約定があるのだ。かの軍勢は当分、越後から動けぬゆえ、信濃から上野に兵を出し、三国峠から先の街道を武田に押さえてくれぬかと願ってきた。それだけではなく、これまで上杉が北條と戦って得た東上野を武田に割譲するとも申しておる。われらの眼が越後と駿河に向けば、当然、上野は手薄になるであろう。氏政殿はそれを見越して家康の駿河侵攻を是認したのではあるまいか」

「駿河は家康を使った陽動で、北條家の狙いは東上野から三国街道を押さえ、一気に景虎殿への援軍を越後に送るつもりではないかという読みにござりまするか」

昌幸はそう言いながら、大上座の主君を見る。

勝頼は黙って頷いていた。

「北條には当然のことながら、その様な狙いがあるはずだ。されど、幸いなことに北條は今、常陸の佐竹や小弓公方殿と戦を構えておる。そこで当家から小弓公方殿を通じて佐竹との同盟を申し入れることにした。さらに今は北條と和睦して上総から退いている安房の里見にも同盟を持ちかけようと思うておる」

昌世はまるで勝頼の宿老のような口ぶりで説明した。

「ならば、北條の主力が動けぬうちに、それがしが上野へ行き、三国街道と東上野を切り取ってこいという御下命にござりまするか」

昌幸はさして驚いた風もなく淡々と答える。

それを見た勝頼がおもむろに口を開く。

「真田、そなたの父上は信濃だけでなく、上野の先方衆として先陣に立ち、武田に多大な武功をもたらしてくれた。西上野を制覇できたのは一徳斎（幸隆）殿がいてくれたからだと申しても過言ではない。その父上と同じ役目を負って上野へ行くのは不服であるか？」

「滅相もござりませぬ。身に余る仕合わせにござりまする」

昌幸は微かな笑みを浮かべ、頭を下げる。

「余の初陣は箕輪城への進攻であり、上野は余にとっても特別思い入れの深い地である。箕輪へは城代であった内藤昌豊の代わりに倅の修理亮（昌月）を行かせる。そなたは一徳斎殿が本拠とした岩櫃城へ行き、まず三国街道を押さえてくれぬか。その働きがなった暁には、余が直々に上野へ出向くゆえ、一緒に東上野を制覇しようではないか」

勝頼は力をこめて申し渡す。

「御意！」

昌幸は両手をついて頭を下げる。

「有り難き仕合わせにござりまする」

――盟約を結んだとはいえ、越後の口車に乗せられ、この時期に上野へ出て行くべきなのか？

そんな思いが脳裡の片隅に渦巻いていた。

それよりも駿河に眼を向け、南信濃を固めるのが先決のような気がした。長篠の一戦以来、三方ヶ原で逃げ回った家康でさえ、もう昔の家康ではなくなり、天下人となった織田信長を後盾にし、遠江から虎視眈々と南信濃を狙っている。

だが、昌幸はあえて反論を唱える気もなかった。本気で諫言をしなければならないのは、このように多少なりとも余裕のある時ではなく、一命を投げ出して主君を止めなければならない瀬戸際だと思っている。

――それに、真田を嗣いだばかりの身にとっては、南信濃へ派遣されるよりも、信州街道で真田の里と繫がっている岩櫃城へ行く方が遥かに都合がよい。

咄嗟に、そう判断していたのである。

主君が考えていることは、曾根昌世の言を通じて充分に理解できた。そこから他の側近たちが何を考えているのかも、容易に推測することができる。長篠以来、昌幸は一歩引いて家中を見るようになり、情に流されず、冷徹な判断を下すようになった。

狡賢く立ち回るようになったと言われれば、その通りかもしれない。しかし、それを恥じる気など毛頭もなかった。守るべきものが増えれば、己一人の感情など当然の如く二の次になる。それが一統を預かるということだった。

「御屋形様、上野へ行くに際し、少々お願いがござりまする」

昌幸は両手をついたまま面を上げ、主君を見つめる。

「何であるか。遠慮なく申してみよ」

「吾妻の岩櫃城は鳥居峠を挟んで小県の真田の里と繋がっておりまするが、兵を出すとなればそれなりに支度も必要となりますゆえ、真田にて準備をする時をいただけませぬか――」

「構わぬ。存分に支度を済ましてから上野へ参るがよい」

「それと、もうひとつお願いがござりまする。上野の仕置に何より大事となるのは、在地の者どもの動向でありまして、これをいち早く摑むことが肝要と存じまする。それゆえ、出浦殿と三ッ者を岩櫃城へ派遣してはいただけませぬか」

これは昌幸にとって駄目で元々の願いだった。

「出浦をか。うぅむ……」

勝頼は扇の先を口唇に当て、しばし思案する。

「……下野、そなたはいかように思う」

「御屋形様の御出陣にとって必要な三ッ者は、すでに配置が終わっておりまする。確かに昌幸が申す通り、上野の地頭どもが北條についているのか、われらにつくのかは判断が難しゅうござりまする。出浦を派遣した方が、事は進み易いのではないかと」

曾根昌世はそれとなく昌幸を援護した。

「さようか。ならば、出浦を連れていくがよい。成果を期待しておるぞ、真田」

「ははっ。重ね重ね、有り難き御言葉を頂戴いたし、恐悦至極にござりまする。では、さっそく支度にかかりまする」

「うむ。大儀であった」

勝頼は満足げな面持ちで立ち上がり、小姓を従えて謁見の間を後にした。

昌幸はそれを見届けてから立ち上がろうとする。

「……済まなかったな、昌幸」

曾根昌世が声をかける。

「何がでござりまするか、昌世殿」

「いや、突然のことゆえ、そなたも戸惑ったのではないかと思うてな」

「いえ、岩櫃城へ行けるならば本望にござりまする。それよりも、出浦殿と三ッ者をつけていただき、まことに有り難うござりまする。お口添えいただき、助かりました」

「当然のことだ。それよりも、越後との盟約が進んでいることを知らせてやれずに済まなかった。それを言いたかったのだ。そなたを蚊帳の外に置いていたわけではなく、何かと忙しくて伝える暇もなかったのだ。申し訳ない」

「昌世殿が謝ることでもありますまい。この身に他家との折衝ができるだけの智慧はありませぬゆえ、かえって胸を撫で下ろしていたところにございまする。本音を申せば、里や所領も動揺しており、それを鎮めながらお役目をこなすだけで精一杯にございました」

「さようか……」

「ただ、ひとつだけお訊ねしてもよろしかろうか？」

「何であろう」

「昌世殿はまことに北條よりも越後と結ぶ方が武田にとって利があるとお考えか？」

「家康に三河と遠江を奪われた今、上杉と構えていたのでは塩の心配もあり、武田は窮地に陥る。それならば、大御屋形様（信玄）の代に塩を止めた北條よりも、上杉と和を為した方がよいと考えた」

「それに加え、越後の内訌は謙信殿の縁者である景勝殿が必ず勝つと読みましたか？」

　いきなり核心を突いてきた昌幸を、曾根昌世は驚きの表情で見つめる。

「この身に、いきなり、それを訊くか」

「ええ。できうれば、お聞かせいただきたく」

まろやかな笑みを浮かべながら、昌幸は言葉を続ける。

「越後の和睦調停を通して、上杉の家中で双方にいかなる与力が付いたかということを詳しく摑んでおらねば、当家がどちらと結ぶかを決めることはできませぬ。昌世殿は御屋形様の側におられ、それを審覈なされていたと見受けましたが」

何の気負いもなく聡察を口にした昌幸の顔を、昌世はじっと見つめる。それから、おもむろに口を開いた。

「確かに、上杉家中の何方が、景勝殿と景虎殿に与力したのかは摑んでいるつもりだ。景勝殿には斎藤朝信や河田長親をはじめとし、新発田、本庄、色部などの揚北衆が与力した。片や、景虎殿には前の関東管領職、上杉憲政や上田と古志の長尾一統が与力しておる。謙信公の側近や旗本であった者の多くは景勝殿に付いたと見てよいが、もちろん、先代との血縁を鑑みただけではあるまい。されど、景虎殿にも北條高広や本庄秀綱ら古参の先代側近が味方し、上杉家中だけで申せば、双方の勢力は互角といったところではないか。だが、こたびの脈処は家中の動きとまた別にあるのだ」

昌世は越後の内訌を取り巻く周辺の動きについて語り始めた。

越後の全域で上杉家中が真っ二つに割れる中、周りを囲む国々の勢力もそれぞれに動き出す。上杉景虎を養子に出した北條家は当然の如く支援に廻り、北條と盟約を結んでいた陸奥の伊達家、会津の蘆名家、出羽の大宝寺家なども与力に加わった。

　北條氏政は下野において佐竹と宇都宮の連合軍と対陣中だったため、まずは氏照と氏邦の軍勢を越後に派遣する。その後、自身も景虎援助のために上野の厩橋城へ出陣するが、間もなく小田原の本城へ戻った。

　もちろん、武田家も最初は景虎と氏政の要請を受け、両者の和睦を調停すべく動いたのだが、その中で状況が変わった。

「景虎殿は何もわかっておらぬ。御屋形様がわざわざ越後まで出向いて勧めた和談を何の断りもなく蹴るということは、武田の面目を潰すに等しいということだ。なにゆえ、それをわからぬのか。側に諫める忠臣もおらぬのであろうな。加えて、北條家は越後と和を為す振りをしながら、関八州においては謙信公が取り込んだ勢力をことごとく駆逐しようとしておる。その上、容易く越後にまで出張れるようになれば、武田が持つ上野の版図に大きな悪影響を及ぼすことになりかねぬ。御屋形様はさように御判断なされ、景勝殿に与力すると決められた」

「なるほど。やはり、主だった理由は北條に対する牽制にございましたか」

　昌幸の言葉に、昌世は頷く。

「まあ、それもあるのだが、今となっては武田が選んだ景勝殿に何としても勝ってもらわねば困る」

「それがしも組むならば景勝殿と思うておりました。勝つであろう側を選ばねば意味がありませぬゆえ」

「昌幸、そなたはいかなる事由をもって景勝殿が勝つと読んだのか？」

「それぞれの拠処にござりまする」

「よりどころ？」

「ええ。謙信殿の死後、景勝殿がいち早く春日山城の本丸を押さえたと聞いたからにござりまする。それは御自身が謙信殿の後継であることを示すためだけではなく、おそらく、御屋形号の印判や、矢銭と武器の詰まった大蔵を押さえるためではなかったかと。一方の景虎殿は遅れて三の丸を押さえたようにござるが、小競り合いの末に城から締め出され、御館へ入ったと聞いておりまする。そこに入れば体裁は良かろうが、実は取れておりませぬ」

昌幸が言った御館とは、前の関東管領職、上杉憲政が上野から越後へ落ち延びてきた時に謙信が建ててやった居館である。

「やはり、戦となれば綺麗事だけでは済みませぬ。城を持ち、矢銭を握った方が有利なのは明白ではありませぬか。徒手で御館に籠もったのでは、いかにも分が悪い」

「そなたは越後の情勢をそこまで摑んでおったのか……」

　さすがの昌世も感心したような面持ちで後輩を見つめる。

──やはり、清開坊とお久根が集めてきた風聞は、ほとんど正鵠を射ていたようだな。昌世殿の顔にそう描いてあるぞ。

　昌幸は己の摑んだ諜知が正しかったかどうかを、あえて内実を知る上輩の顔色によって確かめたのである。

「小県に城があれば、越後や上野の動静は厭でも風の便りとして耳に入りまする。逆に、それらの風聞の真偽を確かめておかねば、いざという時に足を掬われかねませぬゆえ」

「確かに、その通りだ。されど、そなたが摑んだのは風聞だけではあるまい。他国の情勢を得るために間者を送り込んでいるのか、昌幸？」

　鋭い視線を向けた上輩に、昌幸は頭を搔きながら取り繕う。

「間諜というほどのものではありませぬ。真田は昔から諸国を巡る四阿山の修験僧なども繋がりがあり、そうした者たちが各地で拾った話を届けてくれまする。まあ、気になった事柄については、その都度、家臣たちに調べさせておりまするが」

「昌幸、何というか、そなた、少し変わったな。以前よりも鋭い棘が生えたというか、隙がなくなったというのか……」

昌世は眼を細め、眩しそうに後輩を眺める。

「……いや、家を嗣いだのだから、今の立場ならば当たり前のことか。すまぬ、つまらぬことを申したようだ。忘れてくれ」

「お褒めの言葉として、有り難く頂戴しておきまする。ところで、昌世殿。確か、景虎殿に与力した北條高広は厩橋城代、本庄秀綱はかつて沼田城代でありましたな。すでに、越後から上野へ遣わされた者たちは、北條の鼻薬を嗅がされているとお考えか?」

「おそらくはな。特に北條高広は大御屋形様の誘いに乗り、謙信殿を裏切ったこともあるゆえ、家中での立場を盛り返そうと必死なのではないか。当然のことながら、北條氏政はそこに眼を着けたであろう。くれぐれも気をつけろよ、昌幸。今、上野には有象無象が蠢き、それなりに魔も潜んでおる」

「心しておきまする」

「何か困ったことがあったならば、すぐに知らせをくれ。できる限りの応援は送るつもりだ。そなたの武運を祈っている」

昌世は後輩の肩を叩きながら激励する。

「かたじけなし。では、岩櫃城へ参る支度にかかりまする」

昌幸は小さく頭を下げる。それから、謁見の間を出て、躑躅ヶ崎館を後にした。

――景虎殿に与力した越後の者どもを、北條はすべて搦め捕るつもりで、相当の鼻薬を嗅がせているはずだ。

そう思いながら、香坂昌信と久しぶりに古府中で会った時の言葉を想い出す。

『昌幸、越後の内訌には充分気をつけよ。御屋形様に上杉景勝を担がせようとして、妙に浮足立った動きをしている者がおる。形振り構わぬ景勝の側近に鼻薬を嗅がされておらぬとも限らぬからな』

怒りを含んだ口調で奥近習の上輩は吐き捨てた。

それを聞いた昌幸は一瞬たじろいだが、ほどなく香坂昌信が言わんとしたことが明らかになった。

上杉景勝との和睦に際して、越後から大枚の黄金が渡されたという風聞が流れたからである。それが武田家の蔵ではなく、折衝に関わった側近の懐に収められたのではないかという醜聞までが広がった。

交渉に立ち会った側近は香坂昌信を除けば、長坂光堅、跡部勝資、武田信豊らの面々であり、昌信は長坂らとことあるごとに対立していた。

その契機となったのが、長篠の一戦である。

香坂昌信は嫡男の昌澄を失っており、一緒に武田家を支えてきた重臣や同輩の多くも討死していた。このことに激昂し、昌信は勝手に退陣した勝頼の側近や先陣大将でありながら生き残った武田信豊をあからさまに咎め立てし、勝頼に「切腹を申しつけるべし」と言い放った。当人は越後を睨んで海津城から動けなかったことを悔やみ、「もしも、この身が長篠へ出張っておれば、かようなことにはならなかった」と誰に憚ることもなくこぼして廻った。

当然のことながら家中に大きな波風が立ち、それ以来、糾弾された側近たちとの対立が続くことになった。

今回の折衝にしても、勝頼は長坂光堅と跡部勝資に舵取りを命じたが、「海津城代の己が越後との交渉に立ち会わないのはおかしい」と昌信が異議を唱え、急遽、小諸城代の武田信豊と共に加わることになったのである。その報告で躑躅ヶ崎館を訪れた香坂昌信から、昌幸は辛辣な言葉を聞いていた。

そして、上杉景勝との和睦交渉が本格的に進められようとした六月十四日に、突然、香坂昌信が享年五十二で急逝してしまったのである。持病の悪化が原因と伝えられたが、その死に疑念を抱いた者も多かった。

昌幸もその一人だったが、さすがに「毒殺などの仕物にかけられたのではないか」と口にする者はいなかった。

――昌信殿の死を詮索するつもりはないが、どうも家中の様子がおかしい。あれ以来、不和が深まるばかりのような気がする。当家同様に、越後の家督争いが起こした波紋は思った以上に諸国へ広がっていると見て、間違いなかろう。細心の注意を払わねばならぬ。

昌幸が昼日中から自邸へ戻ると、家人の於松が早い帰宅に驚きながら迎えに出る。

「……お帰りなさいませ。お前様、いかがなされました？」

「急遽、御屋形様の御下命で西上野の岩櫃城へ行くことになった。真田の里で支度をせねばならぬゆえ、そなたも伜どもと一緒に来るがよい。この身はしばらく岩櫃城から戻れぬから、屋敷で母上と過ごしていてくれ」

「真田の里で御義母様と過ごせるのならば、あの子らも大喜びいたしましょう。されど、お前様は上野へご出陣にござりまするか？」

於松は心配そうな顔で訊く。

「すぐに戦というわけではないのだ。されど、いずれはそうなるであろうな。まずは年の内に万端の支度を整えなければならぬ。上野へ参るのはそれからだ。河原の伯父上に留守居を頼まねばならぬゆえ奥の間へ呼んでくれ」

「承知いたしました」

「伜たちには、そなたから話をしておいてくれ」

昌幸はそう言い残し、奥の間に向かった。

間もなく家宰の河原隆正が現われ、さっそく二人で話を始める。

「上野の仕置が長くなりそうゆえ、この屋敷の留守を伯父上にお願いしとうござる」

「いよいよ岩櫃城へ行かれることになったか」

河原隆正は感慨深げな面持ちで呟く。

この家宰は昌幸が齢七で武田家への質となり、古府中へ来た時に随伴して以来、ずっと側で支えてくれている。

「北條が家康と結ぶような気配を見せておるゆえ、特に駿河と南信濃の様子が気になりまする。おそらく、南で事が起きれば、間違いなく上野にも差し響くことになりましょう。留守の間、ここから駿河と南信濃の動きを探り、逐一、岩櫃城へ伝えていただけませぬか」

「承知いたしました。少し歩巫女を増やして、連絡を密にいたしましょう。眼前の仕置を睨みながら背中にも眼を着けておくとは、ますます一徳斎殿に似てきましたな」

しみじみと眼を細めた隆正を見て、昌幸は少し照れたように俯く。

「それがしと共に綱家も長く上野に留まることとなりまする。後ほど屋敷に来させますゆえ、ゆっくりと差し向かいで酒でも酌み交わしてくだされ」

「あれはお役に立っておりまするか」

　隆正は昌幸の副将となっている息子の様子を訊ねる。

「もはや、綱家はこの身にとって欠かせませぬ」

「さようにござるか。では、あれに家宰の役目を譲り、この老骨もそろそろ隠居させていただくことにいたしましょうか。山颪が吹き始めると骨身にこたえるようになり、だいぶ軀も動かなくなってきましたゆえ」

　このところ河原隆正の体調がすぐれないことを昌幸も知っていた。

　父の義兄である老家宰に楽隠居をさせてやりたいとも思うが、実状はそうもいかない。限られた人材を配しながら武田家中の役目で成果を上げ、緊密な一統を維持するためには、父の代から仕えている老将たちにまだ要所を締めてもらわねばならなかった。

「伯父上……」

「さりとて、上野の仕置を見届ける前に隠居するわけにも参りますまい。一徳斎殿と一緒に夢見た、われらの悲願ゆえ。それをなしてこそ、真田がまことに滋野一族の長だと胸を張ることができまする」

「まったくもって。必ずやり遂げてみせますゆえ、それまで伯父上はご自愛くだされ」

「有り難や。真田へは、いつ出立なされまするか？」

「十日ほどでこちらの支度を終え、師走(しわす)の前には着きたいと思うておりまする。岩櫃城へ行くのは、年が明けてからになりましょう」

その言葉通り、昌幸は十日後に家族を連れて古府中を出発し、ちょうど霜月(しもつき)の終わりに真田の里へ到着した。それからは上野へ行くための支度に奔走(ほんそう)し、あっという間に大晦日(おおみそか)まであと数日となった。

――思えば、この里で正月を過ごすのは、何年ぶりになるか……。

昌幸が信玄の奥近習となってから、初めて郷里で正月を過ごしたのは元服(げんぷく)の年であり、その一度きりだった。それから、すでに十八年も経っている。久方(ひさかた)ぶりに親族が集まって大晦日を過ごし、娘や息子たちだけでなく年老いた母も大喜びだった。

そのまま元旦を迎えると決め、昌幸は家族を連れて松尾(まつお)本城へと登る。主城が建つ岩峰(いわみね)から初日の出を見るためだった。

やがて、浅間山(あさまやま)のある東の方角がうっすらと橙(だいだい)色に染(そ)まり始める。まだ藍(あい)色が残る冬空に雲は少なく、良く晴れた日になりそうだった。

稜線(りょうせん)から御来光(ごらいこう)が現われ、皆は手を合わせて拝(おが)む。新年を迎え、長女の於国(くに)は齢十五となり、長男の源三郎(げんざぶろう)は齢十四、次男の弁丸(べんまる)が齢十となる。

――於国は嫁(とつ)ぎ先のことを考えてやらねばならぬ年頃となり、源三郎はいよいよ元服を迎える。甘えてばかりいた弁丸が、もう読み書きもできるとはな。親の心配を振り切るが如く、若竹は天に向かって伸びてゆくということか……。

昌幸が眼を開けると、見事な日輪(にちりん)が輝いており、その眩しさに思わず眼を細めた。

「父上……」

長男が背後から遠慮がちに声をかける。

「どうした、源三郎」

「父上はこれから御屋形様の命(めい)で上野の仕置に参られると聞きましたが」

源三郎の少し後ろで次男の弁丸もそれとなく聞き耳を立てていた。

長男の物言いに少し違和を感じながら、昌幸は答える。

「ああ、さようだ。されど、そなた、仕置などという言葉をどこで覚えた」

「大伯父上たちが、上野のお話をされていましたのを聞き……。父上、仕置とは合戦のことにござりまするか？」

「仕置に逆らう者がいたならば討伐(とうばつ)をせねばならぬゆえ、確かに合戦をすることも含まれておる。されど、仕置とは仕える者を置くという意味であり、領地を治めることなのだ。越後との約定で、これからは上野が武田の領地になると決まったゆえ、まずは父が在地の者たちと話をし、武田の一門に従うかどうかを決める。従えば、それでよし。従わずば、おのずと戦になる。皆が従ってくれれば、戦をしなくても済むのだがな」

昌幸の説明を、長男は真剣な面持ちで聞いている。父としては、すべてを解するのが難しい話でも、歳相応に理解してくれればよいと考えていた。

「……上野の仕置は、長くかかりまするか？」

源三郎は上目遣いで訊く。

——なるほど、こ奴は己の初陣が上野になるかどうかを知りたいのだな。

昌幸は長男が元服の後にやってくる初陣のことを案じていると察した。

「すぐには終わらぬであろうな。それよりも初陣のことが気になるか？」

その率直な問いに、長男は俯き加減で答える。

「……気にならぬ……はずがありませぬ」

「であろうな。この身もそうであった。されど、あまり根をつめて考えるな。考えても答えの出ることではないからな。そなたの元服はよほどのことがない限り、来年のことだ」

普通の場合、武門の男子は齢十五を迎えた年に元服し、その後に初陣へ出る慣わしになっている。もちろん、家の都合によって、それより幼くして元服することもあるが、齢十五をもって大人と見なすというのが武門の慣習だった。

「わかっておりまするが……」

「新年早々から来年のことなど話すのは気が早すぎるな。この話はまた日を改めてするとしよう。それまで日々の修学と鍛練を怠るな」

「あ、はい」

「弁丸、そなたもな」

昌幸はじっと二人の話を聞いていた次男にも言い渡す。

「はい、父上」

弁丸は元気いっぱいに頷く。

少し離れて会話を聞いていた於松と長女の於国も、やっと安堵の表情を浮かべる。

「よし。では、白山比咩の社へお参りに行き、それから節振舞じゃ」

昌幸は家族と一緒に初詣を済まし、屋敷に戻って祝いの宴に興じた。

それから三箇日は極力のんびりと過ごすように努める。気持ちが昂ぶり、逸りそうになる己を鎮めるための時間だった。

逆に四日からは家臣たちに号令をかけ、自らも火が点いたように動き始める。一月の半ばまでにすべての支度を終え、昌幸は砥石城の守りを託した池田佐渡守重安と詰めの談合を行なっていた。

「佐渡、上野の仕置で何か厄介が起きた場合、この城が後方の要となる。いつでも救援ができるような態勢を取っていてもらいたいのだ」

「わかりました。されど、われらだけの兵数では、いかにも心許のうございまする」

「援軍を確保するためにも、日頃から小諸城の武田信豊殿と古府中の曾根昌世殿と連絡を密にしておいてほしいのだ。増援を願うならば小諸城の典厩殿が一番頼りになるゆえ、些細なことでも必ず報告し、潤滑な関係を保っておいてくれ。典厩殿も越後の情勢と関わりのある上野の様子を知りたいはずだ」

「承知いたしました」

「ところで、まだ人日の節句が終わったばかりだというのに、上田宿を通る馬借や歩荷たちが多いように見受けるが」

昌幸が言った人日とは正月七日のことであり、七草粥を食べて豊作と無病息災を願う節句が行なわれる。それが終わっても、巷はまだ正月気分が抜けないものだが、砥石城下を走る北国街道は荷を運ぶ者たちの往来で騒然としていた。

「善光寺平での争いが落ち着いてから、北国街道は日増しに往来の人が増えておりまする。荷運びの者たちだけでなく、善光寺参りをする旅人も多くなり、上田宿にもずいぶんと旅籠が増えたようにござりまする」

「さようか」

昌幸は腕組みをし、何事かを思案するような顔つきになる。

――知らぬ間に真田の膝元が賑わうようになっておる。これも越後との争いが収まったおかげだが、また別の心配事も生まれるというもの。

「佐渡、こうなると街道を挟んだ上田宿の側にも城が欲しくなるな」

「新しい城にござりまするか？」

池田重安は微かに眉をひそめて聞き返す。

「ああ。北国街道を通っているのが旅人や商人だけならばよいが、どこかの軍勢が寄せてきた時には、城で街道を挟んでいた方がよさそうだ」

「はぁ……。されど、どこの軍勢が……」

重安は口を尖らせて小首を傾げる。

「今はまだ心配ないが、越後といつまでも交誼が続くとは限るまい。もしも、またぞろ信濃を争うことになった時、香坂弾正殿を失った海津城が果たしてどれほど持ち堪えられるか。善光寺平を過ぎれば、次の的はこの海野平だ」

昌幸は遠くを眺めるように半眼の相となった。

「なるほど……」

「ともあれ、今はまだ心配に及ばず。新しい城を築く余力もないゆえ、ただの思いつきにすぎぬ。まずは三国街道に築かれた城を頂戴するのが前だ。ははっ」

独りごちて笑った昌幸を、池田重安は困ったような笑顔で見つめた。

この翌々日、昌幸は主だった将兵を連れて岩櫃城へ出立した。

真田の里から西上野の吾妻へ行くには北国街道へ出る必要はなく、そのまま北へ山道を登って信州街道と大笹街道が交わる菅平まで出る。そこから鳥居峠を越えて鎌原、狩宿へ進み、右手に榛名富士が見えるまでひたすら信州街道を東へ行けばよい。

昌幸の一行のように足を止めない強行軍ならば、払暁前に出発して日が暮れた頃に着くことができた。

岩櫃城に到着した翌日も休むことなく、早朝から河原綱家らの家臣を連れ、城内と周囲を入念に検分する。短い昼餉を挟んで午後からは吾妻衆と初めての評定に臨んだ。

冒頭で武田勝頼から命を受けた仕置の内容を伝え、昌幸は一同に献策を求める。まずは各々の考えを問う。これが信玄の側で学んだ評定の進め方だった。

しかし、海野幸光と輝幸の兄弟を筆頭とする吾妻衆は「誰が口火を切るのか」と息を詰めるようにして場の様子を窺うだけである。

微かな笑みを浮かべて一同を見渡した後に、昌幸はきっぱりと言い放つ。

「誰も口を開かぬ評定ならば、場を開いても意味がないな。ならば本日は仕舞いとするが、次回からは己の考えを述べられぬ者は評定の場から出てもらうことにする」

昌幸は笑顔に反して辛辣な言葉を吐き、一同は思わず怯んだように身を引く。それから、隣の者と顔を見合わせた。

『頭も口もついておらぬならば、わが評定にはいらぬ！』

信玄がよく口にしていた言葉だった。それを柔らかく言っただけのことである。

「さようには申しても、まだ気心も知れておらぬゆえ、なかなか気兼ねなく喋ることもできまい。叔父上、本日はこのまま宴といたしましょう」

昌幸は城代の矢沢頼綱に声をかける。

「承知いたしました。おい、手配りいたせ」

頼綱は息子の矢沢頼康に命じた。

「はっ。ただいま、すぐに」

頼康は素早く立ち上がる。

「それがしもお手伝いいたしまする」

河原綱家も立ち上がり、後を追った。

間もなく真田と矢沢の家臣たちによって次々に酒肴が運ばれてくる。まるで最初から支度をしてあったような手際の良さだった。

満足げにその様を見ながら、昌幸は口を開く。

「それがしも吾妻の様子を摑むのに時が必要であるがゆえ、次の評定は七日後といたそう。それまでに皆も策を考えておいてくれ。本日はこれより無礼講といたし、場を崩して車座で呑もう」

自ら片口を手に大上座から下り、大広間に進み出て胡座をかいた。一同は戸惑いの色を浮かべながらも、大きな円を描いて座り直す。そこから酒宴が始まった。

最初はぎこちない宴だったが、酒が進むにつれ緊張もほぐれ、それぞれに口を開き始める。昌幸もあえて構えなく浴びるように酒を呑んだ。

翌日は酷い宿酔だったが、午後からは甲斐から到着した出浦盛清と会合を持つ。

「こたびは重大なる役目にお引き立ていただき、まことに有り難うござりまする」

「いやいや、盛清殿。それがしがたっての願いで来ていただいたのだ。こちらこそ、よろしくお頼み申す」

昌幸は三方ヶ原と長篠の合戦を通して、この漢の慧眼と怜悧な判断を認めていた。

「真田殿、三ッ者はすぐにでも動かせるようになっておりまする。まずは透破を放ち、三国街道の一帯を探らせましょうか」

「それは有り難い。されど、盛清殿、お願いがあるのだ。実は真田にも透破のような者たちがおりまする。四阿山の修験僧や歩巫女たちが各地に散らばり、様々な報を届けてくれまする。それだけでなく、甲賀と縁のある者たちもおり、それらの者もまとめて盛清殿の下に置き、三ッ者から色々な事柄を学べるようにしていただけぬか」

　昌幸の意外な申し入れに、盛清は少し戸惑いの色を浮かべる。

「それは構いませぬが……」

「動ける者たちではあるのだが、なにせ我流で覚えたことゆえ、鍛え方が足りぬ。良い機会なので忍びの玄妙というものを学ばせていただきたい。この身を含めて」

　そう言った昌幸の双眸を、出浦盛清は見つめる。

「ならば、ひとつ、お訊ねしたきことがありまする」

「何なりと」

「それは真田衆の中にあえて三ッ者の如き細作（忍び）の者たちを育てたいという意味にござりまするか？」

　盛清の問いに、昌幸は笑顔で頷く。

「さように受け取っていただければ有り難し。三ッ者にまで能を高められるかどうかは別として、われら独自の力で密偵ぐらいはできるようにしたいゆえ、盛清殿から何が必要かをご教示願いたいのだ。いま、武田を巡る状況は見た目以上に厳しいと存ずる。これから戦が増えてゆけば、細作ひとつとっても、それなりの人手が必要となるのでは」

「三ッ者だけでは事足りぬと？」

「足りぬとなってから、手当をしようとしても手遅れではありませぬか。三ッ者の手を煩わせぬでも、周囲の諜知ぐらいはできるようにしておきたいと存ずる」

「では、真田殿がそこまで細作にこだわる理由とは」

盛清はあくまでも冷静な口調で真意を訊ねる。

「戦において彼を知り、己を知れば百戦殆うからず……」

笑みを含んで相手を見つめたまま、昌幸は言葉を続ける。

「……などということは当然の当然。最も肝要なことは、敵でも味方でもない者が何を考えているのかを知ることだ。盛清殿はこの言葉を覚えておられるか」

「忘れもいたしませぬ。大御屋形様のお口癖、懐かしゅうござる」

盛清が答えたように、それは孫子の兵法謀攻篇を引用した信玄の口癖だった。

「近頃、この御薫陶が身に沁み、片時も頭から離れぬ。大御屋形様のお側を離れてから、だいぶ経つというのに、やっと意味がわかってきたようだ」

昌幸は恥ずかしそうに頭を掻く。

孫子は次のようにも説いている。

そもそも軍略用兵術の妙とは、戦わずして軍勢を降伏させるのが最上である。軍勢をもって軍勢を打ち破るのは、知略をもって降伏させるよりも遥かに劣る。同じく敵国は傷つけずに降伏させることこそが最上であり、戦って打ち破ることはそれに劣る。

であるがゆえに、百戦百勝する者は、最善なる者に非ざるなり。戦わずして敵の兵を屈する者こそが善の善なる者なり。

生前の信玄はそれに独自の解釈を加えて語っていた。

『それでも、やはり、戦が避け難いとなれば、どうしても戦わねばならぬ時にこそ、六分の勝ちを算ずるが最上。その神算を為すためには敵のあらゆるを知らねばならぬが、それは当然の当然であり、最も肝要なことは戦の周りにいる敵でも味方でもない者が何を考えているのかを摑むことだ。それを知ることで、初めて己が算じた戦いから紛れというものを取り除くことができるのだ』

どれほど用意周到に算じられた戦であろうとも、そこには必ず紛れというものがつきまとう。その誤算は味方や敵方の動きだけに含まれているのではなく、息を詰めて合戦の勝敗を見つめている周囲の者たちの動きにも含まれているという意味だった。

「こたびのお役目には、まさにこの御薫陶が肝要と存ずる。越後の内訌を知り、上野にはどちらにつくか態度を決めかねている者たちがいるだけでなく、それぞれに家の事情を抱えながら、この争いを梃子にしようとしている者たちも多いはず。われらが三国街道から東を制するためには、そこに蠢く者たちの思惑を摑まねばなりますまい。いち早く摑むためには常に上野の各所から諜知の報が届くようにしなければならず、それができれば北條に先んじて策を講ずることもできよう」

「なるほど、密偵と間諜にて敵ならざる者を摑み、まずは武を使わぬ戦いを仕掛けると」

盛清は昌幸の狙いを簡潔に要約する。

「さようにござる。今はまだ南信濃や遠江に大きな動きは見えぬが、もしも、そこで何かが起きれば、三ッ者が越後と上野に張りついているわけにはいかなくなりましょう。そうとなれば、まずは上野の三ッ者たちが引き剝がされて南へ赴くことになるゆえ、役目を引き継げる者たちを置いておかねばなりませぬ」

「確かに、そのすべてを担うとすれば、三ッ者だけでは荷が重すぎまする。真田殿の意図がよくわかり申した。そういうことならば、是非もなし。ご協力させていただきまする」

「かたじけなし」

「何から始めまするか、真田殿」

「今から家中の者たちを呼びますゆえ、まずは顔合わせをいたし、今後の動きを話し合うというのはいかがにござるか」

「承知いたしました」

「では、綱家、件(くだん)の者どもをここへ」

昌幸は副将の河原綱家に命じて家中の者たちを呼び寄せる。

やがて、物見頭(ものみがしら)を務める禰津利直(ねづとしなお)を先頭に、五名の者たちが現われた。その中には、まったく身なりの違う者も混ざっている。

出浦盛清はその者たちを黙って眺めていた。

昌幸は一同を見回してから口を開く。

「家中にも内密のことゆえ、今後はこの限られた面々だけで役目をこなしていくことにする。こちらにおられるのは、武田家の三ッ者頭、出浦盛清殿だ。これから、そなたらを指導していただくことになった」

「出浦にござる。よろしくお頼み申す」

簡潔に挨拶を済まし、頭を下げた出浦盛清に一同も礼を取る。

「すでに盛清殿もご存じだとは思うが、わが隊の物見頭を務める禰津利直に、これら頭の者どもを纏めさせまする。その隣に座っているのが矢沢頼康といい、われらの中で最も上野の地勢や情勢に通じており、父はこの岩櫃城の城代で、わが叔父にござる」

昌幸は居並ぶ家臣たちを順に紹介してゆく。

「そこな修験僧が清開坊と申し、四阿山の者どもを取り纏めている脇別当にござる。その隣が白山比咩の歩巫女を纏めている巫女頭のお久根。この者たちは諸国の巡遊が仕事ゆえ、すでに各地へ散らばり、様々な報を届ける役目を担っておりますが、この機会に密偵と間諜の要諦を教えていただきたく存ずる。修験僧と歩巫女ならば、易々と国境を越えられ、戦場にいてもおかしくはないゆえ」

「わかりました。陽のもとで働く細作とは、これまた面白い。われらの透破頭に熊若という者がおりますので、その手下と組み合わせれば、陰陽揃った透破の動きができるやもしれませぬな」

出浦盛清は修験僧と歩巫女を興味深げに見つめる。

清開坊とお久根は無言で頭を下げた。

「そして、最後に控えている者が望月重寛と申しまする。この者を盛清殿の使番にしていただけぬか」

昌幸はこの中で一番若い家臣を紹介する。

「望月殿……。千代女殿の縁者にござるか？」

盛清は微かに眼を細めて訊く。

千代女殿とは信玄の命で禰津の歩巫女たちを取り纏めていた望月千代女という巫女頭のことだった。

この女は甲賀郡中惣五十三家の筆頭である望月家の娘だったが、望月の宗家に当たる信濃望月家の惣領、盛時に嫁入りした。だが、夫の望月盛時は四度目の川中島合戦で討死してしまい、千代女は甲賀育ちの来歴を買われ、信玄の下で甲斐と信濃の巫女を取り纏め、禰津の歩巫女として育てる役目を負ったのである。

「この者は甲賀望月の出自にござるが、七曜家と呼ばれる庶流の生まれ。千代女殿とは親戚であるが、もとはといえば真田も望月も滋野一統であり、同じ一族にござる。つまり、われら真田も千代女殿の遠戚」

「さようでありましたか」

「重寛は甲賀で育っており、それなりの心得もありまするゆえ、盛清殿の側で忍びの玄妙を叩き込んでいただきたい。ほれ、そなたも挨拶せよ」

昌幸に促され、望月重寛は両手をついて頭を下げる。

「……よろしく……お願い申し上げまする」

「こちらこそ」

盛清も頭を下げる。これですべての者の紹介が終わった。

「では、頼康。そなたから三国街道へ出る道筋と周囲の地勢について説明してくれ」

昌幸は矢沢頼康に命じる。

「承知いたしました」

頼康は用意していた地図を広げ、三国街道への道筋について話し始めた。

「この岩櫃城から三国街道へ出るためには、二つの道筋がございまする。まずは信州街道を東へ一里（約四キロ）ほど行くと、道が二股に分かれる中之条という里に出まする。そこから信州街道を南東へ五里ほど進めば三国街道の渋川宿に出ることができまする。逆に、中之条から吾妻路を北東へ五里ほど進めば月夜野という里へ着き、ここには名胡桃城があり、この城は街道の要衝にござりまする」

説明に従い、一同は地図を眼で追う。

「岩櫃城から名胡桃城へ至る吾妻路には、三国街道と交わる中山宿がありまして、この高山の里には尻高城と中山城という二つの要害があり、それを押さえておかねば三国街道への通行の妨げとなりまする」

矢沢頼康は岩櫃城と名胡桃城のちょうど中間にある二つの城を指し示す。

「尻高城と中山城は、父上が降した城ではなかったか」

眉をひそめながら、昌幸が訊く。

「さようにござりまする。されど、この尻高と中山の者どもは、なかなかに曲者揃いで恭順と離反を繰り返しておりまする」

頼康の説明によれば、元々、尻高城の主だった尻高左馬介景家と中山城主の中山安芸守景信は、上杉謙信の支援を受けた岩櫃城主の斎藤憲行に従っていた。

しかし、昌幸の父、真田幸隆が斎藤憲行を越後に追いやって岩櫃城を奪取し、信玄自らが吾妻へ出張ってきた元亀二年（一五七一）に、尻高景家が嫡男の源次郎を人質に差し出して武田家への恭順を願った。景家と関係の深かった中山景信もそれを見て、武田家への恭順を申し出ている。

この頃、武田家はまだ善光寺平で越後の上杉謙信と睨み合っており、岩櫃城から信玄が帰った途端に尻高景家は掌を返すように上杉方に転じたのである。

これに激怒した真田幸隆は尻高城へ攻め寄せ、左馬介景家を討ち取る。その子であった尻高義隆は、北條を頼って逃げ延び、三国街道の猿ケ京宿にあった宮野城に立て籠った。

中山景信はまだ存命であった上杉謙信に従っていたが、尻高景家の壮絶な敗死に震え上がり、真田幸隆の寄騎になるということで、再び武田家に従う素振りを見せた。

「中山城は安芸守景信、尻高城はその倅でありまする右衛門尉に預けておりまする。されど、大御屋形様と御尊父の幸隆殿が薨去なされ、謙信公も亡くなって武田家と上杉が盟を結んだ今、再び中山安芸守に昌幸殿への恭順の意を確かめる必要があると存じまする」

　頼康は厳しい口調で言った。

「確かにな。三国街道への出口を塞がれたのでは元も子もない。中山景信の父子には近々面会するとして、名胡桃城はいかような状況であるか？」

「名胡桃城は元々、水上街道にある沼田城の支城として築かれたものにございまする。利根郡の沼田荘を本拠としていた沼田景久が三国街道へ勢力を広げるために月夜野に築城し、三男であった景冬を城主として入れておりまする。その後、謙信公の坂東出張を機に沼田城を制圧し、沼田家は直属の城代という立場に甘んじることになりました。されど、北條家が上野に手を伸ばしたことで沼田一門に内訌が起き、永禄年間に川場合戦という争乱が起きた頃から、城代であった鈴木主水正重則という者が名胡桃城を乗っ取っておりまする」

「その鈴木主水正とやらは、いずれに与したのか？」

「謙信公に恭順の意を示すことで、城主としての立場を安堵されたようにございま

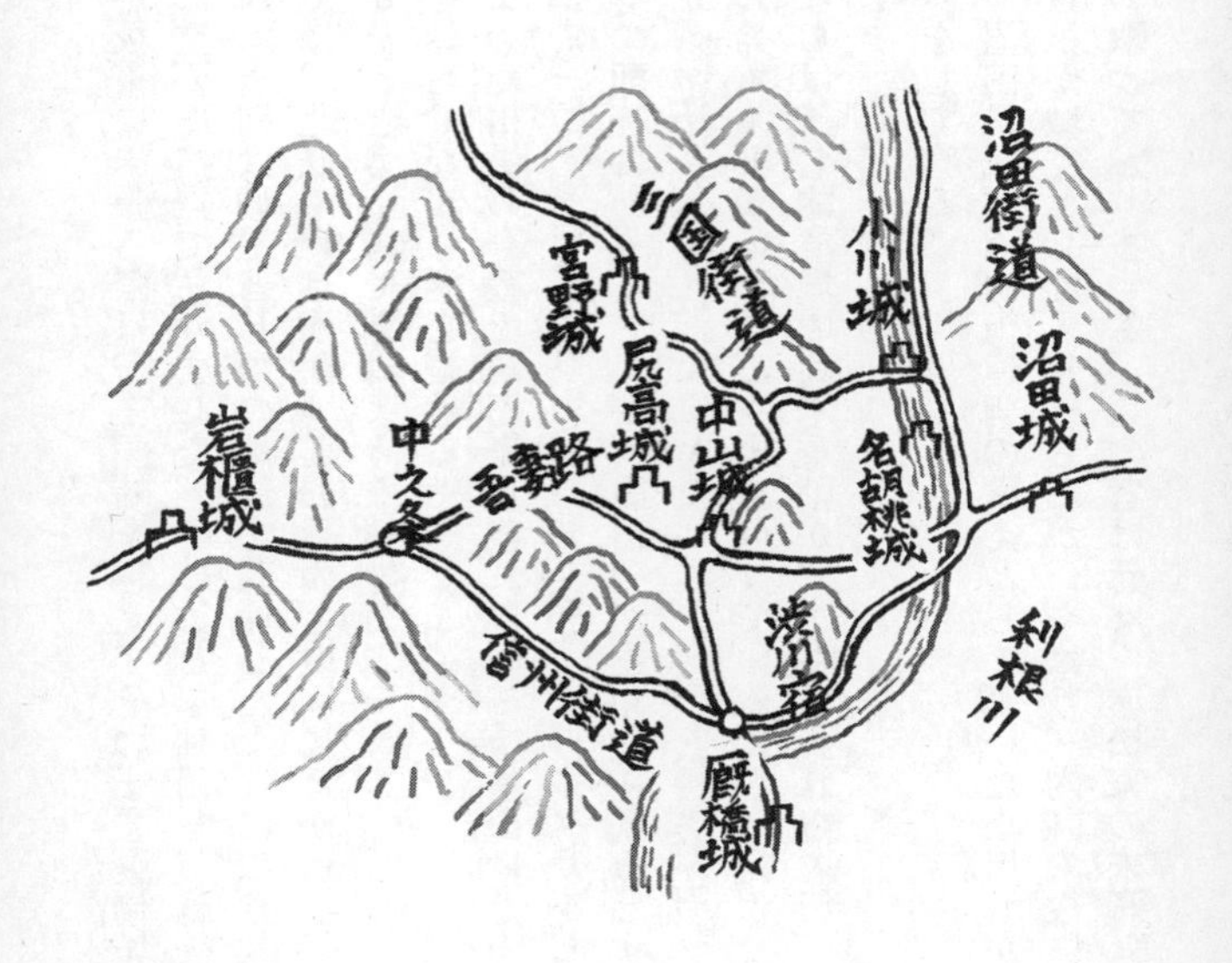
沼田街道
小川城
三国街道
宮野城
尻高城
中山城
沼田城
名胡桃城
岩櫃城
中之条
吾妻路
渋川宿
利根川
信州街道
厩橋城

する。謙信公が坂東に出張る際は、三国峠を越えてそのまま厩橋城へ入るため、名胡桃城は非常に重要な拠点でありました。そのことを利用し、越後の進軍を手助けすることで、鈴木重則は城主としての地位を確保したようにござりまする」

「なるほど。では、北條の息はかかっておらぬということか」

「いえ、それがそうとも断言できぬような情勢で……」

　頼康は表情を曇らせながら話を続ける。

「先ほど申しました川場の合戦で沼田家が割れた頃、謙信公はその諍いに乗じて沼田城に本庄秀綱という家臣を入れ、これを支配する形となりました。それ以来、沼田城は越後勢の配下にありましたが、謙信公が亡くなられるとすぐに北條が兵を繰り出し、昨年、沼田城を奪取いたしました。しかも越後で内訌が起き、それ以来、名胡桃城の鈴木重則がいかなる立場を取っているのか、定かではありませぬ」

「さようか。ならば、名胡桃城の鈴木重則が、まさにわれらの第一関門ということか」

　昌幸は腕組みをして唸る。

「もうひとつ、沼田景久が沼田街道側の備えとして築いた小川城がありまする。ここには次男の景秋が城主として入りましたが、やはり、内訌の後に小川可遊斎という者が城を乗っ取っておりまする。この者は元々、赤松家の末裔らしく、赤松祐正と名乗っておりました。名胡桃城と小川城は指呼の間にありまするゆえ、攻略するならば対で考えねばならぬと存じまするが」

頼康の簡潔で明快な説明を聞き、一同は感嘆の息を漏らす。

それぞれ位置と関係はわかった。されど、いまひとつ、実感が湧いてこぬ。おそらく、実際の地勢に触れておらぬからであろう。

地図に記された要路と城を見ながら、昌幸の脳裡で目まぐるしく思案が巡る。

「実際に街道を歩き、実物を見てみねば、策も浮かばぬな」

昌幸は皆に聞こえるように呟く。

それを聞いた一同が小首を傾げる。いまひとつ真意が摑めなかったからだ。

「うむ、吾妻路と三国街道を一巡りし、実物を検分するしかあるまい」

「……御大将自ら、物見に出られると？」

矢沢頼康が驚きの表情で訊く。

「さようだ。今後のためにも実際に見ておいた方がよいであろう」

「いや、されど、敵地に等しい処へ自ら赴かれるのはいかがなものかと……」

「大丈夫だ。ちょうど清開坊たちもおることだし、修験僧に化ければ怪しまれることもあるまい。四阿山から赤城山に修行へ出かけるついでに、沼田の辺りを見物してくるだけだからな。いかがであるか、盛清殿」

あまりに奇抜だと思われた昌幸の提案にも、出浦盛清は眉ひとつ動かさずに答える。

「異論ござりませぬ。お供させていただきまする」

「よし、決まった。次の評定まで、まだ時はある。北と南の二手に分かれて各所を検分し、沼田で合流すればよい。そうとなれば、支度がいる。清開坊、修験僧の装束を用意してくれぬか」

「畏まりましてござりまする」

「あとの者も支度にかかってくれ」

昌幸は悪戯を思いついた童のように嬉々として命じる。その姿を、少し困ったような面持ちで河原綱家が見つめていた。

翌朝、昌幸は篠懸という茶渋色の法衣を纏い、梵天という丸房の付いた結袈裟を下げ、岩櫃城を出立する。修験僧に化ける利点は、剃髪しなくとも髷を解いて乱髪の上に兜巾を被れば僧衣に見える処である。しかも、修行僧でありながら錫杖と護摩刀という得物を携帯することを許されており、いざとなればそれらを使って戦うこともできた。

吾妻路を北東に向かったのは昌幸、出浦盛清、矢沢頼康、望月重寛に清開坊以下四名の修験僧を加えた計八名の一行である。しかし、表に見えているのはそれだけでも、この一行には出浦盛清が従える透破頭の熊若と手下が密かに随伴していた。昌幸たちの身に危険が及びそうになったならば、身を隠している透破たちが一斉に姿を現わす手筈になっていた。

片や信州街道を南東に向かったのは、お久根が率いる歩巫女の一団である。いったん渋川宿へ出た後、街道を北上し、沼田の城下で昌幸たちの一行と合流することになっていた。

追分の地点となる中之条から半刻（一時間）ほどで尻高城へ到着する。約一里半の道程だった。山麓にある居館の背後に詰めの城がある小振りな縄張だが、周囲に小川が走る渓谷もあり、水の手も心配ない造りになっていた。

それを確かめてから、さらに一里ほど先の中山城へと向かう。吾妻路と三国街道が交差する中山宿から北側の台地へ登る道がつけられており、その上に梯郭の城が築かれていた。

本丸を南北西の三方から囲むように二の丸を配置し、大振りな堀切と土塁を設けている。さらに二の丸の西側を囲むような形に三の丸が置かれ、裾の捨曲輪まで広がっていた。

「思っていたよりも遥かに大きな城であるな。堀や土塁も立派なもので、なかなかに堅固な構えではないか」

昌幸は額に手をかざしながら呟く。

「中山一統は元々、武蔵児玉党の出自で、阿佐美弘方の子である実高がこの地に来て、中山を名乗ったと聞いておりまする。岩櫃城、沼田城、白井城を繋ぐ場所ということで、念入りに縄張をしたのでありましょう」

「ここにそれなりの兵で籠られると、少しばかり厄介だな。できれば、城攻めはしたくない」

それを聞いた出浦盛清が昌幸に囁きかける。

「念のため縄張の仔細と進入の経路を透破に探らせておきまする」

「それは有り難い。中山親子が恭順してくれれば、使わずに済むのだがな」

苦笑を浮かべながら昌幸が呟いた。

中山宿からそのまま東へ吾妻路を進めば、沼田城のある方角へ出る。だが、一行は中山宿から北に曲がり、月夜野へ向かう。そのまま三国街道を北東に進み、赤根峠を越えれば名胡桃城へ至る。道程にして二里、一刻ほどで着くことができた。

「なんだ、これは……」

名胡桃城を遠目から確認した昌幸は、思わず絶句する。己が思い描いていた姿とまったく違う城がそこにあったからである。

街道から見ると、並郭らしき城が建っており、大手虎口が視界を遮る。だが、その背後は抜けたように何もなく、ただ青空と遠くの山影が見えるばかりだった。

「いったい、この城はどのような縄張をしているのだ⁉」

　違和を感じながら、昌幸は眼を凝らす。

「御大将、南側の丘陵に登ってみれば、もっとよく城の姿が見えまする」

　矢沢頼康の案内で、一行は城の南側に回り込んで丘の上へと登る。鬱蒼とした木立を抜け、斜面の縁まで出ると、途端に視界が開けた。

「崖淵に……崖淵に城を縄張したのか」

　昌幸の眼に映ったのは、嘴状に突出した崖と思しき場所に忽然と建つ名胡桃城の姿だった。

　城の両側は深い渓谷になっており、先ほど見た大手虎口から西に並郭が続き、嘴の突端と思える東側には物見曲輪らしき櫓も見える。

「これが名胡桃城か……」

　昌幸は驚きを禁じえない。

「嘴の如き切り立った崖を利用し、三方を断絶した天然の要害にござりまする。城攻めは西の大手虎口からしかできず、ここを破ろうと兵を廻せば城方からは格好の的となりまする。さらに城方は東の物見曲輪から敵の知らぬ経路を使って麓へ下りられるようになっているのでありましょう。もしも、西側を破られたとしても、そこから脱出できるはずにござりまする」

矢沢頼康の説明を、昌幸は上の空で聞いていた。

「……守るに易く、攻むるに難き城か」

「御大将、眼下をご覧くださりませ」

頼康に促されて下を見ると、大きな河が流れている。

「坂東太郎、利根川にござりまする。そして、あちらをご覧くださりませ」

頼康が指さした南東側の遠望には小高い山があり、そこにも城らしきものが見えた。

「あれが沼田城にござりまする。城下を通っているのが沼田街道でありまして、あれを使えば清水峠を抜けて越後まで行くことができまする。名胡桃城から半里ほど北に行った沼田街道沿いに小川城がありまする」

「なるほど、並行する街道の要衝に本城と二つの支城を築いたということか。その三つが連係すれば、外から来る者に対して予想以上に大きな力を発揮することができる。ふっ、やはり、実物を見てみなければわからぬことが往々にしてある」

昌幸は参ったとばかりに、己の首筋を叩く。

――逆に言えば、いずれの城を攻めるにしろ、この三つを連係させてはならぬということだ。これは思うていたよりも相当に難儀だぞ。

初めて見た名胡桃城は、想像していた以上の衝撃を昌幸に与えていた。

「御大将、この後はいかがいたしまするか。小川城へ向かいまするか」

頼康が気を使いながら訊ねる。

「そうだな。まだ陽も高いことであるし、小川城へ向かおう」

「では、名胡桃城の北側へ行き、そこから利根川の縁まで下りねばなりませぬ」

「ちょうどよかった。この城を崖の下からも見たいと思うていたところだ。行く道々で迷った振りをしながら、名胡桃城と鈴木重則とやらの評判でも拾っていこう」

昌幸は気を取り直したように歩き始める。

一行は名胡桃城の反対側へ回り込み、月夜野と呼ばれる利根川縁（べり）へ下りていった。

野良仕事などをこなしている地の者に道を訊ねる振りをしながら、周辺の風聞（ふうぶん）を拾う。それによれば名胡桃城主としての鈴木重則は決して悪くなく、謙信を後盾にしてこの地を治めてから従う者も増えたらしい。そうしているうちに、半刻ほどで小川城へと着いた。

この城は利根川の西にある段丘（だんきゅう）の上に縄張され、その形状は小振りながらも名胡桃城によく似ている。やはり、舌状（ぜつじょう）の段丘に沿って並郭が築かれ、本丸と二の丸との間にしっかりとした堀が切られていた。

北側と南側は切り立った谷津となっており、東側を流れる利根川を含めて三方を天然の要害に守られる仕組みとなっていた。

「名胡桃城とそっくりな縄張だが、やはり規模から考えても、小川城よりもあの城が重要と考えたのであろうな」

昌幸は先ほどの光景を思い出しながら出浦盛清に話しかける。

「この小川城は、名胡桃城と沼田城の出城の役目をするものに思えまする。ここにある程度の兵を置いておけば、どちらの救援にでも動けまする。もしも、この城が攻められたならば、一方からしか攻められませぬゆえ、籠城して敵の後方から駆けつける味方を待てばよい。おそらく、天然の要害と見える三方のいずこかに抜道があり、敵に知られず伝令が城の外へ出られるようになっているのでありましょう」

三ッ者頭らしく、忍びの視線からの見方だった。

「頼康、この城の主は確か、赤松家の者だと申しておったな」

昌幸の問いに、矢沢頼康は大きく頷く。

「はい。今は小川可遊斎と名乗っておりまするが、元の名は赤松祐正と聞いておりまする」

「沼田とは縁もゆかりもない赤松の者が、なにゆえ城に入り込んだのであろうな。

その辺りのことを探ってみる必要がありそうだな」

「はっ。少し探ってみまする」

「鈴木重則が名胡桃城主となった経緯も、もう少し詳しく調べねばならぬな。三つの城を連係させぬ策の種は、その辺りにあるやもしれぬ」

昌幸は沼田家と二人の城主が離反した理由が付け目になるのではないかと直感的に思っていた。

「それならば、透破の出番にござりまする。鈴木重則と小川可遊斎がそれぞれの城を乗っ取った経緯を調べておきましょう」

「お願いいたす。ともあれ、これだけでも化装(けそう)までして出張ってきたかいがあったというものだ」

昌幸の脳裡には名胡桃城を見た衝撃がはっきりと残っていた。

──あの城が上野を仕置する鍵になるのではないか。

そんな予感を抱くほど心惹かれる城だった。

「頼康、ここでできうる限りの時を使い、名胡桃城と小川城のことを調べる。沼田城へ行くのは、それが済んでからだ」

「承知いたしました」

「本日は近くの社(やしろ)を探し、軒先(のきさき)を借りるとしよう」

一行は小川城を後にし、地の者に近くに社がないかを訊ねる。この日は教えてもらった月夜野神社に一夜の宿を請うた。

翌日の払暁から、再び昌幸たちは周辺の探索に取り掛かった。

昌幸は自ら修験僧に化装し、名胡桃城と小川城の周囲を探っていた。

諜知の網を張り巡らせる中、出浦盛清がいち早く情報を摑んでくる。

「真田殿、小川城の主について、少しばかり面白い話を拾いましてござりまする。赤松家の末裔で可遊斎祐正なる者が城を乗っ取ったという話でありましたが、細かく探ってみましたところ、また別の経緯が浮かび上がってまいりました」

「別の経緯？」

「ええ。どうやら、城を乗っ取ったというよりも、くしくも沼田家の内訌によって小川城を預けられることになった者から、守りを託された客将が赤松祐正だったというのが実状のようにござりまする。しかも、その城を預けられた者というのが、なんと女人であったと」

「女人⁉……」

昌幸は思わず眉をひそめる。

「……小川城を預けられた女人ということは、城主の嫁ということであろうか？」

「さようにござりまする。その辺りの事情を解するためには、永禄年間に起こった沼田家の内訌について詳しく知らねばなりませぬ。少しばかり時を遡り、遠回りな話になるやもしれませぬが、よろしかろうか」

　出浦盛清が訊く。

「沼田城にも関わる事柄であろうから、是非とも知っておきたい」

「わかり申した。沼田家における内訌の主な原因は、往時の関東管領職だった上杉憲政と上野に爪を伸ばし始めた北條氏康の戦いに端を発しておりまする。沼田一門の者たちがこの争いにおいて、関東管領職の上杉憲政を支援する一派と、北條氏康に与しようとする一派に分かれ、それが川場の合戦と呼ばれる永禄十二年（一五六九）の内訌まで高じたようにござりまする」

　盛清が調べ上げた話によれば、往時の沼田城主は万鬼斎顕泰に家督を譲られた嫡男の沼田朝憲であり、先代の万鬼斎は側室との間に生まれた末子、平八郎景義と川場の館に隠居していたという。

　実はこの前年、武田信玄はあえて徳川家康と盟を結び、駿河へと侵攻したことで北條家との盟約が破棄されている。信玄と袂を分かった北條氏康は上杉謙信との講和を模索し始め、由良成繁と北條高広が両家の間を奔走した。

　京の公方、足利義昭からの御内書が下されたこともあり、翌永禄十二年に氏康の子である北條氏秀が謙信の養子になるという縁組が決まり、沼田城で対面して北條と上杉の同盟が締結された。今、上杉景勝と謙信の後継を争っているのが、景虎と改名した北條氏秀である。
沼田朝憲はこの同盟を機に、氏康と謙信の双方に従うことで自領を安定させたが、家中にはこれを快く思わない者もいた。

それが家督を譲って隠居したはずの先代、沼田万鬼斎顕泰だった。この漢には長らく北條家と対峙し、自領を守ってきたという自負があり、いかに謙信との縁組であろうとも沼田家が氏康の轡を取るということが許せなかったのである。

そして、万鬼斎の傍らには別の思惑を秘め、この成り行きを見ている者がいた。
それが側室の湯呑殿であり、平八郎景義の母だった。

「女人というのは、げに恐ろしき生き物にござりまする。先代の万鬼斎が嫡男の勝手な盟約に対して怒っていることを知り、湯呑殿という側室はその怒りを梃子にして、何とかわが子の景義を沼田の惣領に押し上げられないかと考えたらしく、毎夜、寝物語で浅はかな野望を吹き込んだようにござりまする」

盛清はそう言いながら嗤笑をこぼす。

「万鬼斎とやらも若い側室と末子への溺愛ゆえに、まんまとその企みに乗せられてしまったということか」

「さようにござりまする。万鬼斎は新しい盟約を祝すということで嫡男の沼田朝憲を館へ招き、仕物にかけました。よもや実の父親に謀殺の企みがあるなどとは思わず、嫡男の朝憲は川場であえなく最期を遂げておりまする。されど、この嫡男の嫁は北條高広の娘であり、朝憲の家臣たちは越後勢の与力を得て、すぐに万鬼斎と景義の親子を討つために川場の館へ攻め入り、二人は会津の蘆名盛重を頼って上野から出奔しました。この時、沼田家の結束は完全に瓦解し、沼田城は上杉家の下に置かれるようになっておりまする」

「なるほど、それが他の城へも飛火したか。して、肝心の小川城は？」

「この内訌が起きる前から、小川城は沼田の分家である小川景奥が城主を務めておりました。ところが、利根の地に手を伸ばし始めた北條家に攻められ、この景奥という城主は大永四年（一五二四）の戦で討死し、一度は城も焼かれたそうにござりまする。景奥には嫡男がおらず、難を逃れた正室と家臣たちが上杉家を頼り、ほとぼりが冷めた頃に小川へ戻って城の修復を始めたと。そして、その頃に京から流れてきた赤松祐正も客将として居座るようになったと聞いておりまする」

「その客将がいつの間にか小川景奥の後家と懇ろになったという話か」

昌幸は顔をしかめ、呆れたように笑う。

「赤松祐正はなかなかの美丈夫のようで、京で四職を務めた家柄の出ということもあり、後家殿だけではなく、残った家臣にも信望が篤かったようにございまする」

　盛清はその辺りの事情を説明する。

　赤松祐正の器量を認めた家臣たちは、婿として景奥の後家と娶わせ、家と城の再興を後押しした。そうしているうちに、上杉家と北條家の盟約が結ばれることになるのだが、北條氏康に前夫を討ち取られた後家はこれを快く思わず、川場の合戦においては密かに万鬼斎と景義の親子に通じていたようだ。

　もちろん、城主となった小川可遊斎（赤松祐正）もそれを受け入れたが、万鬼斎と景義の親子が会津へ逃亡してからの立場は非常に微妙なものとなった。

　そこに今度は北條家と上杉家が睨み合う越後の内訌が起こったわけである。

「ならば、小川可遊斎は建前として上杉家に従っていると見てよいのだな。だが、会津にいる沼田の旧主とも繋がっているやもしれぬということか」

　昌幸は腕組みをしながら唸る。

「会津へ落ち延びた後、しばらくして万鬼斎は身罷っており、沼田景義だけが蘆名家に寄寓しておるとのこと」

「なるほど。いずれにしても、未だ小川可遊斎の立場は難しいということか。されど、そこが付け目になりそうであるな」

「ええ、その通りかと。加えて、北條家は名胡桃城にも手を出しており、川場の合戦を機に名胡桃城代だった鈴木重則が沼田家を離れて上杉家を頼り、三国街道の通行を確保することを約して独立したようにござりまする」

「すべては内訌によって自壊したということか」

「そう見て、間違いないかと」

盛清は頷きながら答える。

――上杉、北條、そして、われらが武田一門。この三家が上野において覇権を争った渦に呑み込まれ、利根の地に根を張っていた沼田家がばらばらになったということだ。そして、今、越後の家督争いによってまた三家の動きが激しくなったことで、在地の者たちは息をひそめて内訌の成り行きを見つめ、己の身の処し方に一喜一憂しているのではないか。

「うむ、これだけわかれば充分であろう。そろそろ沼田へ行き、歩巫女どもと合流いたそう」

昌幸は沼田城下へ向かうと決めた。

一行は小川城のある月夜野の里を後にし、利根川沿いに走る水上街道を南東に進む。一里半（約六キロ）ほどの道程を一刻（約二時間）で踏破し、城下の沼田宿へ着いた。

昌幸は利根郡の総鎮守であった榛名大権現に向かい、先着していた歩巫女の一団と合流する。

「待たせてすまぬな、お久根。名胡桃と小川の城を調べるのに、少し手間がかかってな」

昌幸は歩巫女たちを率いるお久根に遅参を詫びる。

「おかまいなく。おかげさまで、われらは充分に沼田城の様子について探ることができました」

「さようか」

「権現の宮司様に離れをお借りしてありまするゆえ、まずはそちらへ」

お久根は手回しよく、間借りをしてくれたようだ。その脇に、若い歩巫女が立っている。

よく見れば、お久根とよく似た面立ちをしていた。

「お久根、そこにいるのは……」

「娘にござりまする。裳着も済みましたゆえ、皆と一緒に巫女の修行をさせておりまする」

「……ああ、そなたは確か白山比咩の神人に嫁いだのであったな。その娘が、もう御裳着の年頃か。何というか……月日が経つのは早いな」

何となくばつが悪そうな顔で、昌幸が呟く。

裳着とは男子の元服に相当する女子成人の儀であり、十二歳から十四歳を迎えた頃に行なわれる。

「真田様に、ご挨拶なさい」

お久根に促され、娘は神妙な面持ちで頭を下げる。

「……紗季と申しまする。お見知りおきのほどを、よろしくお願い申し上げまする」

「お紗季か。こちらこそ、よろしく頼む」

昌幸の方が照れくさそうに微笑む。

「お久根、では、離れへ案内してくれ」

「こちらにござりまする」

お久根は昌幸たちの一行を借り屋へ案内した。

そこで荷ほどきの時間も惜しみ、すぐに物見の報告が行なわれる。

まずは出浦盛清が名胡桃城と小川城の状況について話し、それからお久根が三国街道と渋川宿周辺の様子を伝えた上で、沼田城に関する話を始める。

「沼田家の内訌で川場の合戦が起きた後、しばらくは謙信公の家臣である本庄秀綱が沼田城代を務めておりました。そして、上杉と北條の和睦がなった後は、上杉方の交渉役となった上野家成、謙信の旗本にいた松本景繁が沼田城に入り、北條方からは氏邦の家臣、用土重連が加わり、この者たちが沼田三人衆と呼ばれ、城代を務めていたようにございまする」

「ならば、その三人衆が今も沼田の主であるか？」

昌幸は性急な問いをぶつける。

「いえ、違いまする。実は昨年、謙信公が身罷られた時、北條氏邦が武蔵の鉢形城から三万の兵を出し、沼田城を制圧いたしました。ちょうど越後方が弔問に戻った隙を突いてのことと思われまする。氏邦の先陣大将となった猪俣邦憲なる者が城代となったようにございまするが、その直後、なにゆえか沼田三人衆の中で唯一、城に残っていた用土重連が病没しておりまする」

「病没？」

昌幸は眼を細め、疑心の色を浮かべる。

「この身も疑いの念を覚え、調べてみましたところ、以前から用土重連が越後方の言い分を聞きすぎるとして、北條氏邦との間に諍いがあり、主に疎まれて毒殺されたのではないかというのが、もっぱらの風聞にございまする」

「諍いがあったとはいえ、旧臣を亡き者にしてまで沼田城を奪うとはな。それだけ北條が本気で利根の地を欲しているということか。して、今の城主は北條氏邦で、城代が猪俣邦憲という者で相違ないか？」

「はい。さらに周囲の沼田家残党を押さえるためか、猪俣に加え、金子泰清と用土信吉の二人を補佐として置いているようにござりまする。実は金子泰清の妹が会津へ逃げた万鬼斎顕泰の側室となっておりまして、当人はその縁で長らく沼田家の家宰を務めていました。川場合戦の発端となった沼田朝憲の謀殺は、どうも金子泰清の手で行なわれたようにござりまするが、甥の景義が沼田の惣領になれず、会津へ逃亡した後は、上杉家にすり寄って保身を図ったと。そして、こたびは北條氏邦に鞍替えしたのではないかと」

「ふむ、金子とやらは相当の曲者のようだな。用土信吉というのは、毒殺されたという重連とやらの縁故の者か？」

昌幸が、お久根に訊く。

「実弟にござりまする。この者に用土の家を嗣がせ、兄のように城代補佐とすることで体裁を繕ったのではないかと」

「なるほど。ならば、沼田城は猪俣邦憲を筆頭に金子泰清、用土信吉が守っているとみてよいのだな」

「はい、さようにござりまする」

「よく調べてくれたな、お久根。これで利根一帯の様子はだいぶ摑めた。だが、越後の動き次第でいかようにでも状況が変わるであろう。そのことを含めて、皆には北條家と越後の情勢について話しておく」

　昌幸は曾根昌世から聞いた話を一同に伝える。

　昨年、越後の内訌が起きると、北條氏政は己の名代として氏照と氏邦の弟たちを越後に出陣させ、上杉景虎を支援した。氏照は北條氏康の三男であり、氏邦は四男である。そして、越後へ養子に入った上杉景虎が氏康の七男だった。

　氏照と氏邦が率いる北條勢は三国峠を越え、まずは南魚沼郡湯沢の荒砥城と樺沢城を奪取し、そこから上杉景勝の拠点となっていた坂戸城を攻略せんと構えた。

　しかし、そこに景勝の援軍となった武田勢が現われ、坂戸城の後詰として北條勢と御館に入っていた上杉景虎との分断を図る。結局、北條氏照は坂戸城を落とせずに厳冬を迎え、弟の氏邦と北條高広、景広の親子を樺沢城に残して撤退した。

「年が明けて、北條高広はわれらへの備えをするために厩橋城へ戻ったと聞いておるが、おそらく倅の景広と氏邦は三国峠を越えた樺沢城に残っているはずだ。これで、われらの役目は明らかとなったな。沼田城の猪俣邦憲と連係を取っている樺沢城の北條氏邦を分断し、三国街道の交通を制せねばならぬ。これより急ぎ岩櫃城へ戻り、そのための算段をいたす」

　昌幸は一同に申し渡した。

　それから、お久根を呼び、密かな任務を告げる。

「さきほど出浦殿から聞いたように、小川城の後家はまだ北條に対して怨みを抱いているのだ。何とか、そなたらがこの後家に取り入り、小川可遊斎の気持ちがこちらへ向くように仕向けることはできぬか」

「わかりました。小川城の近くに社はありませぬか？」

「われらが宿を借りた月夜野神社がある」

「では、まずその社へ行き、弦打の儀で風聞を広め、何とか城内へ潜り込みまする」

お久根が言った弦打の儀とは、弓に矢をつがえずに弦を打って音を鳴らすことで魔気や邪気を祓う儀礼である。歩巫女の中には梓弓を鳴らしながら退魔の儀を行ない、神懸かりの口寄せによって死者との交霊を行なえる者がいた。

こうした呪術は、戦で夫を失った寡婦などに重宝とされ、歩巫女が訪れると口寄せを望む者たちが行列をなすほどであった。

「うむ、頼んだぞ」

「承知いたしました」

お久根は歩巫女たちを引き連れて沼田を出立し、小川城のある月夜野へ向かった。

昌幸もそれから三刻ほどをかけて岩櫃城へと戻り、寝所へ入った時はすでに夜も更けていた。

しかし、そのまま眠る気にはなれない。體は疲弊しているのに、頭の中が妙に冴え、様々な考えが浮かんでくる。

——さすがに北條の動きは素早く、まるで越後での内訌を見越していたかのように沼田城を押さえている。つまり、謙信公が倒れる前から、明らかに諍いの火種が燻っていたということだ。さて、この身が北條氏邦ならば、次にどちらの城を狙うか。それが読めねば、こちらの打つ手も見えてこぬ。

昌幸は蒲団の上に地図を広げて胡座をかく。

——やはり、立地や城の大きさからすれば、氏邦が喉から手が出るほど欲しいのは、名胡桃城の方であろう。されど、あの縄張りからすれば、城攻めを行なっても容易には落とせぬ。城攻めに釘付けとなれば、われらが横槍を入れてくるだろうと氏邦も考えるか。

地図に見入った昌幸は、顎をまさぐりながら視線を走らせる。

——小川城ならば、力攻めもできぬことはない。それにあの城を押さえれば、少し遠回りになるが三国街道へ出ることはできる。しかも、利根川を挟んでいることを鑑みれば、かえって行軍には都合がよいかもしれぬ。問題は北條に怨み骨髄の小川城の者どもだ。それに較べ、名胡桃城の鈴木重則が何を考えているのか、いっこうに見えてこぬ。

昌幸は大きく伸びをしてから、蒲団の上に仰向けになった。

――名胡桃、小川の前に片付けておかねばならぬこともある。まずは、それから手を付けるか……。

己の思案に身を任せ、自然に瞼が落ちるのを待つ。

すでに天正七年（一五七九）の一月が終わろうとしていた。

暦が二月に入り、昌幸は諜知の結果を踏まえて何度か戦評定を開く。その結果、まずは昌幸が中山城と尻高城の中山景信の親子を訪ね、恭順の意を確かめることにした。

その数日後、昌幸が側近の家臣を連れて中山城を訪ね、中山景信と息子の右衛門尉がそれを歓迎する。

「真田殿、ようこそ参られました。本来ならば、当方から出向かねばならぬところをご足労いただき、まことに申し訳ございませぬ」

中山景信は慇懃な笑みを浮かべて頭を下げる。その古兵面はなかなか堂に入っており、一癖も二癖もありそうだった。

「いえいえ、ちょうど城の中を見たいと思うていたところゆえ難儀とも思いませぬ」

昌幸も飄々とした口振りで答える。

「ささ、こちらへどうぞ」

中山景信が案内した広間には、宴席が設えられていた。

「安芸守殿、これは……」

眉をひそめた昌幸が訊く。

「大したお構いもできませぬが、われらの歓待の意を示しとうござりまする。さあ、どうぞ上座へ」

「安芸守殿、お心遣いは嬉しいが取り急ぎ話をしておかねばならぬこともあり、ゆっくりと盃を交わしている暇もないのだが……」

「では、まず、真田殿のお話を伺いますゆえ、それから一献だけでも」

中山景信が笑みを絶やさず昌幸に上座を勧める。その後ろに、緊張した面持ちの息子が控えていた。

昌幸は仕方なく上座につき、家臣たちもそれにならう。

対面に中山景信が座り、息子をはじめとする家臣たちが下座に並ぶ。

「本日はまず、それがしが吾妻へ来た目的を話さねばなりませぬ」

昌幸は淡々と武田勝頼に命じられた上野の仕置について説明する。

「……これらの役目は、われら武田が新たに結んだ越後との盟約とも関わり、いま起こっている上杉家の跡目争いの行方をも左右することゆえ、漫然と吾妻で様子を見ているわけにはいきませぬ。わが父の代から与力であった安芸守殿を信頼しておりますゆえ、中山一門の方々にも大いに働いてもらわねばなりませぬ。それがしはまだ若輩（じゃくはい）の身にござるが、どうかよろしくお頼み申す」

「いえ、こちらこそ、どうかよろしくお願いいたしまする」

「では、さっそく安芸守殿にお願いがござる」

「ええ、何なりと、ご遠慮なく」

「それは有り難い。われらが御屋形様から託された役目を果たすにあたり、三国街道には居てはならぬ者がおりまする。その者をまず取り除かねばなりますまい」

両眉を吊り上げ、昌幸が厳しい口調で言い放つ。

急変した相手に驚きながら、中山景信が訊く。

「その者とは？」

「宮野城の尻高義隆にござる。かの者は武田に従うと約しておきながら、平然と北條へ寝返った。こたびの役目において当面の敵は北條家となるゆえ、尻高義隆だけは生かしておくわけにはいかぬ。本来ならば、わが父の代でかの者を討ち滅ぼしておかねばならなかったはずだが、その機を逃したことは面目次第もなし。その汚点を雪（そそ）ぐためにも、まずは尻高義隆と宮野城を攻めまする。安芸守殿にも、その陣に加わっていただきたく存ずる」

昌幸の気迫に押されたように、中山景信は小さく頷いた。

「……是非もなし。もちろん、与力させていただきまする」

「それはよかった。まことに、よかった。……断られたならば、どうしようかと思うた」

「断るなど、滅相もありませぬ。されど……」

中山景信の言葉を遮り、昌幸が言い放つ。

「それがしも断固たる決意で出陣してきたからには、尻高義隆の成敗が終わるまで帰れませぬ。安芸守殿にも嚮導をお願いいたしまする。では、参りましょう」

「えっ……。しゅ、出陣？」

狐につままれたような面持ちで聞き返す。

「さよう、出陣にござる」

昌幸はこともなげに答える。

「さ、されど、そのお姿では……」

「戦支度で訪ねてくるのは、いくらなんでも無粋でござろう。それに無用な誤解を招かぬとも限りませぬ。わが具足は家臣に用意させてありまするゆえ、すぐに着替えが済みまする。安芸守殿も、どうか支度を」

「いやいや、何の準備もしておらぬゆえ、いますぐは無理にござりまする」

「戦に必要なものは、こちらで用意してありまする。具足に着替えていただくだけで結構」

「いやいやいや……。それだけではなく、真田殿はこちらへ参られてから日も浅く、この辺りの地勢をご存じないのでありましょう。ここから猿ヶ京宿の宮野城までは相当に離れており、しかも途中には名胡桃城や小川城などがあり、そこの者どもは敵か味方か、態度をはっきりさせておりませぬ。何も定かならぬままに出陣など無謀にござりまする」

　さすがに古兵の中山景信も慌てふためいた口調で両手を振る。

「厭いませぬ。それがしは断固たる決意と申し上げたはず。名胡桃城や小川城の者どもが邪魔をいたすならば、叩き潰してでも先へ進むのみ。越後の情勢や北條の動きを見れば、逡巡している暇はありませぬ」

　昌幸の強硬な物言いに、中山景信は絶句し、居並ぶ家臣たちも顔色を失っている。

「安芸守殿、戦うのが無理ならば、われらに同道し、尻高義隆に対し、『降参して宮野城を明け渡せ』と申し入れていただけませぬか。互いに知らぬ仲でもないのであれば、説得のしようもありましょう」

「……いや、いきなり、さように申されても」

「ちょうどよい。これで固めの盃と参りましょう」

昌幸は酒の入った瓶子と盃を手に取り、立ち上がる。それを持って中山景信の前で胡座をかき、盃を差し出す。

「一献だけ」

その申し入れに、中山景信は顔をしかめて盃を受け取り、昌幸は一献を酌した。

そこに、けたたましい声が響いてくる。

「失礼いたしまする」

大声を上げながら使番と思しき者が駆け込んでくる。

「何事か、騒々しい。お客人の前であるぞ！」

中山景信は使番を叱りつける。

「……も、申し訳ござりませぬ。火急の……件にござりまして」

城主に躙り寄った使番が耳打ちした。

「……実は矢沢殿と海野殿がお見えになりまして……それが、その……戦支度をなされ……夥しい数の兵をお連れになっておりまして」

それを聞いた刹那、中山景信は昌幸が戯言をほざいていたのではないと気づく。

「おお、ちょうどよく後詰の者たちが到着したようにござるな。さ、安芸守殿、お受けくだされ」

昌幸は真っ直ぐに相手の両眼を見つめる。

中山景信は意を決して盃を干し、それを差し出す。

「ご返杯をお願いいたしまする」

「かたじけなし」

盃に一献を注がれた昌幸は、何の躊躇いもなくそれを干した。

「真田殿、それがしも後詰の方々をお出迎えいたしたく存ずるが」

「ならば、一緒に参りましょう」

昌幸は快諾し、中山景信と共に城の追手門まで出た。

城門の外には鎧に身を包んだ矢沢頼綱と海野兄弟が待っており、岩櫃城の総力とも思えるほどの軍勢が待機していた。

それを見た中山景信は眼を細め、思わず小さな溜息を漏らす。

――もしも、この身が与力や同道を拒んだならば、これらの兵が一気に城へ雪崩れこんでくる手筈であったか……。おそらく、尻高城にも兵が廻っておるのであろう。われらの恭順を確かめるために、ここまでやるとはの。真田昌幸、歳に似合わず喰えぬ漢よ。謀将と呼ばれた、あの一徳斎幸隆殿以上の鬼謀か。

中山景信は眩しげに昌幸の横顔を見てから、怯えた表情で立ち竦む息子に命じる。

「わが具足を持て！　そなたもすぐに支度せよ、右衛門！」

その様を見た昌幸は満足げな笑みを浮かべて言った。

「では、後ほど改めて軍評定と参りましょう、安芸守殿」

中山城に入った昌幸は、後詰として到着した吾妻衆に中山景信の親子を加え、さっそく軍評定を開いた。

「われらの当面の目的は三国街道の通交を確保するために、北條方に与した宮野城の尻高義隆を排除することである。そのため、しばらくはこの中山城をわれらの本陣といたし、三国街道の猿ヶ京宿への経路を確保したい」

昌幸は冒頭の口上を述べてから、矢沢頼康に命じる。

「頼康、大地図をこれへ」

「はっ、ただいま」

矢沢頼康と望月重寛は弾かれたように立ち上がり、すぐに広間へ大地図を運び入れた。

そこには岩櫃城から中山城を経由して猿ヶ京の宮野城へ至る道筋と地勢が書き込まれている。もちろん、名胡桃城、小川城、沼田城の位置も示され、周囲の様子が記されていた。

中山景信はその詳細さに目を見張り、驚きの色を浮かべる。

「この地図に記された通り、中山城から宮野城までは、約五里（約二十キロ）の路程である。通常ならば、半日もあれば行軍できるとは思うが、こたびはそうも参らぬようだ。途中には名胡桃城があり、それを越えても小川城の脇を通らねばならぬ。二つの城の主は以前、越後の上杉家に与しており、北條とは反目していたはずである。されど、今もって同じ立場をとっているかどうか定かではなく、われらが宮野城へ進むためには、この二城をどうにかせねばならぬ。ここから三国街道へ出るには赤根峠を越えるのが通常の道筋だと思うが、頼康、もうひとつ道筋があったはずだな」

昌幸が頼康に説明を促す。

「はい。赤根峠の手前に北へ進む岨道がありまして、そちらから金比羅峠を越えてさらに北東へ進みますれば、月夜野の上津大原というところへ出まする。ここは名胡桃城と小川城のちょうど中間にあたり、双方からほぼ一里（約四キロ）ほどの距離となりまする」

「ならば、名胡桃城の辺りを通らぬでも、三国街道へは出られるということか」

「さようにござりまする。されど、金比羅峠を通る道は非常に狭く、曲がりくねっておりまして総軍での行軍には向きませせぬ」

頼康は細かな注意点を補足する。

「しかも、名胡桃城と小川城を敵に回せば、行きはよいが宮野城からの退路がなくなるというわけか」

微かな笑みを浮かべて昌幸が言った。

二人の淀みないやり取りを聞き、中山景信はぴくりと眉を動かす。

――真田殿はすでにこの辺り一帯の地勢を熟知しておるというのか⁉　しかも、実際に行ったことがあるような口振りではないか……。

一同が地図に見入っている中、岩櫃城代の矢沢頼綱が挙手する。

「御大将、ひとつ、お伺いしてもよろしいか」

「何であろうか」

「われらと越後の関係についてでござるが、武田の御屋形様と上杉景勝殿が盟を結んだということは、当然のことながら、かの御方を越後の正統な跡継ぎと認めるということでよろしいか？」

「相違ない」

「では、われらは家督を相続する景勝殿の代わりに上野で動くことになり、越後の上杉家に与していた上野の者たちとの関係をそのまま引き継ぐことになりまする。つまり、少なくとも名胡桃城と小川城は、われらの動きに従わなければならぬ立場のはず。まずは両城へ使者を出し、これらの経緯を伝え、恭順の意を確かめてはいかがにござりましょうや」

「確かに、それが順当なやり方であろうな」

昌幸は小さく頷くが、さらに言葉を続ける。

「されど、使者を立てるだけでは、今の状況がどれほど切迫しているか、先方に伝わりにくいのではないか。向こうからの返答に時がかかると、少しばかり歯痒いな」

「ならば、いっそ、城を兵で囲みまするか」

気骨の老将が放った剛胆な一言に皆が怯み、昌幸は苦笑いする。

「それでは、いきなり喧嘩になりそうだ。その中間では、どうか」

「その中間とは？」

「まずは軍勢を二つに分け、一軍を名胡桃城の前まで進める。その上で城主の鈴木重則殿へ使者を出し、宮野城の尻高義隆を討伐する旨を伝え、与力を頼んでみよう。もう一軍は金比羅峠を越えて上津大原に陣を布き、同じように小川城の可遊斎殿に宮野城討伐の件を伝え、与力を頼んでみたらどうだ。ついでに、これまでの上杉家との誼がどうなったかを訊ね、景勝殿との盟約の件を伝えて、われらの寄騎にならぬかと誘ってみればよい。それならば、返答も早かろう」

昌幸は淡々と己の描いた策を述べた。

その姿に、中山景信は驚きの眼差しを向ける。

――真田殿は最初から宮野城討伐を名分にして名胡桃と小川に兵を向けるつもりであったか。尻高義隆は武田家から北條へ寝返った者であり、越後の上杉家にとっても裏切者である。それを討伐したいと申し入れたならば、相当の兵を動かしても両城主は文句が言えぬはずだ。そのために、これほどの軍勢をこの城へ入れたのか。しかも、真田殿は先月、岩櫃城へ入ったばかりではなかったか。なんという素早さであるか……。

「されど、すでに北條の息がかかっていたならば、いかがなされるおつもりか」

海野幸光が表情を変えずに問う。

「北條と手を結んでいるならば、われらを宮野城へ進ませようとはすまい。あるいは、返答を考えている振りをしながら時を稼ぎ、沼田城の北條氏邦、猪俣邦憲へ泣きつくのではないか。いずれにせよ、それぞれの立場は明確になり、沼田城との関係もはっきりするであろう。城攻めは気に染まぬが、相手が与力を断ってきたならば、ひとつずつ落として進むしかあるまい。いずれは沼田城も落とさねばならぬゆえ、名胡桃城と小川城をその拠点とせねばならぬのだ」

こともなげに昌幸が言い、それを聞いた大方の者が息を呑む。

「越後の情勢を鑑みれば悠長に構えていられる隙もなく、さっそく軍勢を二つに分ける編成を行ないたい。金比羅峠を越えて上津大原に布陣する隊を、叔父上に率いていただきたい」

昌幸は矢沢頼綱に小川城への対処を命ずる。

「御意」

「その隊に安芸守殿も加わってもらいたいのだが、いかがか」

「承知いたしました。喜んで矢沢殿の御供をさせていただきまする」

中山景信が迷いなく即答し、息子の右衛門尉が驚いたように父の顔を見た。

昌幸は満足げに頷き、もうひとつの編成を言い渡す。

「名胡桃へは自ら出向こうと思うのだが、この辺りの情勢に詳しい幸光殿に先導していただきたい」

「御意」

海野幸光が頭を下げ、弟の輝幸もそれにならう。

「出立の日時に関しては、追って詳しく通達するが、日をおくつもりはないゆえ、各々すぐ支度にかかってもらいたい。では、本日の評定はこれにて仕舞いといたす」

昌幸が評定を締め、一同の礼を見てから立ち上がった。

そこに中山景信が近寄ってくる。

「真田殿……」

「何であろうか、安芸守殿」

「……さきほどは、失礼なことを申し上げ、まことに済みませぬ」

「はて、何のことであろうか」

「いや、真田殿がこちらへ参られてから日も浅く、この辺りの地勢をご存じないのでは、と申した件にござりまする」

「ああ、そのことならば気になさらずともよい。確かに周囲をさらっと歩いてみただけゆえ、詳しいことはわかっておりませぬ」

「ご謙遜(けんそん)なさりまするな。これほどまで手早く周到に事を進めておられるとは、それがし、心底から感服いたしました」

中山景信は真面目な面持ちで言う。その表情に追従(ついしょう)の色は感じられなかった。

「いやいや、まだまだ内実を摑んでいるとまでは申せませぬ。特に、在地の者たちの人となりについては。その辺りのことを、是非、安芸守殿にご教示いただきたい」

「何なりと、お訊ねくだされ。必要ならば、利根の方からも知り合いの者を呼びまする」

「かたじけなし。頼りにいたしまする」

昌幸は笑みを含んで答えた。

最初は虚を突かれ、中山景信も戸惑い気味であったが、昌幸の揺るぎない手腕を見て、恭順の意を新たにしたようである。心配していた中山一族の離反もなく、中山城と尻高城を出城として次の仕置に取りかかることになった。

その夜、月夜野から歩巫女の一行が戻り、お久根が昌幸の室で報告を行なう。

「われらが月夜野神社の境内を借り、弦打の儀を行なっておりましたところ、三日目に小川城から遣いの者が参りまして、城の奥方がどうしても亡き御方の霊を呼び出してもらいたいと申し入れてきました」

「可遊斎殿の奥方か？」

「はい、さようにござりまする。その奥方様がお忍びで月夜野神社へお出でになり、討死した小川景奥殿の霊を呼び出してほしいと申されました」

「やはり、前夫のことを気に掛けていたか。して、何を聞きたいと？」

「景奥殿が討死した後に、城を守るために新たな婿を迎えたことを恨んではいないかと気に病んでおられました。それについて弦打の儀で口寄せを行ない、懸念を払って差し上げました。その時に、景奥殿の口を借りまして北條家への恨み辛みを聞かせ、可遊斎殿のことは許すが北條家とだけは絶対に手を携えてほしくない、と言い含めておきました。どうやら、北條はまだ小川城に手をつけていないようにござりまする」

お久根が語った月夜野での成果に、昌幸は膝を打つ。

「どうやら、小川城に楔(くさび)を打ち込めたようだな。われらが動けば、可遊斎殿は武田家と北條家のどちらかを選ばなければならなくなる。その時、必ず奥方の意向(いこう)というものが関わってくるはずだ。よくやってくれた、お久根」

「身に余るお言葉にござりまする。次に、われらは何を探ればよろしいのでありましょうや」

「再び沼田へ廻ってくれぬか。城代の猪俣邦憲を補佐している金子泰清と用土信吉の身辺を探り、家族や親族に何か付け目がないか、徹底して調べてくれ」

「承知いたしました。すぐに出立いたしまする」

「清開坊たちにも、このことを伝えておいてくれ」

昌幸は歩巫女と修験僧たちに次の探索を命じた。

――名胡桃と小川の件を片付けている間に、何とか沼田城攻略の糸口を見つけねばならぬ。

中山城で慌ただしく出立の準備が進められる中、出浦盛清が昌幸に耳打ちする。

「昨夜、直江津から戻りました透破の話によりますれば、どうやら越後で大きな動きがありそうだと。春日山城の上杉景勝殿が慌ただしく戦の支度を始めているとのことにござりまする」

「北條家の援軍が雪で峠を使えぬ間に、勝負に打って出るということであろうか」

「元々、御館に籠もった上杉景虎は兵粮に窮乏しており、ひと冬分を運び入れて何とか年を越せる状況であったと聞いておりまする。雪解け前に先手を取り、戦いを有利に導こうという狙いではありませぬか」

「その一報を摑めば、北條も上野で動き出すであろうな。われらもうかうかしておられぬ」

「さらに詳しく探っておきまする」

出浦盛清の話を裏付けるように、数日遅れて曾根昌世の使番が昌幸を訪ねてきた。

その者の報告によれば、去る二月一日に春日山城の上杉景勝が御館に籠もった上杉景虎に総攻撃を開始したというのである。

「配下の諸将は一斉に御館へ攻め寄せ、景勝殿の寄騎でありまする荻田長繁殿が敵方の北條景広を討ち取りましてござりまする」

「景広とは北條高広の嫡男であるか？」

昌幸の問いに、使番が頷く。

「さようにござりまする。上杉景虎は長男の道満丸（どうまんまる）や前（さき）の関東管領職、山内上杉憲政らと御館に籠もっておりまするが、周囲を焼討して孤立させ、敵方諸将の切り崩しにかかっておりまする」

「それで、この戦の前途をいかように見ておる」

「緒戦の首尾は上々でありまして、北條勢の拠点となっている樺沢城も……」

使番の言葉を遮り、昌幸が一喝する。

「そなたの感想を訊いておるのではない！　昌世殿がどのような見立てをなされているのかを訊ねているのだ」

「……申し訳ござりませぬ」

「雪解けまでには片が付くと見ておられるのか？」

「はい。御大将曰く、すでに敵方の中には内応を考えている者がおり、思いの外（ほか）、早く決着がつくのではないかと見ておられまする」

「調略を仕掛けている相手は？」

「景虎側についた揚北衆と聞いておりまするが」

「さようか。こちらも遅れぬよう、急ぎ上野の仕置を進めておきまするゆえ、ご心配なくと昌世殿へ伝えてくれぬか」

「はっ。承知いたしました」

「大儀（たいぎ）であった」

昌幸は使番を下がらせてから、難しい面持ちで腕組みをした。

それを見た河原綱家が訝（いぶか）しげな顔で訊く。

「御大将、何か気になることでも」

「少しな……」

「越後の戦いも、われらに有利に進んでいるようにござりまするが？」

「今のところはそうだが、長い目で見れば、手放しでは喜べぬ」

昌幸の答えに、河原綱家と矢沢頼康が顔を見合わせる。

「それはいったい、なにゆえ」

「景勝殿が優勢なのは大いに喜ばしきことだが、越後の決着があまりに早すぎても、われらにとって好ましくない事態が起こる。景勝殿が国内を安定させてしまえば、指を銜（くわ）えて上野を見ているのが歯痒くなるであろう。武田に割譲（かつじょう）すると約した所領が気になり、三国街道を南下したくなるはずだ。そうなる前に、われらがすべての仕置を終え、上野を盤石（ばんじゃく）のものとしておればよいが、できなければ越後も介入してくるであろう」

「なるほど……」

「それ以前に、景虎が劣勢となれば、北條は援軍を送ろうと躍起（やっき）になり、自然と上野に兵が溜まることになる。北條勢の拠点である樺沢城と沼田城の連係を強化するためには、名胡桃城、小川城、宮野城の存在を無視できぬゆえ、北條も早々に動いてくるのではないか。ここからは、疾さの勝負となりそうだ。越後での決着がつく前に、沼田城までを一気に制圧しなければならなくなった」

昌幸はさらに準備を急ぎ、二月の終わりに中山城から兵を押し出した。

自らは本隊を率いて赤根峠を越え、名胡桃城の十町(約一キロ)ほど手前にある三重院に陣を布く。そこから海野幸光と輝幸の兄弟を遣いに立て、鈴木重則に宮野城討伐の与力を申し入れた。

矢沢頼綱を大将とする別働隊は金比羅峠を越えて上津大原に陣を布き、中山景信が使者となって小川可遊斎に与力を申し入れる。

まずは双方の城ともその申し入れを受け取り、「考慮のために少し時がほしい」と返答してきた。

そして、先に答えを返してきたのは、名胡桃城の鈴木重則であった。

書状には「昌幸と直に会って話がしたい」と記されていたが、その会談の場所を巡って評定が紛糾する。鈴木重則の真意は定かでなく、罠があった場合のことを考え、先方の城へ出向くのは危険すぎた。かといって、鈴木重則を陣中に呼び出すのは難しく、互いに納得のいく場所で限られた手勢だけを連れて会うのが常道なのだが、周囲には林檎畑が広がるだけで適当な場所もない。

　そうしているうちに、小川城からも返答が届く。

「与力はやぶさかではないが、それに際して直に確かめたきこともありまするゆえ、城でお会いできないか」

　小川可遊斎の返答も鈴木重則のそれと同じような内容だった。双方とも昌幸の人となりを確かめたいという申し入れである。

「ならば、三人で一堂に会せばよいではないか」

　昌幸は心配そうな家臣たちに言い渡す。

「三人で一堂に会す、と?」

　河原綱家が怪訝な面持ちで訊く。

「さよう。可遊斎殿は小川城へ来てくれと申しておる。鈴木重則殿に小川城へ出向いてもらい、この身も訪ねようではないか。諍いではなく誼を通じるための話し合いなのだから、供はいずれも徒手の十名だけと決めよう。各々、事前に小川城へ検分役を出し、話し合いの場を確かめてから入ればよい。それでどうだ」

　昌幸の意外な発案に一同は驚くが、それならば騙し討ちの危険は大幅に軽減できるはずだった。問題は鈴木重則がそれを承諾するかどうかである。

「案ずるより産むが易し。まずはその条件で返事をしてみるしかあるまい」

昌幸の指示した通りに、返事が出された。

両者に当惑はあったようだが、鈴木重則と小川可遊斎から承諾の返答が届いた。

昌幸は海野幸光に名胡桃の本隊を預け、わずかな手勢だけを連れて上津大原の陣へと向かう。約束の日となった三月上旬に、小川城へと赴いた。

出浦盛清に検分役の前捌きをまかせ、会談の場を確かめた後に、側近の者たちに矢沢頼綱と中山景信を加え、昌幸は小川城へ入る。

広間へ通されると会見の設えは三方同席となっており、すでに小川可遊斎と鈴木重則が待っていた。

「ようこそ、わが城へ参られました、真田殿。それがしが小川可遊斎にございまする」

立ち上がって頭を下げた可遊斎は、昌幸の一回りほど歳上と見受けられ、鷹揚な所作で席を勧める。その面には育ちの良さが見て取れ、いかにも女好きのする美男だった。

「名胡桃城の鈴木重則にござりまする。よろしくお願い申し上げまする」

鈴木重則は昌幸が想像していたよりも遥かに若く、角張った顔がいかにも実直そうに見える。

「武田勝頼が名代、岩櫃城主、真田昌幸と申しまする。本日はそれがしの願いに応じてお集まりいただき、まことに有り難うござりまする」

三人の中で最も若い昌幸は、堂々と挨拶する。それから、己がいかなる命を受けて上野に来たかを話し、越後の内訌や武田家との盟約などについて詳しく説明した。

小川可遊斎と鈴木重則は厳しい表情でその話を聞いている。

「本日はせっかくこうして御二方にお会いできましたゆえ、かねてよりお願いしておりました宮野城討伐の与力についてだけではなく、もう少し腰を入れた話をさせていただきとうござりまする」

昌幸の意外な申し入れに、小川可遊斎と鈴木重則はそれとなく互いの表情を探り合う。

「真田殿、われら小川城の者は宮野城討伐の経路確保をお手伝いし、北條に与せぬということで与力を果たせると考えておりましたが」

可遊斎は怪訝な面持ちで言う。

「それがしも三国街道の通交を保証し、北條とは結ばぬことで名胡桃の立場を明らかにできると考えておりました」

鈴木重則も同じようなことを述べた。

「この身も最初はさように思うておりました」

昌幸は笑みを浮かべて答える。

「されど、越後ではすでに事態が動き、それだけでは済まなくなってしまいました。それについて、お聞きいただきたい」

すでに始まった上杉景勝の総攻撃について説明し、御館に籠もった上杉景虎がどのような劣勢にあるかをつまびらかにする。

それだけでなく、景勝がどのように敵将を切り崩し、武田家がどのような助力をしているかまでをありのままに話した。

「おそらく、調略に応じた揚北衆が近々、上野と越後の国境にある樺沢城へ攻め寄せるでありましょう。雪解けが済んでからでは北條の援軍が押し寄せまするゆえ、一気に落とすつもりかと存じまする。御館攻めについても同様。景勝殿に和睦をなさるつもりはありませぬ。つまり、われらも手をこまぬいておるわけにはいきませぬゆえ、すぐに宮野城討伐を片付けねばなりませぬ。されど、本日の題目は、それではござりませぬ。景勝殿が越後の後継者となった暁(あかつき)に、この上野がいかような局面を迎えるかということにござりまする」

昌幸は真剣な眼差しで二人を見る。

その気迫に押されまいとするかのように、小川可遊斎と鈴木重則は固く口唇(くちびる)を結ぶ。

「今、それがしからお話しいたしました越後の情勢を鑑み、御二方には宮野城討伐の与力などより、もっと大きな決断をしていただかなければなりませぬ。本日はそのことをお話ししに参りました」

「……もっと大きな決断？」

小川可遊斎がそう呟き、鈴木重則は思わず固唾を呑む。

「難しい話ではありませぬ。御二方が武田家を選ぶか、北條を選ぶのか。それを決めていただきとうござる」

ともすれば、恫喝とも取られかねない内容だったが、昌幸は何の力みもなく言ってのける。

それを聞いた二人は、しばらく黙っていた。その後方で供についた家臣たちが色を失っている。

「だいたいの話はわかりましたが、なにゆえ、さように性急な決断をせねばならぬのか、少し腑に落ちませぬな。中立を考える者もいるのではありませぬか」

可遊斎はあえて胸を反らして言い放つ。

「この話に、中立はあり得ませぬ。われらは予想外に早く越後の決着がつくと踏んでおりまする。それでも北條は上野に兵を入れ、最後まで景虎を救援しようとするでありましょう。その際に拠り所となるのは沼田城であると存じまするが、われらは越後の決着がつく前に、かの城を落とさねばならぬ使命を帯びております。それゆえ、今となっては宮野城討伐と沼田城攻めを同時に行なわなければならぬほど切迫しておりまする。その際に名胡桃城と小川城の立場がはっきりしておらねば、われらも動くに動けぬので、中立を認めるわけには参りませぬ」

昌幸は一歩も引かない構えだった。

「されど、それぞれに事情が……。のう、重則殿」

可遊斎は名胡桃城主に助けを求める。

「真田殿、武田家を選ぶというのは、いかなる意味にござりまするか?」

鈴木重則が強ばった面持ちで訊く。

「武田の一門に属していただくということにござりまする。つまり、われらの麾下に入っていただくということになりまするな」

昌幸の答えに、重則の顔がさらに歪む。

「それができぬとなった場合には?」

「できぬとなった場合には、北條家の与力とみなし、城攻めもやむなしと考えておりまする」

さすがにその返答には、二人の城主も顔色が変わる。

「さような荒事にならぬよう、本日の席があるとも思うておりまするが。それがしが存じておるところによれば、御二方とも北條家とは確執があり、謙信殿に誼を通じたのではありませぬか。考えてもみてくだされ、越後の内訌に決着がつけば、次の戦いの場は上野となりまする。しかも、それは上杉と北條の戦いではなく、北條とわれら武田家の戦いとなりまする。われらは先方衆として上野へ参りましたが、戦いが激しくなれば、おのずと武田の本隊がこちらへ進軍してくるでありましょう。いずれにせよ、在地の方々は武田につくか、北條につくかを選ばねばならず、逡巡している間もなくなりまする。そのことを踏まえ、御二方には御決断をお願いしに参りました。一足早く傘下に入っていただければ、それなりの執り成しもできようというもの」

「ならば、真田殿」

堂に入った昌幸の話しぶりに、歳上の二人も微かに頷くしかなかった。

鈴木重則が肚を括った顔で言葉を続ける。

「われらが武田家の傘下に入ると決めたならば、次に何を望まれるのかをお聞きしたい」

「それについては、御二方それぞれに違いまする」

「ここでは言えぬと申されるか」

「いいえ。さきほど申し上げたように、われらがやらねばならぬことは決まっておりまするゆえ、隠し立てすることは何もありませぬ。鈴木殿にはわれらの沼田城攻めに加わっていただき、名胡桃城をその先陣とさせていただきとうござる。可遊斎殿には宮野城討伐へ加わっていただきとうござる。その際に、水上街道における北條の動きを牽制せねばなりませぬゆえ、小川城にわれらの兵を置くことをお許しいただきたい」

実に苛烈な要求だったが、昌幸は何の躊躇いもなく二人にぶつける。

「されど、沼田と宮野の攻略を終えた暁には、城の安堵は当たり前として、新たな所領を加増して差し上げまする。武田は本気で上野へ出張っておりまするゆえ、そのことをご理解いただいた上で、色よいお返事をいただきとうござりまする」

すでに小川城の広間は得物を持たない戦場も同然となり、それぞれが論陣を張らなければならなくなっていた。

「では、決断までの猶予は？」

顔をしかめた小川可遊斎が確認する。

「ご返答はいま、この場でいただきたい」

昌幸は二人の顔をゆっくりと見回す。

呆れ返ったような小川可遊斎と鈴木重則の顔がそこにあった。

「……と申し上げたいところではござるが、本日より三日は待たせていただきまする。それで、いかがにござりましょうや」

　笑みの消えた昌幸が微かに俯く様を見て、二人の城主はそれぞれに違う気配の溜息をつく。

「それがしは三日を貰うても、時を持て余すだけ。それゆえ、ここでご返答申し上げる。きっぱりとお断りいたす」

　小川可遊斎が決然と言い放つ。

　その途端に場の空気が凍りついた。

　一同はそれとなく昌幸の表情を窺うが、視線は真っ直ぐに小川城主へ向けられただけで、特別な感情の揺らぎは見受けられない。

「きっぱりとお断りしたい……本来ならば、さようにお答えするところだが、こたびは真田殿の申し入れを受けさせていただくしかなかろう」

　昌幸の物言いにあえて意趣を返す形で、可遊斎は言葉を続ける。

「北條か、武田。いずれかを選ばねばならぬのならば、小川の衆が北條を選ぶことはあり得ませぬ。また、われらが北條に立てねばならぬ義理などひとつもない。同じように武田家にもそこまでの借りはないと存ずるが、盟を結んだ上杉景勝殿が必ず勝つと真田殿が断言なさるのならば組まぬ手はなかろうて。ただし……」

　可遊斎は言葉を止め、相手の表情を窺う。

「忌憚なくお話しくだされ」

昌幸は薄い笑みを浮かべながら話を促す。

「ならば、言わせていただくが、いきなり城中にそちらの兵を受け入れよというのは乱妨にござる。小川の衆はこれまで方々の者どもに騙され、散々にいたぶられてきた。他家の兵を入れ、われらが城を追い出されたのでは、元も子もありませぬからな。真田殿と情誼が通ずるまで、それなりの時を要すと思いまするゆえ、その辺りのことをお察しいただきたい」

可遊斎の返答は、昌幸が想定していた通りのものだった。そこで、すかさず次の一手を繰り出す。

「なるほど、それは可遊斎殿の申される通りかもしれぬ。われらも信義の上にて、手を組みたいと思うておりまする。然らば、兵ではなく、わが腹心の者を可遊斎殿の側近として城に置いていただけませぬか。可遊斎殿がわれらについてお知りになりたいことを何でも訊ねていただければよいし、もしも、北條家から使者が来たとしても無下には帰さず、その者と一緒に話を聞いていただければよいかと。さすれば、敵方の狙いも読め、すぐに対処することができまする」

「側近の方を城へ……いったい、どなたを？」

「ここにおりまする矢沢頼綱を。わが大叔父にござりますれば、それがしのことは小童(こわっぱ)の頃から知っており、おそらく他では聞けぬ辛辣(しんらつ)な評も聞けまする」

「岩櫃城の矢沢殿、さような大物を……」

　小川可遊斎は微かに眉をひそめ、思案顔になる。しかし、すぐに迷いを振り払うように返答した。

「……わかり申した。お受けいたそう」

「ご理解、有り難く」

　昌幸は承諾してくれた小川可遊斎に頭を下げてから、次に鈴木重則を見つめた。

　一同の視線が今度は名胡桃城主に向けられる。

「それがしも、三日はいりませぬ。ここで返答させていただきたい」

　野太い眉を微動だにさせず、鈴木重則が言葉を続ける。

「武田家がまことに沼田城攻めを行なうと申されるならば、こちらはすぐにでも兵を入れていただきたい。われら名胡桃衆は寡兵ゆえ、何か性急に事が起こった場合、自力で対処するほどの余裕はありませぬ。すでに、沼田城の用土信吉殿から、当方と北條家で会合を持たぬかという打診があり申した。おそらくは、名胡桃城を北條方に明け渡せという申し入れであり、このまま返答を延ばし、手をこまぬいておれば、向こうは兵を向けてくるつもりでありましょう。それゆえ、こちらとしては先手を打っておきたいと存ずる」

「なるほど、名胡桃の衆とわれら武田家の利害は一致していると」

「さように考えていただいて結構にござりまする。確かに川場の擾乱があったせいで、沼田一門は四散してしまいましたが、こたびの北條の遣り口は決して許すことができませぬ。亡くなった用土重連殿とそれがしは旧知の仲であり、北條氏邦の確執で毒殺されたという風聞が流れている以上、かの者と手を組む気はありませぬ。されど、北條に与した金子泰清は権謀術数に長けた奸物であり、われらの弱点を熟知しておりまする」

「名胡桃衆の弱点？」

「堅固に見える城郭の弱みや守る兵の数がいかに少ないかということにござりまする。隠していても早晩知られてしまうことゆえ、正直に申しましょう。天然の要害に築かれたこの城は確かに守りに長けておりまするが、築城からそれなりの年月が経ち、修復の余裕もないまま只今に至っておりまする。しかも、城兵は近隣の者たちをかき集めても二百そこそこ。金子泰清がそれなりの兵を率いて陣頭に立てば、ひとたまりもありませぬ。われらは死んでも北條へは城を渡したくありませぬゆえ、真田殿の申し入れを受けさせていただきたい」

鈴木重則は真剣な面持ちで肚の裡を見せる。

名胡桃城主がそこまで真意をさらけ出したことに、昌幸や家臣たちは少し驚いていた。

「城中の現状はわかり申した。ならば、十全の兵を入れ、すぐに城の改修へ取り掛かるということでよろしいか？」

昌幸はあえて念を押す。

「お願いいたしまする」

鈴木重則にならって名胡桃衆が頭を下げた。

「御二方ともに当方の申し入れを承諾していただき、まことに有り難く……」

会合を締めようとした昌幸の言葉を遮り、小川可遊斎が声を発する。

「真田殿、しばし、お待ちを。重則殿に訊ねたきことがありまする」

「何であろうか、祐正殿」

「沼田城の信吉殿から、そちらに会合の打診があったというのは、いつにござるか？」

「年明けのことにござりまする」

「こたび、重則殿はそれを正式に断ると？」

「ええ、そのつもりにござりまする」

鈴木重則の答えを聞いた小川可遊斎の顔が歪む。

「うぅむ……。ならば、いざという時のために支度をしている沼田の兵が、こちらへ向くということか……」

大きく息を吐き、可遊斎が頭を振る。

「真田殿、先ほどの話であるが、やはり、矢沢殿に兵を付けていただけぬか」

「ほう、なにゆえ、気が変わられたのであろうか」

「名胡桃城に武田家の兵が大挙して入ったと知れば、沼田の北條勢は攻略の足場として小川城に眼を向けるであろう。名胡桃城を攻めるために用意した敵勢が押し寄せれば、われらとて、ひと堪えもできませぬ。やはり、武田家の援軍をいただきとうござる」

「可遊斎殿がさように申されるならば、是非もなし。宮野城討伐に向かう兵をそのまま援軍としていただき、必要があれば名胡桃城からも助けを出しまする。それでよろしいか」

「かたじけなし」

小川可遊斎は深々と頭を垂れる。

「では、固めの盃と参りましょう」

昌幸は穏やかな表情で会合を締め、酒宴の支度が始められる。こうして小川城と名胡桃城はひとまず武田の傘下に収まることになった。

小川城を後にする時、矢沢頼綱が昌幸に囁きかける。

「たった一日で二つの城を落とすとは、さすがにござりまするな。しかも、一兵たりとも損じておらぬ」

「ふっ、たまたま運良く皆の思惑が揃っただけ」

昌幸は小さく笑みをこぼす。

――されど、兵の消耗もなく、吾妻から利根まで足場を築けたのは僥倖（ぎょうこう）。問題はここからだ。

二つの城を足場として固めるため、昌幸は翌日からすぐに動き出す。名胡桃城へは海野兄弟と兵を入れ、河原綱家を使者として甲斐の古府中へ差し向け、城を改修するための費用を無心することにした。小川城には矢沢頼綱が率いる吾妻衆が入り、上津大原の陣を中山景信にまかせ、自らはいったん中山城へ戻って岩櫃城との連係を取った。

昌幸が忙しく宮野城、沼田城攻略の支度を進める中、出浦盛清の放った透破が越後から驚くべき一報を持ち帰る。御館を追われて鮫ヶ尾（さめがお）城へ逃げ込んでいた上杉景虎が、景勝側へ寝返った堀江宗親（ほりえむねちか）に追い詰められ、自害してしまったというのである。北條勢は樺沢城も奪還され、雪に阻まれて救援することもできなかった。

雪解け前に勝負に出た上杉景勝の目論見が成功したようであり、それが三月末の出来事だった。敵方の総大将が自害したとはいえ、まだ上杉景虎に従った重臣も残っており、戦いは続いていた。

――この一件はすぐに伝わり、上野一帯に何か動きが起きるであろう。

昌幸は北條の動きを警戒しながら、着々と出陣の準備を進めた。

そして、古府中から越後情勢に関しての続報が届いた後、曾根昌世が直々に岩櫃城を訪ねてくる。

「昌幸、こちらの首尾は上々のようだな。名胡桃城と小川城の件は、御屋形様もたいそうお喜びになられておる」

「有り難き仕合わせにござりまする」

「こたびは、そなたと内々に打ち合わせたいことがあって訪ねて参った。二人だけで話をしたいのだが」

曾根昌世の申し入れを受け、昌幸は同席した家臣たちに目配せする。他の者たちが退出し、奥の間で二人きりとなり、昌世が話を再開する。

「越後での動きが、さっそく上野へも及んだ。厩橋城主の北條高広が当家への服属を申し入れてきた」

「まことにござりまするか。北條高広は確か倅の景広を緒戦で討ち取られたはずではありませぬか」

「そうなのだが、情勢を見て当家に与した方が上野では安泰と判じたのであろう。

それだけではなく、不動山城主の河田重親も帰属を打診してきておる」

「景虎に付いていた上野の越後勢は、早々に北條を見限ったということにござるか。何という変わり身の早さ」

「これらのことは、そなたの沼田城攻略に関わると思い、直に伝えようと思うたのだ。箕輪、厩橋、不動山の城が固まれば、そなたも沼田へ動き易くなるのではないか」

「確かに三国街道の押さえは万全になりまする」

「であろうな。だが、話はそのことだけではない。本題に入ろう。実は御屋形様が年内に武王丸様を元服させたいと仰せになられておる」

曾根昌世の話を聞き、昌幸は驚きを隠せない。

「されど、まだ、さような御歳では……」

武王丸とは主君の嫡男だが、まだ齢十三になったばかりであり、本来ならば元服するには早すぎた。

「武王丸様がまだ幼いことは重々承知の上で、御屋形様は織田家との関係を見据え、御元服の儀を執り行なおうとなされている。遠山の御方様が逝去なさった今、織田家との縁をつなげるのは武王丸様しかおらぬ」

主君の正室となった遠山の方は織田信長の養女であったが、難産の末に武王丸を産み、その直後に身罷(みまか)ってしまった。長篠の戦いで同盟関係が崩れた織田家との和睦を再び模索するため、勝頼は信長に縁のある嫡男を後継者として立てることにしたようだ。

「昌幸、この御元服に際し、そなたには二つほど頼みがある。ひとつは、そなたの長男をこの機に元服させ、武王丸様の近習にしたいということだ。これは御屋形様からのたっての願いでもある」

「源三郎を躑躅ヶ崎の御館へと？」

「さようだ。そして、もうひとつは武王丸様の初陣についてである。それを上野にできぬかという仰せなのだ。もちろん、その際には御屋形様自らも御出陣なされる。どうだ、引き受けてもらえるか」

「沼田城の攻略を武王丸様の初陣とするのは、少々荷が重くありませぬか。あの城は思うたよりも構えが固く、力攻めとなれば相当の犠牲を覚悟しなければなりませぬ」

主君の嫡男が初陣となれば、当然の如く近習の源三郎も初陣を迎えることになる。

——初めて合戦に臨む若武者にとって、城攻めは難度が高すぎる。

それが昌幸の見解だった。

「沼田城の攻略を初陣にとは申しておらぬ。あの城を落としても、周囲の北條勢を駆逐せねばならぬはずだ。その中で武王丸様の面目が立つ一戦を見繕ってくれぬか。難儀な頼みだとはわかっておるが、この身が出向いてきた意を汲んでくれ。頼む」

「わかり申した。沼田城の奪取を急げということにござりまするな」

「さようだ。無理を申してすまぬな」

「昌世殿、ひとつお聞きしてもよろしいか」

「何であろうか」

「先ほどの北條高広と河田重親の申し入れは、当家の何方を通してのことにござりまするか？」

「ああ、それならば大炊介殿が話を受け、釣閑斎殿を通して御屋形様へ話が上がった」

「なるほど。どうやら、他家ではその御二方に話をすれば、御屋形様にまで通ると思われているようにござりまするな」

昌幸の言った御二方とは、跡部大炊介勝資と長坂釣閑斎光堅のことであり、越後との交渉を牛耳っているのもこの二人だった。

「皮肉を言うな、昌幸」

昌世は苦い表情で微かに俯く。

――どうやら、昌世殿はあの二人に押されているようだな。御屋形様の周りでも側近たちの実権争いが激しくなり、それが武王丸様の周囲にも飛火するようになっているのであろう。さような綱引きの最中へ、源三郎を勤めに出すのは気が進まぬ。されど、断りようもないか……。

昌幸は気を取り直して上輩に願う。

「お申し入れの件は、しかと承りましたゆえ、倅が御館へ参りましたならば、どうか昌世殿の後見をお願いいたしまする」

「わかっておる。御屋形様が次なる御惣領の近習に、そなたの長男を御指名なされたのだ。真田家を重く見てのことであり、そなたへの信頼の証ではないか。この身もできるだけのことはする。案ずるな、昌幸」

「承知いたしました」

密談が終わり、曾根昌世は酒を酌み交わすこともなく、急ぎ古府中へ帰って行った。

その直後に、武田勝頼の出陣が伝えられる。徳川家康が駿河に侵攻するという一報を受け、沼津まで出張って砦を築き始めた。

ところが、九月に入ると突然、小田原にいた北條氏政が伊豆の三島へ兵を進め、ここに砦を築き始める。さらに家康が駿河の二山に布陣し、勝頼を挟撃するような構えを取った。この二つの動きは明らかに申し合わせたものであり、北條と徳川が手を組んで駿河と遠江から武田を駆逐する狙いが見て取れた。

　御館の乱に端を発した武田家と北條家の戦いは、意外にも東海で始まった。

　しかし、それはすぐに上野にも飛火する。勝頼は服属した厩橋城の北條高広と箕輪城の内藤昌月に武蔵の鉢形城攻めを命じた。

　この城は北條氏邦の本拠であり、上野侵攻において最も重要な役割を果たしている。そこを厩橋と箕輪の連合軍で突き崩し、三島に出張った北條氏政の背後を脅かそうという狙いだった。

　これに対し、北條氏政は河越城の軍勢を厩橋城に差し向け、寝返った北條高広を叩こうとする。これらの戦いを助けるために勝頼は海津城や小諸城から信濃衆を動員し、瞬く間に合戦の規模が拡大していった。

　厩橋城の北條高広が援軍を要請した今村城の那波顕宗がこの戦線に加わり、そのまま武田家への服属を願ってきた。

　こうした一連の動きは、昌幸にとって好機となる。兵を入れた名胡桃城の改修を突貫で終え、利根川を渡る兵站を整えた。

　そのような中で鈴木重則が昌幸に耳打ちする。

「真田殿、内々でお耳に入れたきことが。できれば、二人きりでお話を」

「では、後ほど奥の間で」

昌幸は名胡桃城に設えた己の室を指定した。

そこで語られ始めた鈴木重則の話は驚くべきものだった。

「実は、沼田城の用土信吉殿が真田殿に会えぬかとそれがしに申し入れて参りました。どうやら、信吉殿も重連殿の死を訝しんでいるようで、兄上の死をうやむやにしたまま北條家には仕えておられぬということのようにござる」

「して、面会の目的は？」

「当人は武田家への服属を望んでおると。その証として真田殿が沼田城へ入る手助けをし、城を明け渡したいと申しております」

「それはいかにも生臭い話だ。沼田には城代の猪俣邦憲と沼田衆をまとめる金子泰清がいると存ずるが、その者たちはいかがいたすつもりであろうか」

昌幸は逆に警戒しながら話を進める。用土信吉の申し入れを鵜呑(うの)みにするつもりはなかった。

「猪俣邦憲は只今の情勢により、鉢形城と沼田城を行ったり来たりしているようにござりまする。信吉殿ならば、その予定を掴むことができますゆえ、動向を逐一報告してもらい、猪俣邦憲の留守を狙えばよいと存じまする。どうやら、金子泰清は今になってまたぞろ会津に逃げた甥の沼田景義(かげよし)と密に連絡を取り合うという怪しげな行動を繰り返しているようで、事によっては信吉殿が討ち取ることもやぶさかではないと申しておりまする」

「同じ沼田の一門であった者を？」

「信吉殿は兄に毒を盛ったのが金子泰清ではないかと疑っているようにございまする。かの者が北條氏邦に取り入るために重連殿を毒殺したのではないかという風聞は、それがしも耳にしたことがありまする。信吉殿も確たる証拠を摑んでおりませぬゆえ、手出しはしておりませぬが、それがしの知る金子という漢は平気で保身のために裏切りをやってのける奸物にござりまする。旧主への讒言によって、この身を沼田城から名胡桃へ追いやったのも金子泰清の仕業でした」

　鈴木重則は口惜しそうに口唇を嚙む。はじめて見せる感情の揺れ動きだった。

「なるほど、その二人を突き崩せば、兵を損じることなく沼田城を奪うことができるというわけか。されど、それが罠であった場合、われらはまんまと北條勢の網にかかってしまう。さて、どうしたものか」

　昌幸は髭をしごきながら、とぼけた口調で呟く。

「では、用土信吉殿にこの城へ来てもらいましょうぞ。それができるのならば、会って話を進めればよし。来られぬのならば、この話はなかったことに。それでいかがか、重則殿」

「その話を返すのは簡単にござりまするが、信吉殿がここへ参るのは至難の業かと」

「どだい、兵を損じずに沼田城を奪うなどということが至難の業。それを成し遂げるためには、その業を積み重ねてゆくしかありませぬ。ひとつでも崩れれば、策そのものが瓦解いたす。調略とはさようなものだと、父と旧主から厳しく教え込まれました」

「……わかりました。信吉殿に来ていただきましょう」

鈴木重則は難しい条件をあえて呑んだ。

用土信吉の寝返りで沼田城攻略の糸口が見えてきたが、昌幸はその策一本に頼るつもりはなかった。

すぐに出浦盛清を呼び、透破に用土信吉の身辺を探らせる。さらに歩巫女頭のお久根と修験僧の清開坊を呼び、金子泰清と会津の沼田景義の身辺を探ることを命じた。

――調略について、大御屋形様に戒められた事柄がもうひとつある。主君を裏切ってまでも保身を考える者は、何度でも同じことを繰り返す。そのことを含んだ上で調略を行ない、寝返った者からは眼を離すな。それが大御屋形様の訓戒だった。こたびの場合、最も扱いが難しいのは金子泰清であろう。ともあれ、武王丸様の御元服が行なわれるまでに、沼田城攻略の目処をつけねばならぬ。

昌幸はさっそく真田の里に遣いの者を出し、妻の於松と長男の源三郎を岩櫃城に呼び寄せた。

まずは於松に長男の元服と躑躅ヶ崎館への出仕を伝え、それから入れ替わりで源三郎を己の室に呼ぶ。

「……失礼いたしまする」

室に入ってきた源三郎の顔は明らかに強ばっており、これからなされるであろう話に身構えていた。

「源三郎、来年のはずであった、そなたの元服が少し早まった。本年の内に御屋形様のご嫡男であらせられる武王丸様の御元服が行なわれ、それに合わせて近習となる者たちの元服が行なわれることになったのだ。つまり、そなたは元服を済ました後、武王丸様の近習となって古府中の躑躅ヶ崎館で勤めを果たさねばならぬということだ。わかるな」

「はい」

源三郎は頬を紅潮させながら頷く。

「それが済めば、武王丸様の御初陣となるが、近習のそなたも初陣に臨まねばならぬ。おそらく、その戦場は父が預かった上野となるであろう。次なる御惣領、武王丸様の近習となり、初陣を共にできるということは、武田の家臣として最高の栄誉をいただいたと思うがよい。それだけに勤めは厳しく、弱音を吐くことは許されぬ。よいな」

「承知いたしました」

源三郎はきっぱりと答え、口唇を結ぶ。

「源三郎、父は齢七の時に質として真田から古府中へ参り、何もかもが里と違って見え、戸惑うばかりであった。兄上たちに言わせれば、べそばかりかいていたそうだ。それに較べ、そなたは古府中の屋敷での暮らしも長く、甲斐の水には馴染んでおるゆえ、御館へ上がってもさほど戸惑うことはないであろう。されど、初めて上輩や同朋の者たちに囲まれて勤めを果たすのは、思うておるよりも大変であり、悩むことも多くなるであろう。それを乗り越え、戦場の死線を乗り越え、己の役目を果たすことが、武士として身を立てるということだ。それを覚えておくがよい」

「はい。肝に銘じておきまする」

「さて、少しばかり早いが、そなたにこれを渡しておくことにする」

昌幸は用意してあった袱紗の包みを息子の前に差し出す。

「開けてみよ」

「はい」

源三郎が包みを解くと、中から一振りの小太刀と四辺を折り畳んだ緋毛氈が現われる。

それを見た昌幸は懐かしい匂いを思い出し、瞳が潤みそうになる。己が七歳の時に父の前で見た光景だった。

「その小太刀は齢七の時に父が御爺様からもらった吉光の守刀だ。形見分けには早いが、そなたへ渡しておく。そして、隣にあるものはわかっているな」

「……あ、はい」

ますます頬を紅潮させ、瞳を潤ませて緋毛氈をめくる。

「六連銭……」

「さよう。われらの旗印、六連銭は冥銭であり、本来ならば生けし者が持つべきものではなく、冥府へと旅立つ死者が六道を巡れるようにと柩の中へ入れてやるものなのだ。それゆえ、冥銭を抱く覚悟を決めた者は死者と同じゆえ、二度は死なぬ。身命を惜しめば命を失い、武名を惜しめば命が残る。武士の生様とは、さようなもの」

昌幸は六連銭の意味を説く。まるで己の脳裡で亡き父の幸隆が喋っているような錯覚に囚われていた。

「真田に生まれし者ならば、六道さえも懼れず。それが六連銭の旗印を背負うわれらの矜持なのだ。その覚悟ができたならば、冥銭を己が懐へ収めるがよい」

昌幸はあえて突き放すような口調で言い渡す。同時に、父が二十七年前に抱いていたはずの切なさが、はっきりとわかった。

六つの冥銭に手を伸ばした源三郎の指先が、小刻みに震えている。それでも、素早く緋毛氈を畳み、しっかりと懐中へ忍ばせた。

真田の父から子へ、その魂魄が受け渡された刹那である。

「……有り難き仕合わせにござりまする」

源三郎は両手をつき、深々と頭を下げる。

その堂々とした所作を、昌幸は眼を細めて見つめた。

――泣きべそばかりかいていたこの身とは、較ぶるべくもなし。そなたならば、大丈夫だ。まずは躑躅ヶ崎館でしっかりと己の身を立てよ。

「源三郎、まずは真田の里へ戻り、弁丸と思う存分遊んでやるがよい。おそらく、あ奴が一番寂しがるであろう。それから、古府中の屋敷へ行き、河原の伯父上から近習としての心構えを躾けていただくがよい。年末まで時はない。精進せよ」

「承知いたしました」

源三郎は泪をこぼすこともなく、引き締まった面持ちで答えた。

十一月の終わりを迎え、昌幸の下に出陣中だった勝頼が十二月九日に古府中へ戻るという一報が伝えられ、武王丸の元服の日取りが決まった。昌幸は取り急ぎ、岩櫃城から古府中の屋敷へ戻り、主君に伺候する。

「真田、上野の仕置が忙しい中、足労をかけたな。されど、そなたの長男が武王丸の近習になってくれることは、余にとっても大きな喜びである。真田一門が武王丸の代でも末永く忠孝を尽くしてくれることと信ずる。して、長男の名をいかように考えておる？」

武田勝頼は上機嫌の様子で訊く。

「もしも、武王丸様の御名の偏諱(へんき)をいただけまするならば、それに幸の通字(つうじ)を加えたく思うておりまする」

「武王丸は大御屋形様から信の一字をいただき、わが名の勝を加えて信勝(のぶかつ)といたすつもりだ。それゆえ、そなたの長男は信幸(のぶゆき)でどうか」

「有り難き仕合わせにござりまする」

「これが済めば二人の初陣ぞ。余も上野へ参るつもりゆえ、前捌きは頼んだぞ、真田」

「畏(かしこ)まりましてござりまする」

暮れも押し詰まる中、武王丸の元服が行なわれ、武田信勝となった。源三郎も真田信幸と名乗り、年明けから躑躅ヶ崎館に出仕することになった。

それを見届けた昌幸はすぐに岩櫃城へ帰り、休みもなく沼田城攻略の煮詰めに入る。今度は上野先方衆筆頭として、己が身を立てる番だった。

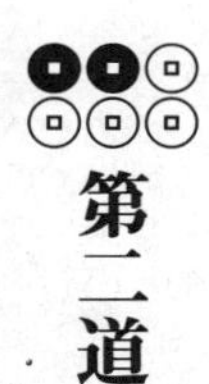

第二道 瓦解

上空を渡る疾い気流に皐月雲が流され、絹空の裂目から三日月の切先が顔を覗かせる。犀利な光が雲の淵を青白く輝かせ、地上の影を微かに浮かび上がらせた。

昌幸は腕組みをし、刻々と変化してゆく空模様を見つめる。その頰を湿った夜風が撫でていた。

そこへ矢沢頼康が駆け寄ってくる。

「御大将、間もなく約定の丑刻（午前二時頃）にござりまする」

「さようか」

昌幸は三日月から眼を離し、静まり返った沼田城へと視線を向ける。

「して、城からの合図は？」

「まだにござりまする。されど、東の櫓門の上で合図の灯りが廻されましたならば、すぐに伝令が来る手筈になっておりまする」

頼康の父である矢沢頼綱は先陣大将となり、櫓門の見える沼田城の東の外辺に軍勢を伏せていた。

「東の櫓門から合図を出すのは、用土信吉殿の手の者であったな」

「はい。手下の者が灯りを廻した後、用土殿が自らの手で櫓門の扉を開ける手筈となっておりまする」

「うむ。頼康、幸光殿に伝令を飛ばし、金子殿が三の丸の追手門を開ける機を違えぬよう注意せよと伝えてくれ」

「承知いたしました」

矢沢頼康はすぐに手配りへと走る。

昌幸は再び腕組みをして空を見上げた。

暦は天正八年（一五八〇）五月四日の鶏鳴となっており、間もなく待ち望んでいた沼田城攻めが始まる。流されてゆく雲を追いながら、脳裡でここへ至る経緯を思い出していた。

沼田城の攻略における糸口は、意外なところから見つかった。

昨年、岩櫃城に入った昌幸は越後で起こった御館の乱を睨みながら、上野の吾妻郡から三国街道を押さえるために動く。その際に名胡桃城の鈴木重則、小川城の小川可遊斎祐正らと利害が一致し、幸運にも無血で二つの城と衆を味方につけることができた。

その直後に鈴木重則から驚くべき話が持ちかけられる。なんと北條方の沼田城代となった用土信吉が武田家への服属を望み、城の奪取に協力したいと申し入れてきたのである。

それに対し、昌幸は用土信吉が自力で名胡桃城へ会いに来るならば話を聞くという条件をつけ、鈴木重則はその旨を先方に伝える。隠密裡にこうした動きが始まったのは、今年の二月末になってからだった。

その間にも、上杉景勝の勝利が上野一帯に伝えられ、北條方に付いていた在地の勢力に動揺が走る。それを力で鎮めようとして北條氏邦も動き始め、武田家に服属した小川城へ攻め寄せた。

しかし、小川可遊斎は昌幸の援護を得て、矢沢頼綱の率いる精鋭とともに北條勢を撃退する。さらにその余勢を駆り、猿ヶ京宿の宮野城へ攻めかかり、北條方に寝返った尻高義隆を討ち滅ぼした。

昌幸は越後との約定通りに三国街道を制し、虎視眈々と沼田城攻略の機を窺っていた。

それを察したかの如く、ある夜、用土信吉が名胡桃城を訪ねてくることになり、昌幸は鈴木重則とともに奥の間でそれを迎えた。

「思うた以上の遅参となり、申し訳ござりませぬ」

用土信吉はまず遅参を詫びたが、隣には腹心の供がたった一人しかいない。この漢がいかに切迫した状況で訪ねてきたかは一目瞭然だった。

「信吉殿、ご足労にござりまする。こちらが真田殿にござりまする」

鈴木重則の紹介で、昌幸は用土信吉と挨拶を交わす。見たところ、この漢は昌幸が思っていたよりも若く、まだ二十代の前半ではないかと思われた。

「さっそくだが、用土殿。大筋は重則殿から聞き及んでいるが、あえて、お訊ねしたきことがある」

昌幸は真っ直ぐに相手を見つめる。

「何なりとお訊ねくだされ」

用土信吉はすでに肚(はら)を括(くく)っているという面持(おもも)ちで答える。

「では、直入(ちょくにゅう)にお訊ねさせていただこう。そなたが当家への服属を願っているということは、こたびの来訪により充分わかり申した。されど、その服属がそなた自身だけのことなのか、沼田城を含め、そなたに従っている衆までのことなのか、それをまずはお訊きしたい」

「わかりました。こちらも隠し立てなく申しまする。それがしは己(おのれ)だけの保身ではなく、沼田城にいる衆を含めて武田家への服属を望んでおりまする。ただし、そのような話を城中で他言(たごん)したことはなく、実行するためには機を窺い、それなりの覚悟ができる者だけを集める必要がありまする。同じ沼田の旧臣とはいえど、それがしと同じ考えの者ばかりではありませぬゆえ」

「なるほど、それならば当方が考えている事柄と大差はありませぬ。して、用土殿、城中ではいかほどの衆を取り纏(まと)められそうか」

昌幸はわざと性急な問いかけをする。

「数までは、ここで即答できませぬ……」

信吉は微かに眉をひそめながら答えを絞り出す。

「……できませぬが、かようにお考えいただけませぬか。いま沼田城には三種の者がおりまする。まずは北條方の猪俣邦憲殿の配下、これが城内の半分を占めておりまする。されど、猪俣殿は鉢形城との行き来があり、沼田を留守にしていることが多く、留守は家臣の宇津木資邦殿が預かっておりまする。北條の兵もその時々で変わり、猪俣殿が他所での戦に出張る時は極端に少なくなっておりまする」

「猪俣邦憲の動き次第で、沼田城の様子は大きく変わると」

「さようにござりまする。そして、残りが沼田の旧臣にござるが、それも金子泰清殿に従う者と、それがしに従ってくれる者とに分かれておりまする。それゆえ、猪俣殿が留守の時ならば、それがしがまとめられる兵は、城中の三分の一であると」

信吉は熱を込めた眼差しで昌幸を見る。

「わかりました。では、さらにお訊ねするが、そなたが武田家に服属するということを知ったならば、金子殿はどのように動かれるとお思いか」

「ううむ……」

顎をまさぐり、信吉はしばし思案顔になる。

「……率直に、申し上げてもよろしいのであろうか」

「お願いいたしまする」

昌幸は薄い笑みを浮かべて話を促す。

「正直なところ……まったく読めませぬ。川場の擾乱で沼田家が四散した後、泰清殿は北條の力を梃子にして沼田城代に返り咲きました。己の思惑を通すためには手段を選ばぬ方であり、そのせいで、わが兄が巻き込まれたのやもしれませぬ……」

信吉は口唇を嚙み、口惜しそうに俯く。

それを見た昌幸と鈴木重則が顔を見合わせた。

「用土殿、率直に話していただき有り難く」

「いえ……」

会話を交わした感触で、昌幸はこの若武者が本音を吐露していると思っていた。

「ここまで肚を割ってもらったのだから、こちらからも率直に申し上げねばならぬことがあり申す。われらが探ったところでは、このところ金子殿が会津の蘆名家に寄寓する甥の沼田景義殿としきりに書状を取り交わしているとのこと。もしかすると蘆名家を後盾にし、景義殿の返り咲きを画策しているのやもしれませぬ」

「まことにござりまするか⁉」

信吉は驚きの表情で顔を上げる。

「されど、事はさほど簡単に運びますまい。金子殿が会津の蘆名家を利用しようとしても簡単に進む話ではなく、そこには当家と北條の対立、常陸の佐竹家と会津の蘆名家の対立が絡まり合っておりまする。越後での内訌以来、武田家は常陸の佐竹家と盟を結び、北條を挟撃する態勢を取っておりまする。蘆名家は北條と関わりがあり、越後の内訌においても北條の縁者である上杉景虎殿に与力しようとしましたが、景勝殿に打ち破られてからは北條と蘆名家がこれまでの通りの関係でいられるかは微妙なところでありましょう。しかも、どうやら会津の蘆名家では代替わりが起きそうだ」

昌幸は意味ありげな笑みを浮かべ、蘆名家の内情について話を続ける。

これまで蘆名家の隆盛を牽引してきたのは十六代目の惣領、蘆名盛氏であり、御館の乱に乗じて越後に出兵するなど領土の拡大に余念がなかった。関東では北條家と協力し、白河の結城家の相続を巡って常陸の佐竹義重と睨み合ってきた。

しかし、昌幸と出浦盛清が探ったところによれば、その蘆名盛氏が昨年から重い病に臥しており、いつ亡くなってもおかしくない状態であるという。しかも盛氏の一人息子は五年前に早世しており、どうやら二階堂家から養子に入った蘆名盛隆が跡を嗣ぎそうだった。

「この蘆名盛隆はまだ二十そこそこの身であり、養子になったとはいえ、元々は二階堂家からの人質であったらしく、蘆名家と血は繋がっておりませぬ。さような者が家督を嗣いでも、すぐに家中の実権を掌握するのは難しく、下手をすれば今度は蘆名に内訌が起きてもおかしくはありませぬ。つまり、金子殿が会津の蘆名家に力を借りたくとも、向こうにそのような余裕があるかどうか。逆に武田家の盟友である佐竹家は、この機を密かに狙っておりまする。佐竹家が蘆名に楔を打ち込んでくれれば、自然と北條の眼はそちらに向きまするが、北條氏邦は決して沼田家の者が城に戻ってくることを許しますまい」

昌幸の口から諜知による詳細な事情を聞き、信吉は感嘆の息を漏らす。

「そこまでお調べになっているとは……」

「この話を聞いてもらったのは、城攻めに際して金子殿をどのように扱うかということを用土殿と相談するためにござる」

「真田殿はいかように考えておられるのか。是非とも、それをお聞きしたい」

「金子殿は相当に癖のある方だということは、われらも存じておる。されど、こたびはあえて金子殿を引き込んだ上で沼田城を押さえたいと考えており、すべての答えは先ほど用土殿が申されたことにありまする。それがしはこたびのことを城攻めとは考えておりませぬ。北條が間隙を突いて城を奪取したように、われらは沼田城を乗っ取りたいと考えている。それならば、敵は少ないに限りまする。曲者は敵に廻せば厄介だが、味方とするならば、それなりに使いようもある」

「すでに泰清殿から服属の申し入れがあったと？」

「いいえ。それはありませぬ。されど、策士にはそれなりの策をもって当たらねばなりますまい。用土殿には色々と思うところがおありになるであろうが、ここは辛抱していただきとうござる。すべてのことが終わりましたならば、そなたの兄上のことをもう一度調べ直すということでいかがか」

「わかりました。すべてをお話しいただき感謝いたしまする。これで、それがしの肚は決まりました。真田殿を信じまする。どうか、よろしくお願いいたしまする」

用土信吉は膝に両手を置き、深々と頭を下げた。

「こちらこそ。頭をお上げくだされ、用土殿」

昌幸は笑みを浮かべて言葉を続ける。

「このように名胡桃城で何度もお会いすることはできぬと思うゆえ、互いの連絡を取り持つ者を沼田城へ連れていってもらえませぬか」

「連絡を取り持つ者？」

「さようにござる。重寛、入るがよい」

昌幸の呼びかけで、襖戸の外から声が響いてくる。

「失礼いたしまする」

室の中へ入ってきたのは、出浦盛清の下で透破の以呂波を鍛えられた望月重寛だった。

「後日、この者を城へ行かせまするゆえ、用土殿の雑掌として雇ってくだされ。周囲には遠い縁者とでも言っていただければよい。書状さえ預けていただければ、その後の連絡事はすべてこの者が手配りいたし、城から外のことは武田の透破が請け負いますゆえ、ご心配なく。重寛、そなたの主となる用土信吉殿だ。ご挨拶せよ」

「真田昌幸が家臣、望月重寛と申しまする。若輩者にござりまするが、どうか宜しくお願い申し上げまする」

望月重寛は深々と頭を下げる。

「こちらこそ、宜しくお願い申す」

用土信吉は戸惑いを浮かべながらも、昌幸の素早い手配りに感心した。

こうして昌幸と用土信吉の初めての面談が終わり、数日後には望月重寛が雑掌として雇われ、昌幸は沼田城に一本の楔を打ち込んだ。

――さて、問題は金子泰清をいかように引き込むかだ。策を弄する者には、それなりの策を用意してやるか。

すでに修験僧と歩巫女を使い、金子泰清の身辺を細かく調べてある。それにより、この者が会津にいる甥と連絡を取るための遣い（つか）の者が誰であるかも摑（つか）んでいた。

金子泰清は目立たぬように正室の侍女（じじょ）を連絡に使っており、昌幸はそこに眼を付け、その侍女を捕捉（ほそく）する策に出た。

これらのことは出浦盛清と透破たちが受け持ち、会津に入る前に遣いの侍女を捕らえた。女の素性（すじょう）や身辺などもすべて調べ上げており、出浦盛清は会津にいる沼田景義への遣いのことが北條家の者に知れれば、己だけでなく親族郎党（ろうとう）にも咎（とが）が及ぶと脅（おど）し上げる。もちろん、侍女もそれくらいのことはわかっており、見逃してもらえれば何でも協力すると申し出た。

出浦盛清は遣いの度に書状を持ってくるように命じ、会津からの返事のように見せかけて己が認（したた）めた書状を届けさせた。そして、沼田城へ入った望月重寛がこの侍女に接触し、妙（みょう）な動きをしないように釘（くぎ）を刺す。城の中にも監視の者がいることに心底から怯（おび）え、侍女は完全に傀儡（くぐつ）となった。

そして、昌幸と出浦盛清が仕掛けた謀計（ぼうけい）を実行する時がやって来た。

「昌幸殿、ついに金子が網にかかりました」

出浦盛清の報告に、昌幸は拳（こぶし）を掌（てのひら）に打ちつける。

「明日の夜更（よふ）けに、蘆名の遣いと面会するために、金子泰清は沼田城の近くにある上沼須の金剛院へ出向いて参りまする。蘆名家の現状を説明するために沼田景義がわざわざ蘆名の者を遣いに出したということになっておりまするゆえ、もちろん、当人はわれらが待ち受けているとは知りませぬ」

「蘆名家が代替わりのせいで動かず、金子はさぞかし歯痒い思いをしていたであろうな」

昌幸はさもおかしそうに笑う。

「さて、いかがいたしまするか。そのまま捕縛し、城へ戻れぬようにいたしまするか」

盛清が遣う乱破の手にかかれば、金子泰清はひとたまりもなく骸となる。

「いや、金子の首はまだ残しておこう。それよりも、明晩はこの身も金剛院とやらへ出向いてみようと思うのだが」

「昌幸殿自ら出向かれると？」

「直に話をした方が早いであろう」

「それは危のうござりまする。寺とはいえ、敵城のすぐ近くであり、何か手違いがあってからでは遅うござりまする。どうか、お止めくだされ」

「そなたや透破乱破の者たちが居ても守れぬと？」

昌幸はからかうような口調で訊く。

「守れぬことはありませぬが……」

「金子が明晩を指定したということは、猪俣邦憲が沼田城を留守にしているからであろう。大丈夫だ」

「まったく、敵（かな）いませぬな」

出浦盛清は仏頂面（ぶっちょうづら）でぼやく。

翌日、陽が暮れてから修験僧に化装（けそう）した昌幸と出浦盛清は屈強（くっきょう）な乱破に囲まれ、名胡桃城を出立（しゅったつ）する。三国街道を南下し、川田（かわだ）という里から利根川（とねがわ）を渡り、そこから東へ進んで上沼須の金剛院へ到着した。だいぶ遠回りな道程になるが、これならば沼田の城下を通ることもない。上沼須の金剛院は沼田城から半里（り）ほど南東に行ったところにあった。

寺に入ってから昌幸は直垂（ひたたれ）に着替えて相手の到着を待つ。子刻（ねのこく）（午前零時）を過ぎた頃に、二人の供を従えて、金子泰清がやって来た。

「これはまた、かような大人数で会津からご足労いただき、まことに有り難うござりまする」

金子泰清は堂宇（どうう）に並ぶ昌幸たちを見て、少し驚いたように挨拶する。

「いえいえ、何の難儀（なんぎ）もありませぬ。どうぞ、お掛けくだされ」

昌幸は正面の床几（しょうぎ）を勧（すす）める。

己の予想と様子が違っていたのか、金子泰清は訝しげな面持ちで腰掛けた。
「金子殿、本日は会津のことなども含め、肚を割ってお話ししたきことがあります
る。と申しましても、われらは蘆名家の者ではござりませぬ」
涼しい顔で話を始めた昌幸を見て、相手の形相が変わる。
「それがしは岩櫃城城代、真田昌幸にござる。本日は武田勝頼が名代として参り
ました」
「なにっ⁉」
金子泰清は床几から腰を浮かし、刀の柄に手をかける。
「この身を謀ったのか！」
「待たれよ！」
昌幸は床几に腰掛けたまま右手で制止する。
「この場で荒事になっても、そちらに利はありませぬ。ここにいるのは、そなたの
眼に見えている者たちだけではなく、その刀を抜いても後悔するだけにござる。せ
っかく、このようにして会えたのだから、少し話をしませぬか。かような機会も、
そうそうはあるまいて」
「敵方に謀られ、何の話をせよというのか」
泰清は柄から手を離し、仕方なく床几に腰を下ろした。

「まずは当方から会津の蘆名家についてのお話をして差し上げまする。それから、そなたの意見をお聞きしたい」

昌幸は相手に有無を言わさず、蘆名家の現状について話し始める。用土信吉に聞かせた話と同じであり、蘆名盛氏の重病と養子への代替わりについて細かく説明した。

金子泰清は蓼の葉を嚙むような顔でそれを聞いている。

「……実は、しばらく前から金子殿が沼田景義殿から受け取っていた書状は、われわれが認めたものにござりまする。それゆえ、あそこに書かれていたのは偽りではなく、逆に限りなく真実に近く、甥御殿にはなかなか言えぬことも認めてあったと存ずる。今の蘆名家は内訌の寸前にあり、他所に兵を貸せるほどの余裕はないはず。常陸の佐竹義重殿が『この機を逃さずに白河の結城家を取り戻す』と、わが主君に明言しておりまするゆえ、蘆名盛隆殿も沼田城の方角を向いている暇はありますまい。当家はそのように見ておりまする」

「それで、この身に何を申せと？」

金子泰清は怒ったような声を出す。

「ならば、お訊ねいたすが、そなたが北條の力で沼田城代に返り咲いてから頻繁に甥御殿と連絡を取り合っているが、それはなにゆえなのか。いくら金子殿の甥御とはいえ、北條氏邦や猪俣邦憲が沼田家の者の帰参を許すとは思えませぬ。まあ、北條と蘆名はそれなりに繫がりがあるゆえ、甥御殿に奇禍が及ぶことはないと思うが。されど、そなたが沼田景義殿と密に連絡を取り合っていることを北條が知ったならば、かえって城での立場が危うくなるのではありませぬか？」

昌幸は冷静な口調で訊く。

「それがしは会津にいる甥に沼田へ戻れたと近況を知らせただけじゃ。それ以外に他意はない」

「では、そなたが書状に認めた蘆名家の兵を借りて云々に関しては、どう説明なされる」

「そ、それは……」

「この身が猪俣邦憲ならば、それを見逃さぬが」

昌幸の言葉に、金子泰清は歯嚙みする。

「……こ、この身に脅しをかけ……武田に寝返れとでも申すつもりか」

「なめるでないぞ、金子！」

昌幸が突然、大音声を発する。

「それがしがここに居る意味をそろそろ解すがよい。ここへ来るまでに、そなたを仕物にかけることなど造作もなかったわ。それゆえ、この身がここに悠然と座っておられるのだ。はぁ、大声を出すと汗が出るな」

腰から扇を抜き、昌幸は片手でそれを振って勢いよく開く。

「よいか、この扇を再び畳んだならば、ここにいる者だけでなく、天井裏に潜んでいる乱破の者たちも一斉にそなたへ飛びかかる手筈になっておる。合図を出せば、おそらく、瞬きの間も生きてはおられまい。われらはそのような支度をして、この場に臨んでおる。つまり、そなたはすでに死地の真っ只中にいるというわけだ。そのことは解していただけるか?」

その問いかけに、金子泰清は生唾を呑む。二人の供は眼を見開き、軀を硬直させている。

「解してもらえたようなので、話を続けるとしよう」

昌幸は開いた扇で優雅に首筋を煽ぎながら話を続ける。

「われらが手に入れたそなたの書状を猪俣邦憲に摑ませ、衆ともども城から燻り出すことは簡単かもしれぬ。されど、北條と当家の戦いにおいては、さように手緩い策を使っている暇もない。そなたも策に優れた者と自負するならば、今の上野がいかに緊迫しているか、わかっているであろう。厩橋城の北條高広と不動山城の河田重親が武田家に服属し、箕輪城と連係して北條氏邦の鉢形城を落とさんとしている。それで尻に火がついた猪俣邦憲は、沼田城を顧みている余裕がない。先ほど話した通り、北條と繫がりの深い会津の蘆名家は内訌寸前であり、われらの盟友である常陸の佐竹が動けば、そちらへも兵を廻さなければならなくなる。おそらく北條は上野に兵を留めておけぬであろう」

昌幸は上野を取り巻く現状を淡々と語る。

真っ直ぐにその顔を見つめ、金子泰清は真剣に聞き入っていた。

「われらはすでに名胡桃城、小川城、宮野城と三国街道を押さえ、越後とも連係しており、次の標的がどこかは語るまでもないであろう。その中で、かように怪しい動きをしているそなたが生き残れる方法はひとつしかない」

「……生き残るために何をせよと申されまするか」

「そなた自らの手で沼田城を明け渡してもらいたい。さすれば、命は保証いたす」

昌幸の言葉で、場は静まり返った。

金子泰清はへの字に口を結んで眼を瞑る。しばらく黙っていたが、おもむろに口を開く。

「……猪俣殿が留守の時に、そなたの兵を城内に手引きせよということにござりまするか」

「さすがに話が早い。われらは無用な血を流すつもりはなく、できれば穏便にことを進めたいのだ。そなたの手引きがあれば、城方の犠牲も最小限で済むであろう」

「それを呑むとして、あえて言わせていただくが、さような危険を冒して命の保証だけとは間尺に合いませぬな。それならば、われらも武田家に服属させていただきたく存ずる。せっかく戻れた沼田から、放逐されるのだけはかなわぬ」

　泰清はすでに策から逃れられないことを悟り、本音をぶちまける。

「うむ、確かにそれも一理あるか……。されど、当家が会津にいる甥御殿を受け入れることはあり得ぬ。それに加え、そなたが武田家を裏切らぬという証もない。やはり、服属は難しいと考えるが」

「それならば、われらも身の証を立てたいと存ずる。沼田城には、われらと同じく沼田の旧臣がいることはご存じであるか？」

「存じているが」

「用土信吉と申し、前の城代の弟なのだが、その者が明け渡しを邪魔せぬように、われらが事前に始末しておくということで、身の証にしていただけないだろうか」

「ほう、同じ沼田の旧臣を葬ってでも、武田家への忠誠を示したいと」

「さようにござる。どうせ、城代など二人も必要ありませぬ。ならば、邪魔になりそうな者は取り除いておいた方がよいと思いませぬか」

　糸口を摑んだと思ったのか、泰清は前のめりになって力説する。

「なるほど、それもひとつの考え方ではあるが、やはり止めておこう。用土信吉殿はすでにわれらの与力ゆえ、邪魔にはならぬ」

「えっ⁉」

泰清は眼を見開いて絶句した。

「そなたと郎党が武田家への服属を望むならば、もっと確かな証が必要となるであろう」

昌幸は冷ややかな口調で言い渡す。

「……たとえば、いかような」

金子泰清は顔をしかめながら聞き返した。

「武田の一門に加わりたいのならば、甥であろうとも沼田家の者とは縁を切ってもらわねばならぬ」

「それは……」

「沼田家の者が武田と敵対する蘆名家に寄寓し、そなたが通じている以上、とうてい御屋形様からお許しはいただけぬ。もしも、そなたが縁を切るという決断をしたとしても、口頭での誓約では信ずるに値せぬ。われらに沼田の城を明け渡した後、はっきりとした身の証を立ててもらいたい」

「……その身の証とは？」

「そうであるな。たとえば、われらが沼田城へ入ってから、甥御殿を呼び寄せ、そなたの手で始末をつけてくれぬか」

昌幸はこともなげに言ってのける。

「ま、まさか。……た、戯れを」

「戯れ言ではあらぬ。川場の擾乱が起こる前、先代の嫡男である旧主を葬ったのは誰であったろうか。金子殿、そなたではないのか？」

昌幸は眼を細めて相手を睨めつける。その両眼には冷酷な光が宿り、相手に仮借なき選択を迫っていた。

金子泰清は眼を逸らしながら俯く。

――わが身辺を洗いざらい調べた上での恫喝だというのか……。

その両眼には明らかに混乱と畏怖の影が揺らめいていた。それを見て取った昌幸は、さらに畳みかける。

「先代の頼みで弑逆ができるのならば、己が生き残るために甥御殿を葬れぬという道理はなかろう。そこまでの覚悟を見せてもらえるのならば、そなたら郎党の服属をこの身が責任を持って上申し、必ずや御屋形様からお許しをいただいてこようではないか」

昌幸は何の外連もなく言ってのける。

その言葉に、泰清が顔を上げた。

――この若造の揺るぎない自信は、いったい、どこからくるのか？

改めて、相手の顔をしげしげと見つめる。

――われらを夥しい刺客で囲んでいるがゆえの自信とみるべきか……。それにしても、敵地へ乗り込んできたとは思えぬほど、ふてぶてしい面構えだ。この若造は確か武田の上野先方衆、真田幸隆の倅であったはずだが、その跡を嗣いだという自負のなせる業なのか。あるいは、己の背後に武田の大軍が控えているという狐仮虎威なのか……。いずれにしても、のっぴきならぬ処へ誘き出されてしまった。

「……もしも、できぬとお断りした時は？」

泰清の問いに、昌幸は微かな笑みを浮かべる。

「この場で、この扇を畳むだけにござる」

「生きては帰さぬ、と？」

「服属を口にしたのは、金子殿、そなたにござる。ならば、できぬという返答は、最初から論外ではないのか。この身は『そなた自らの手で沼田城を明け渡してもらえれば命は保証いたす』と申したはず。だが、そこからさらに服属を持ち出して条件をつり上げたのはそちらであり、つり上げた以上は元の話へは戻れぬ。さて、いかがなさるか？」

「……かような有様で詰め寄られたならば……承伏するしかありますまい」

泰清は観念したように答える。

「……されど、甥の件については、少し時をいただきたい。それなりの覚悟と踏ん切りをつけねばならぬゆえ」

「承知いたした。ここで約していただけるならば、まずはそれでよい」

昌幸は相手の申し入れを受け入れた。

「さて、では、ここで約定の中身を起請していただこう」

「えっ!? ……いま、すぐ、ここでと?」

「さよう。そなたの服属を御屋形様へ上申する前に、その起請文で家中の下地均しをしておかねばならぬ。なに、心配はいらぬ。二つの約定を起請していただければ、家中の反対も抑えられようて。盛清殿、起請の支度を」

昌幸は澄ました顔で出浦盛清に命じる。盛清は手下に文机を運ばせ、その上に矢立と巻紙を用意した。

金子泰清は呆気にとられた面持ちでそれを見ていたが、眼前にすべての支度が調えられ、仕方なく起請文を認め始めた。

書き終わった文面を確かめてから、昌幸は満足げな面持ちで文机の上に小刀を置く。

「では、金子殿、血判を」

促された泰清は渋い表情で小刀を抜き、切先で薬指を突き、その血を親指に付けて拇印を捺す。

昌幸も後見人として己の署名と花押を入れてから、最後に同じ要領で血判を捺した。

「この約定をもって、われらの縁は繋がった。そなたには不服もあるとは思うが、互いに余計な血を流さぬという意味では、いまのところはこれが最善の取捨であろう」

薬指の血を舐め、昌幸は乾いた笑みを浮かべる。

「約束さえ違えねば、この指から流した血だけで事はすべて収まる」

その言葉につられるかの如く、金子泰清は薬指を白布で押さえながらゆっくりと頷いた。

納得したというよりも、あまりに目まぐるしく事態が進んでしまったため、ただ頷くしかなかったのかもしれない。

「……真田殿、ひとつ、お訊ねしてもよろしいか？」

泰清が躊躇いがちに訊く。

「どうぞ」

「信吉殿も……沼田城の用土信吉殿も武田への服属を望んでいるのであろうか」

「信吉殿は兄上の死に不審を抱き、どうやら、猪俣の関与を疑っていたようだ。その怨みを晴らすべく北條家を見限り、武田家へ鞍替えしたいと名胡桃城の鈴木重則殿へ相談を持ちかけてきた。それで、この身が信吉殿の意を汲んだという次第」

「さ、さようにござったか」

動揺を拭い取るように、泰清は右手で口元と頰をまさぐる。

「すでに、われらと信吉殿の連絡を司る者も沼田城へ入っておるゆえ、今後はそなたへもその者から仔細を伝えることとなりましょう」

「その連絡を司る者とは？」

「城へ戻れば、すぐにわかりまする」

「あ、ああ……」

「金子殿、本日はご足労をおかけした。次はこちらから出向きますゆえ、沼田城でお会いいたしましょう。城まではお送りはできぬので、気をつけてお帰りくだされ」

昌幸は会談を締め、金剛院から呆然と帰途につく金子泰清と二人の供を見送った。

一部始終を注視していた出浦盛清が囁きかける。

「昌幸殿、あそこまで脅しをかけて大丈夫にござりまするか。まさか、沼田景義の始末まで突きつけるとは思いませなんだ」

「己の置かれた立場を悟らせ、考える余裕を与えずに決断させるためには、あのぐらい強引に詰め寄るしかなかろう」

　昌幸は苦笑まじりで答える。

「金子殿が開き直り、われらの策と用土殿の変心を猪俣邦憲へ密告せねばよいが」

「あの起請文を取られては、動きたくとも動けまい。策を弄(ろう)する者は存外、臆病なものだからな。されど、信吉殿には気をつけてもらわねばならぬゆえ、重寛を通じて事の仔細が伝わるようにしてくれぬか」

「承知いたしました。すぐに透破を走らせまする」

「ついでに、城内でそれとなく金子と接触し、見張りの眼が光っていることを教えてやろう」

「わかりました。それにしても、用土殿と金子殿の扱いに、かほどの差をつけるとは」

「同じ鞍替えのように見えても、二人の存念には雲泥(うんでい)の差がある。信吉殿は兄上の死を謀殺(ぼうさつ)と確信し、その仇(かたき)を取るために武田への服属を決心した。それに較べ、金子は保身しか考えておらず、甥を担(かつ)ぎ出そうとしたのも己が立場を優位にするための画策に過ぎぬ。つまり、この身にとって、どちらが信用に足るかは最初から明白であり、直に会ってみても考えは変わらなかった」

「それがしも、その人定に誤りなしと思いまする」

「だが、泥人であろうとも、こちらへ擦り寄ってくるならば、いまは残しておくべきだ。さきほども申したように、こたびの沼田城攻略は最小限の血しか流さぬことを己に課しているのだ。父上が吾妻を制したように」

「なるほど、一徳斎殿の如くと」

「されど、寄ってくる皆を救えるわけもなかろう。守るべき者たちから順に守っていき、こぼれ落ちる者が出たとしても前へ進むしかない。たとえ、非情だと言われてもだ。身近にいる者の思いのすべてを背負おうとすれば、己の身動きが取れなくなり、結局は誰も救えなくなる。過ぎたる情念は己の動きを奪う桎梏となってしまうからだ」

　昌幸が言った桎梏とは手枷足枷のことであり、人の判断や行動の自由を奪うものを意味する唐語だった。

　――ここにきて、昌幸殿は大きく変わられた。

　出浦盛清は昌幸の横顔に敬意の眼差しを向ける。

　――やはり、長篠の敗戦が契機となったのか……。されど、あれだけの痛恨事に見舞われながら萎縮することなく、かえって将器の嵩が膨らんでいる。苛烈な謀計や冷酷とも思える采配を振りながら、どこまでも超然とした冷静さを保っているのは、何か大きなものを吹っ切ったということやもしれぬ。

「さて、もうここに用はない。われらも急ぎ名胡桃へ戻ろう。これで下拵えは済んだが、まだやらねばならぬ支度が残っている」

こうして強引な調略を仕掛け、昌幸が二人目の沼田城将を落としたのが四月の中旬のことである。

この件はすぐに曾根昌世を通じて武田勝頼に伝えられ、沼田城攻略の機は昌幸の采配に任されることになった。

沼田城では望月重寛が金子泰清に接触し、服属の見込みが立ったことを伝える。城内では泰清と用土信吉が密かに互いの動きを監視し合うようになっており、奇妙な緊張に包まれながら時が過ぎていった。

そして、ついに待ち望んだ好機が訪れる。五月三日に猪俣邦憲が兵を率いて武蔵の鉢形城へ赴くことになった。

この話はすぐに昌幸へ伝えられ、沼田城奪取の決行は明けて四日の寅刻（午前四時頃）あたりと定められる。前日から降り出した雨は亥刻（午後十時頃）前には上がり、折からの湿った風が重い雨雲を上空で流していた。

腕組みをして空を眺めている昌幸の下へ、矢沢頼康が駆け寄ってくる。

「御大将、ただいま先陣から伝令が参りまして、東の櫓門で合図の灯りが廻され、開門されたとのことにござりまする」

「さようか。頼綱殿が城へ討ち入ったのならば、われらも東の櫓門へ行くぞ。遅れを取らぬよう、全軍に触れを廻せ！」

昌幸が出陣を命じた本隊は、先陣のいた東の外辺よりもさらに北東に位置する薄根川の段丘で待機していた。

全軍は銅鑼や太鼓の合図もなく、薄い闇の中を粛然と進み、やがて松明を掲げる一団が見えてくる。先に東の櫓門の様子を窺いに出た物見頭の禰津利直だった。

「御大将、すでに先陣の矢沢頼綱殿は用土信吉殿の一隊とともに三の丸を制圧し、二の丸へと向かうところにござりまする。すべては手筈通りかと」

「南側の滝坂門はどうなっておる？」

昌幸の問いに、禰津利直が素早く答える。

「ただいま物見を走らせておりまする」

「少し遅れているのか……。よし、三弥、そなたらはここで待機し、逃亡しようとする者たちの掃討に備えよ」

「承知いたしました！」

騎馬頭の深井三弥が答える。

「孫兵衛、ここからはそなたら足軽隊の出番だ。すぐに先陣を追うぞ」

昌幸は足軽頭を務める宮下孫兵衛に命ずる。

「畏まりました」

「よいか、焦る必要はない。まずは味方の相印を確かめ、同士討ちを避けよ。敵とわかっても得物を手にして向かってくる者以外は殺めるな！　その他の者は捕縛だけでよいぞ！　特に女子と童は乱妨に扱わず、一箇所に集めておけ。わかったか」

「おう！」

足軽は槍を突き上げる。

昌幸は馬上で采配を振った。それを合図に宮下孫兵衛の率いる足軽隊が城内へ駆け出していく。

「よし、かかれ！」

愛駒の背から下り、昌幸は副将の河原綱家と矢沢頼康に声をかける。

「われらも行くぞ」

兜の緒を確かめ、十文字鎌槍を握り直す。

「御大将、海野殿と金子殿の隊を待たずともよいので？」

松明を手にした矢沢頼康が訊く。

「向こうは盛清殿に任せてあるゆえ、何とかしてくれるであろう。われらは本丸にいる留守居役、宇津木資邦を捕らえにいくぞ」

「承知！」

河原綱家と矢沢頼康が同時に声を発する。

昌幸の率いる旗本衆は本丸を目指して動き始めた。

沼田城は利根川と薄根川が合流する河岸段丘の上に築かれた城であり、二つの川に面した西側と北側は切り立った崖になっている。二つの川からは水が引き込まれ、城内には幾重にも水堀が切られており、その最深部ともいえる北東側に本丸があった。

籠城した時には堀の上を渡した橋を落とせば、難攻不落の断崖城となるように縄張りされている。昌幸が城攻めを嫌った理由は、こうした沼田城の特徴にあった。

しかし、今回は内応による奇襲であるがゆえに、行手を阻む障害はまったくといっていいほどない。

広大な縄張りの中に建屋が整然と並んでいるが、足軽たちは建屋の戸を蹴破って中を確かめながら進んでいるらしい。相手の反撃があった形跡はなく、捕縛された寝間着姿の奉公人が外へ出され、足軽たちはその者らを数珠繋ぎにしていく。おそらく、ほとんどの者が寝入っており、物音に目を覚ましても何が起こったかわからなかったのであろう。侍女や童は縛られず、一箇所に集めて座らされていた。

その様を横目に見ながら、昌幸は三の丸から二の丸へと進んでゆく。両脇を河原綱家と矢沢頼康が固め、槍を手にした旗本衆が囲んでいる。

「どうやら首尾良く事が進んでいるようだな。足軽たちも命令を守っているようだ」

昌幸は満足げに呟く。東を向いた本丸の櫓門が視界に入り、その脇にひときわ高い三重櫓が立っていた。

ここまで来ると、さすがに無抵抗というわけにはいかないようで、北東の方角から怒声が上がり、中には悲鳴も混ざっている。本丸で抵抗する敵との斬り合いが始まったようだ。

「われらも本丸へ討ち入るが、ここからは背後にも気を配れ。よもやとは思うが、伏兵や寝返りがないとは言えぬからな」

昌幸は旗本衆に注意を促し、辺りを用心深く見回しながら奥へと進む。興奮して軆が火照っているのだが、頭の芯だけが妙にひんやりと醒めていた。

――久しぶりに、戦場の匂いがする。

五感が研ぎ澄まされ、傍で鉄炮の火縄が燃えているわけでもないのに、焦臭い匂いが鼻孔に蘇ってくる。

櫓門を潜って本丸へ入ると、ひときわ怒声が大きくなった。曲輪の中へ乗り込むと、血に染まった帷子姿の骸が見え、昌幸は声の響いてくる方へ早足で進む。

すると、大広間で先陣と思しき兵が敵を囲み、口々に喚いている。円陣を組んでいたのは小姓と思しき十数名の者であり、その中心に帷子姿で槍を構える武将がいた。

「静まれい！」

昌幸は大音声を発する。

その声に味方の兵が振り向き、総大将の姿を認めて道を空けた。

「そなたが、留守居役の宇津木資邦か？」

前に出た昌幸が訊く。

「……そうだとしたならば、何とする」

帷子姿の武将が槍を構えたまま聞き返す。

「それがしは武田大膳大夫勝頼が家臣、真田安房守昌幸と申す。この城はすでにわれらが制したゆえ、これ以上、抗っても無駄だ。おとなしく降るがよい」

「まだ戦は終わっておらぬ！」

宇津木資邦は鬼相で吠える。

「さような帷子姿で、戦もなかろう。われらも戦をしに来たわけではない。沼田家の旧臣からこの城を引き渡したいという申し入れがあったゆえ、有り難くいただきに参っただけぞ」

　昌幸はとぼけた口調で言い放つ。

「な、なにっ！　ふざけたことをぬかしおって！　おのれ、用土信吉、うぬだけは生かしておかぬ」

　顔を紅潮させ、宇津木資邦が槍を構えたまま進み出ようとした。

「止めておけ！」

　立ちはだかるように昌幸も前へ出る。

「そなたが戦えば、周りの者も戦わざるを得なくなる。皆、槍衾で討ち取られ、ただの犬死をさせることになるのだぞ。命を粗末にせず、おとなしく縄目を受けよ！」

「利いたふうな口を叩くな！　われらは北條の兵ぞ！　最後の一人になるまで縄目など受けぬわ！」

　宇津木資邦は腰を落とし、躙り足で前へ出る。周りの小姓たちも低く槍を構えた。

「仕方のない奴だな……」

　昌幸は呆れたように呟く。

「ならば、相手をしてやるゆえ、かかってこい！　されど、死ぬるのは、己一人だけにしておけ！」

「御大将が出るまでもありませぬ！　それがしにお任せくだされ！」

河原綱家が一騎打ちを買って出ようとする。

「いや、そなたらは手を出すな。この身が相手でなくば往生せぬと、こ奴の面に書いてある。よいか、うぬらも手を出すなよ。いかような結果になろうとも、得物を放せば命は取らぬ。黙って見ておれ」

昌幸は敵の小姓たちに言い聞かせる。

河原綱家や矢沢頼綱をはじめとする味方の将兵たちは、戸惑いを浮かべた顔でそれを見ていた。

「その約束を違えるなよ。それがしが勝ったならば、この者たちには手を出すな」

宇津木資邦は槍先を上げて円陣の中から躙り出る。

「よかろう。こい！」

昌幸は八双に構えて大股で進み出た。

二人は間合を測って睨み合う。互いに同じ得物ならば、当然のことながら技量に優れた者が勝つはずだった。

宇津木資邦は相手の技量を探るように何度か小さく槍穂を突き出す。しかし、警戒してか、なかなか深い踏み込みの突きを出してこない。それもそのはずで、同じ得物のように見えながら昌幸は鎌槍であり、いずれかの刃に触れるだけで資邦は深手を負うことになる。

その怖気を見切った昌幸は、すっと腰を落とし、相手をめがけて無造作に中段の突きを放つ。その切先を弾き、宇津木資邦は後ろへ飛び退った。

それを予想していたかの如く、さらに深い踏み込みで昌幸が上中下と連撃を繰り出す。それも捌きながら、相手は後退りする。為す術もなく逃げ回るような動きだった。

しかし、宇津木資邦には狙いがあった。相手の連撃が途切れた刹那、裂帛の気合で踏み込み、昌幸の喉笛を目がけて渾身の突きを放つ。

槍というものは引かなければ、次の突きを出せない。その一瞬を狙った眼にも止まらぬ一撃だった。

周囲で見ていた者たちは思わず呼吸を止める。そして、信じられない光景が眼に映った。

稲妻のように閃いた宇津木資邦の槍先を、なんと、昌幸は右手の籠手で弾いたのである。当然のことながら渾身の一撃をすかされた相手の軀が泳ぐ。その隙を見逃さず、昌幸は左手一本で槍を振り、資邦の首筋に鎌刃を打ち込む。

「ぐぼぉ」

奇妙な声を上げ、宇津木資邦が眼を見開く。

昌幸は素早く槍を引き、相手の喉を掻き切った。

血飛沫を撒き散らしながら宇津木資邦が倒れ、床を転がってから虚空を睨むように止まる。首筋からは壊れた鞴の如く空気が漏れ、夥しい血が溢れ出ていた。

「帷子一枚で甲冑の武者と相対した時点で、そなたの負けぞ。戦う前に、なにゆえ、それがわからぬ」

昌幸は絶命した相手を憐れむように見下ろしていた。

「さて、残った者は得物を捨てよ！」

その一喝に、敵の小姓たちは一斉に得物を手放し、膝をついて縄目を受けた。

「御大将、何という無茶をなされるのか！」

河原綱家が怒ったように詰め寄る。

「何を怒っておる、綱家……。この身が負けると思うたのか？」

「負けるなどとは思うておりませぬ。あのように訳のわからぬ危ない返し技を使うとは、どういう了見にござりまするか。見ていたこちらは、心の臓が口から飛び出そうになりましたぞ」

綱家の横で矢沢頼康と用土信吉も眼を丸くしながら頷く。

「いや、実は、三方ケ原の合戦に出張った時、一言坂で相対した本多平八郎に籠手で槍を弾かれたことがあってな……。急にそれを思い出して、相手が一撃を狙うしかないならば弾いてくれようと思っていたのだ。どうせ、甲冑相手ならば喉笛を狙ってくるしかないであろうし……」

「だいたい、総大将があのような状況で一騎打ちを受けること自体があり得ませぬ」

「いや、一騎打ちは三増峠で地黄八幡の北條綱成と引き分けたことを思い出したからで……」

昌幸は困ったような顔で口ごもる。

「とにかく金輪際、無茶はお止めくださりませ！」

河原綱家は本気で怒っていた。

「まったく剛胆なのか、無謀なのか……。この老骨も眼を丸くしたわい」

先陣大将の矢沢頼綱が白い髭をしごきながら苦笑いした。

そこへ夥しい跫音が響いてくる。海野兄弟を先頭に、出浦盛清などが兵を連れて駆けつけた。

――どうやら、金子はおとなしく約束を守ったようだな。

昌幸は別働隊の中に金子泰清の姿を見つけ、少し安堵した。

「遅くなりましてござりまする」

海野幸光が頭を下げる。

「何か手こずったのか？」

「いいえ。南側の屋敷には、ほとんど人がおりませなんだ。されど、あまりに広く、検分に時がかかりました。すべての建屋を調べ、問題はありませぬ」

「ならばよし」

「昌幸殿、これは？」

幸光は血塗れで転がっている宇津木資邦に眼を向ける。

「城の留守居役だ。どうしても引かぬゆえ、仕方なく討ち取ったが、それを見た他の者が投降したゆえ、まあ仕方がなかろう」

「では、骸を片付けまする」

無表情で頷いた海野幸光が足軽に始末を命じた。

「よし、これで城内の制圧は終わった。捕らえた者たちを馬場に集め、すべての門を固めよ。勝鬨を上げるのはそれからだ」

昌幸は主だった将に命じてから、自らは城の検分をし始めた。

蔵などを詳細に調べた結果、すぐにでも兵粮と武器の補充をしなければならないことがわかる。その事柄を踏まえ、甲斐の古府中へ報告の早馬を出した。

それから、昌幸は城内にいた敵方の者を集めた馬場へと向かい、河原綱家に命じる。

「陽が昇ったならば、女子と童は城から出してやるがよい」

頭上の雲はすっかりなくなり、空には光輝が広がり始めていた。

「奉公人と雑掌の男どもは素性と行先を確かめてから放してやれ。残った者たちはしばらく牢に入れておくしかあるまい」

「承知いたしました」

「綱家、上野に来てから一年半。思うたよりも早く区切りがついたな」

「ええ、僥倖もいくつかありました」

「されど、これが終わりではない。沼田城の奪取は始まりにすぎぬ。近々、御屋形様が若君の初陣として上野へ出張ってこられる。それゆえ、これから東上野を攻略する策を立て、万端の支度を調えなければならぬ」

「信幸殿の初陣ともなりまするな」

「ああ、若君様が出陣なさるならば、何をおいても近習がお守りせねばならぬ。必勝の策がいるゆえ、ゆっくり休んでいる暇もないな」

昌幸はよく晴れた空に両手を突き上げ、大きく伸びをする。

「されど、本日ぐらいは骨休めに一献傾けとうござりまする」

「まあ、そうなのだが……止めておこう」

昌幸は沼田城の攻略が終わり、息子の初陣が終わるまで大好きな酒を断つという願をかけていた。

沼田城の攻略が終わっても休むどころか、昌幸の動きは止まらなかった。

岩櫃城、名胡桃城、沼田城の連係を緊密にし、新たに手に入れた繋城も含めて将兵の配置も大きく見直す。さらに沼田の南側にある北條方の城へ物見を放ち、地勢から守兵の数までを調べ上げた。

それが終わると、周辺に草の者たちを配置し、常に敵方の動きに関して報告がなされるようにして、主君と嫡男の東上野出陣のために必勝の態勢を整える。もちろん、そこには己の長男である信幸の初陣も含まれていた。

そして、ついに天正八年（一五八〇）八月、武田勝頼と嫡男の信勝が甲斐の古府中から出陣し、昌幸は岩櫃城に二人を迎え入れた。

「御屋形様、吾妻までの遠路旁々、ご苦労様にござります」

「真田、この城は聞きしに勝る奇巌城であるな」

武田勝頼は聳え立つ岩肌を見上げながら眼を細める。

「難攻不落の岩櫃城を本拠としなければ、これほど早く利根郡を制圧できなかったでありましょう」

「さようであるか。早く他の城も見てみたいものだ」

上機嫌な主君の脇には、少し緊張した面持ちの嫡男が立っていた。

「信勝、余の初陣は上野の箕輪城であった。厳しい城攻めの戦いであったが、今は亡き大御屋形様や勇猛な家臣たちのおかげで何とか勝ち戦となった。そして、そなたがこの地で初陣に臨むことができるのは、そなたが負けぬように入念な下拵えをしてくれた者たちがいるからである。真田をはじめとして優れた家臣に恵まれたことを感謝せよ」

「はい、父上」

武田信勝は上気した顔で昌幸の方に向き直る。

「真田殿、わが初陣のために万端の支度を有り難うござります」

「いえいえ、当然のことをしただけにござりまする。われらが露払いをいたしまするゆえ、存分に采配をお揮いくださりませ」

昌幸は来る戦で先陣大将となり、若き総大将を支えることになっていた。長らく己が崇敬してきた武田典厩信繁のようにである。

「よろしくお願いいたしまする」

今年で齢十四となった若武者の甲冑は真新しく、軆を動かす度に金泥の武田菱が陽光を撥ね返して輝く。

それを眩しげに見つめながら、昌幸が答える。

「本日は当城でお休みいただき、明日、名胡桃から沼田へとご案内差し上げまする」

「わかりました。父上、それがしはこれから城と周囲を検分いたしとうございまする」

信勝は父の方へ向き直り、願いを述べる。

「好きなようにいたせ」

「有り難うございまする。信幸、供を頼む」

「はっ。承知いたしました」

後ろに控えていた真田信幸が潑剌（はつらつ）と答える。こちらも黒絲縅（くろいとおどし）の真新しい具足に身を包み、その胴には金泥の六連銭（りくれんせん）が光っていた。

近習らしい所作が身についてきた息子を見て、昌幸が微かに頷いてみせる。その眼差しに気づいた信幸も深々と頭を下げてから、小走りで武田信勝の後を追った。

「では、御屋形様。御座所（おわしどころ）へどうぞ。綱家、案内（あない）を頼む」

昌幸が河原綱家に命じ、主君と側近の者たちを特別に設（しつら）えた室（へや）へ誘った。

「昌幸……」

その呼びかけに振り返ると、曾根昌世の手が昌幸の肩に置かれていた。

「こたびは実に見事な手際であったな。報告が届く度に、御屋形様もご満悦の様子であらせられた。とりわけ、沼田城の調略は一徳斎殿の手腕を彷彿させると皆が驚いていたぞ」

「運にも助けられましたが、ここまでは思惑通りに事が進みました。されど、大事なのはこれから。上野より北條を駆逐せねばなりませぬ」

「まさに、その通りであるな。次は沼田城から南へ進軍するのだと思うが、昌幸、そなたはこたびの戦の際をどの辺りと見ておるのか？」

　曾根昌世は真剣な面持ちで訊く。

「鉢形城までと申したいところにござりまするが、その前に難関がありまする。おそらく、沼田道を南下するために最大の障害となるのは、渋川の里の手前にありまする白井城ではないかと」

「いまだ北條に与しておる白井長尾家の本拠地か」

「はい。白井城の長尾憲景が当家の動きをどう見るかによって、こたびの戦の際が決まりましょう。そこまで五つ、六つの城がありまするが、それらについてはすでに攻略の目処をつけておりまする」

「それは頼もしいな」

「厩橋城との連係を考えるならば、白井城のすぐそばにある見立城までは確実に落としておかねばならぬと考えまする。あとは御屋形様の本隊がいつまで在陣してくださるかによりまする」

「わかった。そなたの話を聞いて安心した。御屋形様にはそれとなく白井城の件をお伝えしておこう」

「助かりまする。仔細は明日、沼田城での軍評定でご説明いたしまする」

「よしなに頼む。なにせ、若君の御初陣だからな。首尾良く終われば、近習となったそなたの倅の手柄にもなろうて」

　上輩の言葉に、昌幸が深く頷く。武田信勝の初陣にかける昌世の意気込みがひしひしと伝わっていた。

――おそらく、若君が御元服と御初陣を迎えるにあたり、複数の側近が手柄を競い合っているのであろう。昌世殿もそのうちの一人であり、こたびの戦を梃子(てこ)にしたいと考えているはずだ。

　昌幸はそのように見ていたが、己は家中の昇進争いを一歩引いたところから眺めるようにしていた。

「ところで、昌世殿。遠江(とおとうみ)の情勢はいかがにござりまするか」

「今のところは、まだ大きな動きがない。されど、北條と徳川が手を組んだ以上、早晩、何かしら仕掛けてくるのではないか。おそらく、的になるのは高天神(たかてんじん)城であろうな」

　昌世は微かに眉をひそめながら言う。

「御屋形様がこちらに御出陣なされ、城代の岡部殿は戦々恐々としているのではありませぬか」

　昌幸の言った岡部殿とは、今川家の旧臣から武田に服属して高天神城の城代となった岡部元信のことだった。

「実はな、昌幸。御屋形様は織田との和睦を画策しておられる。岩村城の攻略で人質となった織田坊丸を返すということで、直に信長と話を進めるおつもりだ」

「なるほど。信長との和睦により、家康と北條氏政の動きを止めようということにござりまするか。何か動きがありましたならば、すぐにお知らせくだされ」

「おお、まかせておけ。では、諸々、よろしく頼む」

　曾根昌世は笑顔に戻り、主君の御座所へ向かった。

　それを待っていたかのように、昌幸の背後から再び声が響く。

「兄上……」

「信昌ではないか」

　昌幸は振り向きながら驚きの声を上げる。

「お久しゅうござりまする」

加津野信昌が深々と頭を下げた。

「久しぶりだな。そなたも出陣していたのか」

「はい。こたびは御屋形様から槍奉行を仰せつかっておりまする。こちらへ参れば、兄上にお会いできると思い、楽しみにしておりました」

「さようか。元気そうでなによりだ」

昌幸も笑顔を見せた。

加津野信昌は幸隆の四男だが乳飲み児の頃から加津野家の養子となり、昌幸も七歳で奥近習となったため、一緒に幼少時代を過ごすことはなかった。二人が兄弟として名乗り合ったのは、信昌が元服して武田勝頼の近習となってからである。

「兄上こそ。それに、こたびは素晴らしき手柄をお立てになったと聞いておりまする」

信昌はわが事のように嬉しそうな顔になる。

「さほどでもない。せっかく、こうして会えたのだから、今宵にでも一献酌み交わしたいところだが、実は信幸の初陣が終わるまで酒断の願をかけているのだ」

昌幸は照れくさそうに頭を掻く。

「どうか、お構いなく。こたびの戦に勝ちましたならば、ご相伴にあずかりまする」

「すまぬな。されど、そなたとは、折り入って話したいこともあるのだ」

「それは、いかような……」

信昌が怪訝な面持ちで聞き返す。

「父上のことだ。そなたに伝えておかねばならぬことがあるゆえ、ゆっくりと話をしたい。互いに役目が終わってから一献酌み交わそう」

「わかりました。有り難うござりまする。では、失礼いたしまする」

加津野信昌は一礼し、きびきびした動作で持場へ戻った。

その後姿を、昌幸は不思議な心地で見ていた。他人に言わせれば、加津野信昌と昌幸はよく似ており、兄弟としか思えないという。しかし、当人同士は兄弟として育った記憶がないため、どこか照れくさいような気分になってしまう。

長兄と仲兄を失った今、昌幸にとっては二人残った兄弟のうちの一人であり、大事な身内だった。もう一人の弟である高勝は、同じように幼少の頃から金井家の養子となっている。信綱と昌輝が存命であった間は、昌幸を含めて真田家が安泰に嗣がれるであろうということで、二人の弟が扶持を得るためにも養子へ出されたのである。

だが、たったひとつの戦により、状況は一変した。

――この機会に、信昌とは新たな絆を結ぶべきであろうな。例の件も伝えておかねばならぬ。

昌幸は父から信昌への言伝を預かっていたが、今まで話す機会がなかったのである。

——この戦が終わった時が、ちょうど良いかもしれぬ。それまでは目先の事に専心しよう。

そう決心し、沼田城へ向かう最後の支度にかかった。

翌朝、昌幸を先陣大将とし、武田勝頼と信勝の本隊が岩櫃城を出立する。名胡桃城を検分してから小川城を経由して沼田城へと入った。

すぐに大広間で軍評定が開かれ、昌幸がこれからの進軍に関して説明する。

「こたびは沼田道を南下し、点在する北條方の城をひとつずつ落としていきまする。まずはここより三里半（約十四キロ）ほど南にありまする長井坂城へ寄せたいと存じまする。この城は白井長尾の家臣、牧弥六郎という者が守っておりますが、さほど多くの兵は入っておりませぬゆえ、南側の追手口だけを開け、一気に城攻めを行なうのが上策かと」

「真田、われらは長井坂城の手前に陣を布くのか？」

武田勝頼が訊ねる。

「いいえ、すでに城の南側にありまする柵下の砦を占拠してありまするゆえ、先陣が城を囲みましたならば、若君の本陣としてお使いいただきとうござります る」

「なるほど。本隊は城を落ちた兵を待ち受ければよいということか」

「はっ。さようにござりまする」

「その先はいかがいたす？」

主君の問いに、淀みなく昌幸が答える。

「長井坂城を足場としましたならば、南西に一里ほどの津久田城を攻め、さらに猫山城、見立城、勝堡沢城と攻略をして参りまする。いずれも一里か、一里半の距離にありまするゆえ、ひとつの城を二日で落としていけばよいかと。ただし、見立城を落としたならば、しばし行軍を止めねばならぬと思うております る。利根川を挟んだ対岸には白井城があり、ここは長尾家の本拠地ゆえ、攻めるならば性根を据えてかからなければなりませぬ。ひとまずは、この白井城が北條との境になるのではないかと存じまする」

「さようか。信勝、どう思うか」

勝頼は総大将の采配を預ける息子に訊く。

「真田殿、なるべく自軍の損害を出さぬよう、見立城まで進めばよいということでよろしいか」

信勝が昌幸に確認する。

「はい、さようにございまする」

「ならば、異存はございませぬ。父上、この策でお願いいたしまする」

「よかろう。では、出陣は明日の払暁といたす。各々、抜かりなきよう支度を頼む」

勝頼が軍評定を締め、武将たちは散会した。翌朝、日の出とともに昌幸の率いる先陣が沼田城を進発する。一気に南下して長井坂城を囲み、本隊が棚下砦に入るのを待った。

勝頼と信勝が本陣となった砦に入り、城攻めの下知が飛ぶ。それを受け、海野輝幸の率いる先鋒が長井坂城の北側にある搦手門を打ち破り、城内へと雪崩れこんだ。

敵方の城将であった牧弥六郎は籠城も叶わぬと見て、早々に南側の追手門を開いて逃げ出す。しかし、南側の棚下砦に武田勢の本隊がいると知り、ばらばらに分かれて東の赤城山へ逃げ込んだ。

これにより緒戦はほとんど自軍の損害を出さない武田勢の完勝となった。

翌々日、昌幸は自ら敵方の須田加賀守が籠もる津久田城を囲む。こちらは長井坂城のあえない陥落を知り、すでに城を捨て、白井城へ落ち延びていた。さらに戸丸甚右衛門の守る猫山城を落とし、快進撃を続けながら南下する。さすがに見立城は

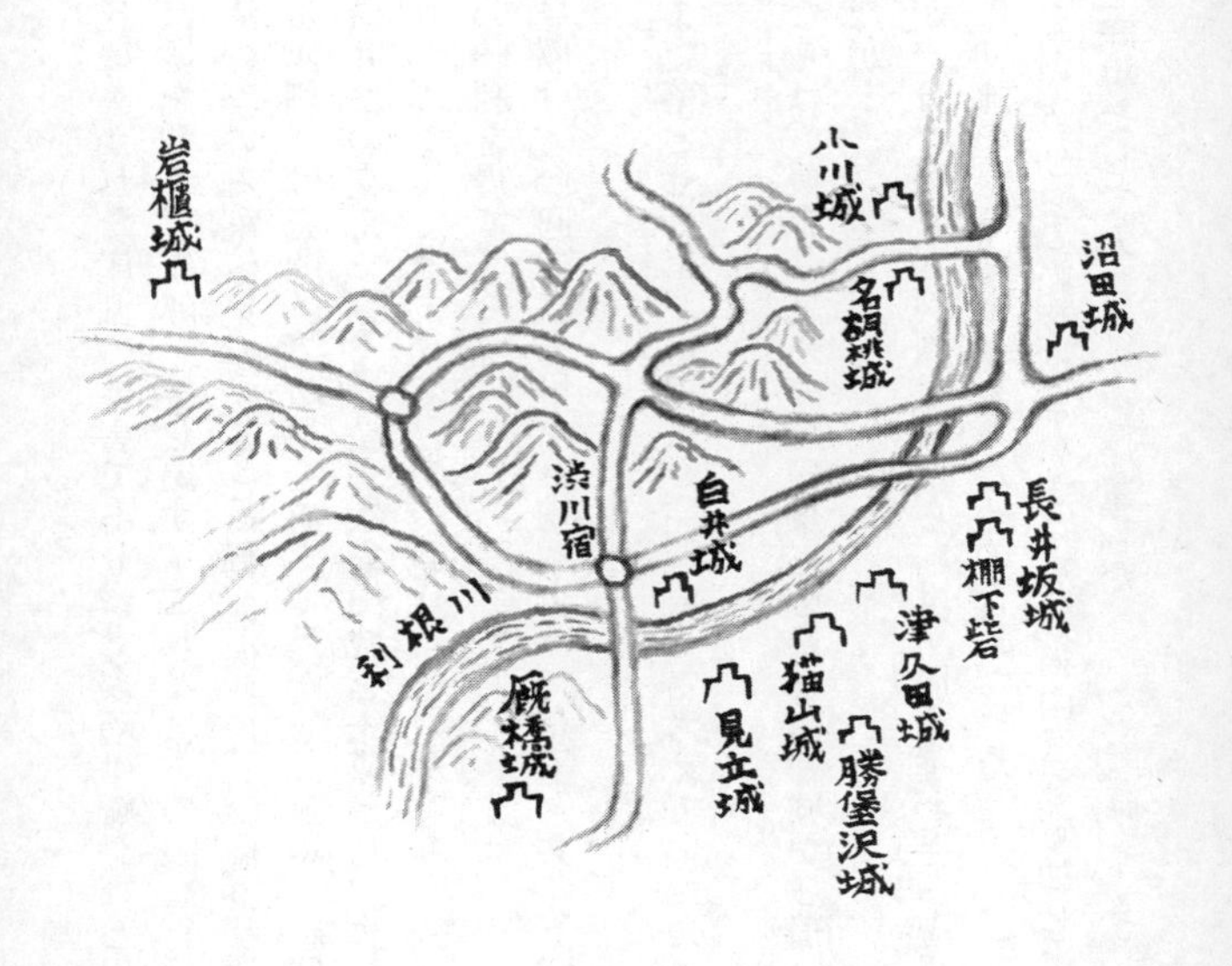

岩櫃城
小川城
名胡桃城
沼田城
渋川宿
白井城
長井坂城
棚下砦
津久田城
猫山城
勝保沢城
見立城
厩橋城
利根川

利根川東岸の段丘に築かれた崖淵の要害であり、力攻めは難しいと思われた。

しかし、昌幸は城を囲み、先陣を押し出す。これは城方の眼を釘付けにする陽動であり、出浦盛清の率いる乱破衆が次々と曲輪に火を放ち、城全体を焼討した。

利根川に面する西側だけを開けて敵兵をあえて逃がし、無用な戦闘を避けて見立城を焼き払い、白井城の支えを奪う。昌幸は猫山城を先陣とし、次なる標的の勝保沢城を睨んでいた。ここまではすべて己の策通りに戦いが進み、武田信勝の初陣は非の打ち所がない勝利を得ていた。

勝頼はそれを見届け、今回の戦を早々と切り上げ、息子と共に沼田城へ戻ると決めた。

昌幸は白井城まで落とせれば、己の策が完遂すると考えていたため、少し物足りなさを感じた。

——この勢いならば、援軍の見込めない長尾憲景を白井城から追い落とすことくらいはできるのだが……。

しかし、主君が充分な戦勝と判断したからには、己も従わざるを得ない。今回はあくまでも嗣子に初陣の勝ち味を与えるための合戦だった。

昌幸は後ろ髪を引かれる思いを抱きながらも、猫山城を破却し、長井坂城に恩田越前守能定を守将として入れてから帰還した。

　沼田城で盛大な戦勝の宴（うたげ）が開かれ、昌幸も酒断の禁を解き、浴びるように祝酒を呑む。息子の初陣も奇禍なく終わり、内心ほっとしていた。

　酒宴半ばから無礼講（ぶれいこう）になると、片口（かたくち）を手にした信幸が酌をしに来る。

「御主君が『先陣大将殿を労（ねぎら）い、一献を酌して参れ』と仰せになられましたので、どうか、一献お受けくださりませ」

「これはこれは、若君の奥近習殿。かたじけなし」

　昌幸はほろ酔いの上機嫌でそれを受ける。思えば、息子が上野に来てから、これが初めての会話だった。

「父上、まことに有り難うござりまする。これで母上にも良い報告が届けられまする」

「そうだな」

　昌幸は長い息を吐く。それから、真顔で息子を見つめ直す。

「されど、信幸。まことの戦を知るのは、ここからぞ」

「はい。肝に銘じておきまする。御屋形様も御主君へさように仰せでございました」

　信幸は神妙な面持ちで答える。

　――御屋形様とて、倅の前では、ただの父。いずこの親も想いは同じか……。

昌幸は主君の胸中を慮(おもんぱか)りながら、しみじみと一献を呑み干した。

「では、ご返杯をどうぞ。初陣の勝ち戦、お目出度(めでと)うござりまする、奥近習殿」

己の盃を渡し、昌幸は息子に一献を酌す。

「遠慮なく、いただきまする」

信幸は一気に盃の酒を呑み干した。

この宴の翌日、勝頼は沼田城から古府中に向けて出立する。「東上野にて北條家に完勝」という一報は先行した早馬で届けられ、信濃と甲斐にある城は戦勝に沸き返った。

しかし、その喜びは長く続かなかった。九月に入ると、家康が駿府から五千の徳川勢を派遣し、高天神城を包囲したのである。

――まるで御屋形様の御出陣を待っていたかのような家康の動きではないか。やはり、東の上野で武田が動けば、北條と連係している徳川が南の遠江で隙(すき)を突いてくる。大御屋形様の御訓戒(ごくんかい)通り、多方面を睨む戦にはどうしても一長一短が出てしまう。されど、上野でいくら華々しい戦果を上げても、南信濃の国境(くにざかい)を脅(おびや)かされたのでは、かえって危ない。

昌幸は苦々しい思いを抱きながら、東上野での警戒を強める。家康が遠江で動いたならば、必ず北條氏政に事の次第が伝えられ、それにより鉢形城の北條氏邦も動

く と読んでいたからである。

だが、上野での大きな動きはなく、古府中から奇妙な続報が届く。五千の徳川勢に囲まれた高天神城の岡部元信は一千の兵で籠城していたが、急な城攻めはなく、敵は兵糧攻めの構えを取っているということだった。それならば、すぐに南信濃から援軍を送るべきであったが、なにゆえか勝頼は動かなかった。いや、相次ぐ戦で矢銭や兵粮が不足し、出張るに出張れなかったというのが実状である。

昌幸はそのことに対し、苛立ちを感じていた。

——高天神城は遠江にかろうじて残った武田の要城だ。そこに援軍を送らず、今川から鞍替えした岡部殿と将兵たちを見殺しにすれば、南信濃にいる者たちにも大きな動揺が走る。ここは無理をしてでも援軍を送るべきではないか。

ところが、そうした考えとはまったく別の命令が古府中から届く。

その書状には「海野幸光と輝幸の兄弟を沼田城代とし、昌幸は火急の件にて古府中へ戻れ」という旨が記されていた。

これには昌幸も驚きを隠せない。同時に、途轍もない違和感を覚えた。

通常、新しく上野で奪取した城の守将を決めるような人事は、先方衆筆頭となった昌幸に任されている。それを勝頼自らが差配するというのは異例の出来事であり、ともすれば上野で軍配を預かる昌幸の面目を潰すことにもなりかねない。

古府中へ戻らなければならない火急の件が高天神城のことだとしても、上野における後事は昌幸が決めるべきだった。

――御屋形様のお考えだけではなく、古府中で何か別の力が働いたと見るべきか？

そんな悪い予感を抱きながら、昌幸はすぐに矢沢頼綱と頼康の父子を呼び、古府中からの通達を伝える。

「頼康、御屋形様は海野兄弟を沼田城代にせよと仰せだが、そなたが二人の側で補佐をせよ。その意味はわかるな」

「はい。重々承知しておりまする」

矢沢頼康は昌幸が海野兄弟の監視役を命じたことをわかっていた。

「頼綱殿、そなたには名胡桃城を頼みたい。もしも万が一、何か動きがあったならば、すぐに吾妻衆を動かせるようにしてもらいたいのだ。それがしの采配は、そなたに預ける」

昌幸は叔父の頼綱に後事を託す。元々、主君からの命がなければ、この重鎮を沼田城代に据えるつもりでいた。

「おまかせあれ。北條であれ、誰であれ、利根で妙な動きをする者があれば、すぐに叩き潰しまする」

「頼りにしている。それがしはこれより躑躅ヶ崎館へ向かう」

昌幸は河原綱家をはじめとする側近だけを連れ、慌ただしく沼田城を出発する。

真田の里に寄ることもなく、古府中へ着くとすぐに曾根昌世との面会を求めた。

「昌世殿、御屋形様に拝謁いたす前に、確かめたき事柄があり申す」

昌幸の険しい表情を見て、曾根昌世も渋面となる。

「沼田城の件か？」

「さようにござりまする。海野兄弟を城代にするよう、何方からの御推挙があったのではありませぬか？」

大方の予想はついていた。家中の人事に力を揮いたがる人物は限られている。

「昌幸、そなたに隠し立てをしても仕方がないからな。ちょっと耳を貸せ」

だが、昌世から打ち明けられたのは、昌幸の推察になかった人物の名だった。

「ま、まさか……。なにゆえ、穴山殿が海野兄弟を御推挙されたのであろうか。あの二人と穴山殿が親しいなどという話は、ついぞ聞いたことがありませぬ」

「そなたは家中での出世よりも己の役目を全うすることに重きを置いているからわからぬかもしれぬが、いかような手を使ってでも御屋形様や重臣の方々の興を買いたいという家臣は多いのだ。親しくはなくとも、あらゆる阿りを使って親しくなろうとすることはできる。海野兄弟はどうしても沼田の城代になりたかったのだ。それを引っ張り上げてくれそうだったのが、信君(のぶきみ)殿だと判断したのであろう」

昌世から告げられたのは、御一門衆の一人である穴山信君の名だった。

昌幸はこれまで上野の仕置(しおき)に関しても何かと口を挟んできた長坂釣閑斎(ちょうかんさい)か、跡部勝資(かつすけ)の後押しではないかと睨んでいたので、完全に意表を突かれた。

「ならば、それがしを沼田から引き離し、古府中へ呼んだのも穴山殿の仕業にござりまするか？」

少し怒ったように、昌幸が訊く。

「まあ、信君殿がお呼びになったと言えぬこともないのだが、そなたに来てもらったのは、沼田から引き離すためではない」

「では、高天神城の件にござりまするか？」

「いや、その件でもない。それがしの口から、ここで申すわけには参らぬ。明日、信君殿がご同席なされ、御屋形様から直々(じきじき)にお話があるはずだ。それまで堪忍(かんにん)してくれ」

上輩は申し訳なさそうに視線を外す。

「昌世殿ともあろう御方が、なんと水くさいことを。ならば、それがしは上野へ戻りまする。御屋形様には急病とお伝えくださりませ。どうせ、この身は家中の出世に興味のない、世間知らずゆえ、御勘気(ごかんき)など怖くはありませぬ」

「わかった……。わかったから、さように肚(はら)を立てるな。実は先日、そなたに伝えた件と関わりがある。御屋形様は依然として織田との和睦を進めようとしておられるが、家康の動きはおかまいなしだ。和談については進めておくが、織田と徳川が美濃(みの)と遠江から攻め入ってきた場合のことも考えておかねばならぬ。そこで古府中の外辺に新しい城を築いてはどうかという話になったのだ」

「新しい城⁉」

昌幸は思いがけない話の連続に仰天(ぎょうてん)する。

「……さような役目を申しつけられましても、それがしは城の普請(ふしん)など手がけたことがござりませぬ」

「昌幸、まことに済まぬが、これ以上の話はできぬ。仔細は明日、御屋形様から聞いてくれ。頼む」

「昌世殿も同席していただけまするか？」

「何とか、そうなるよう、御屋形様にお願いしてみる」

「わかりました。では、明日」

昌幸は仏頂面で上輩の屋敷を後にする。間尺(ましゃく)に合わぬ話ばかりを聞かされ本気で怒っていた。しかし、少し時をおき、冷静になってみると己があまりにも家中の動きに無関心でありすぎたという気がしてくる。

――皆、想像以上に己の保身を考え、見えぬところで怪しげな動きをしているというわけか。されど、ここに至って穴山殿の名が出てくるとは意外であった。

そう考えながら、昌幸は不意に香坂昌信の言葉を思い出す。

『昌幸、越後の内訌には充分気をつけよ。御屋形様に上杉景勝を担がせようとして、妙に浮足立った動きをしている者がおる。形振り構わぬ景勝の側近に鼻薬を嗅がされているとも限らぬからな』

怒りを含んだ口調で奥近習の上輩は吐き捨てた。香坂昌信が亡くなる直前のことである。

――そういえば、香坂殿と穴山殿も一悶着あったはずだ……。

昌幸は嫌な予感にかられる。

香坂昌信と穴山信君の悶着とは、長篠の合戦を巡る諍いだった。

信玄が上洛の途上で無念の薨去を遂げた後、家督を嗣いだ武田勝頼と御一門衆の筆頭となった穴山信君は、まったく反りが合わなかった。世慣れしないままに武田家を嗣いだ勝頼が、幼い時から侍ってきた側近の意見だけを聞き、歳上の従兄弟であった信君を煙たく感じ、疎んじたことが大きな理由のひとつだったのかもしれない。

その繰り返しが互いの不信にまで昂じ、長篠の合戦に際しては、旗本を預かっていた穴山信君が織田方との戦いを避けることばかりを進言し、決戦の態勢がとられると勝手に陣払いしてしまったのである。しかも、武田が敗勢に至り、勝頼が甲斐への帰還を急いだ時も、信君は駿河の江尻城へ戻ったままで自城を守るためだけに籠もってしまった。

長篠での敗戦後、このことを知った香坂昌信は激昂し、「味方の累々たる討死を思えば、穴山殿の所業は、旗本にあるまじき怯懦」と糾弾した。そして、勝頼に切腹の申しつけを進言したのである。

しかし、勝頼は姉の夫でもある信君を処断することが、家中を分断してしまうのではないかと恐れ、昌信の上申を退けた。その後、越後との盟約を進めるうちに香坂昌信が急死し、勝頼と穴山信君は何事もなかったように和解している。皮肉にも、長篠の一戦で多くの重臣を失ったことにより、矢面を避け続けた御一門衆筆頭の威光だけが増す結果となった。曾根昌世の話によれば、その重臣が海野兄弟の後盾となり、沼田城代へ推したという。昌幸にとって上野における頭越しの人事は、とても看過できない話である。だが、海野兄弟が形振り構わず沼田城代の座を望んだ理由が思い当たらないわけではない。

――やはり、平素は何事もなかったような顔で従っているが、心底では海野の名跡を嗣いだ面目にこだわりたくて仕方がないということか……。

昌幸は苦々しい面持ちで小さく溜息をつく。

海野兄弟との見えざる確執とは、真田家と海野家の出自に関わる問題だった。

両者の血脈は宮家ゆかりの名門、滋野家に繋がっている。滋野家は、清和天皇の第四皇子であった貞保親王が信濃国海野庄へ下向し、その孫である善淵王が醍醐天皇から滋野の姓を下賜されたことに始まる。

滋野家は御牧（朝廷の牧場）を営む名族として一帯に広がり、信濃の小県郡や佐久郡から西上野の吾妻までを支配するようになった。やがて、様々な支流に分脈するのだが、その中でも海野家、禰津家、望月家が嫡流に近い家柄とされ、真田家は海野の傍流にすぎなかった。

しかし、天文十年（一五四一）に甲斐守護であった武田信虎と信濃国人衆の村上義清や諏訪頼重が手を組み、小県郡へ侵攻して海野棟綱をはじめとする滋野一統から所領を奪おうとする。海野棟綱は関東管領職の上杉憲政に属する立場であったが、この海野平合戦においては援軍もなく、棟綱の嫡男であった海野幸義が討死し、一統は小県を追われた。

この時、昌幸の父である真田幸綱（幸隆）も、滋野一統として上野へ敗走したのである。だが、その後に武田信玄の家臣となることで小県へ復帰し、矢沢家や禰津家をまとめて滋野一統の再興を図った。

一方、海野兄弟の元姓は羽尾（はねお）といい、吾妻郡の羽尾を本拠とする滋野の一統であった。

ところが、寄寓先の上野で敗北の失意に苛（さいな）まれた海野棟綱が亡くなると、羽尾幸光（ゆきみつ）はその輝かしい名跡を絶やさないためという名目で、海野の姓を嗣いだのである。

海野幸光は岩櫃城の斎藤憲広の家臣であったが、武田信玄の命で真田幸隆が吾妻郡へ侵攻すると、武田一門への臣従を望み、主であった斎藤親子を越後に追う手柄と引き替えに服属を実現した。

弟の羽尾輝幸（てるゆき）は幼少の頃から武芸が達者であったため、武田一門の小山田（おやまだ）衆の寄騎（よりき）となり、上原（うえはら）の姓を与えられた。上原輝幸として数々の合戦に出たが、いまひとつ信玄の覚えがめでたくなかったため、それを不服として小山田衆から離脱した。海野幸光は吾妻の岩櫃城へ戻ってきた弟に家督を継がせたいと考え、輝幸に海野姓を名乗らせたのである。

こうした一連の出来事により、滋野一統の中に眼に見えない捻（ねじ）れが生じてしまう。

元々、海野家は滋野一統の宗家筋に当たるのだが、真田幸隆が武田一門に属して小県郡へ戻り、先方衆として西上野を制した時から家格が逆転してしまった。しかも、すでに滋野の直系を嗣ぐ者はなく、海野兄弟も武田一門へ服属するために真田家の麾下へ入ったため、今では真田家が滋野一統の宗家筋と認められていた。

しかし、吾妻の地にこだわり、海野の名跡を嗣いだ幸光と輝幸の兄弟は、自分たちが滋野一統の宗家筋であるという自負を捨てられないでいるようだ。

——ありもしない威光への執着が妙な事態を招かねばよいのだが。

昌幸は己の留守中も上野への注視を怠るまいと決めていた。

翌日、躑躅ヶ崎館へ出仕し、主君に拝謁する。予想通り、勝頼の側には穴山信君と曾根昌世が控えていた。挨拶の口上を聞き届けると、すぐに勝頼が本題を切り出す。

「上野の仕置が終わって休む間もないが、真田、そなたを見込んで頼みがある。新たな役目を負うてもらえぬか。そなたも存じておると思うが、南信濃と遠江の国境において、北條と手を結んだ徳川家康の勝手な振舞いが止まらぬ。当方は人質の織田坊丸を返すということで信長殿との和睦を進めようとしているが、それが首尾良くまとまるという保証はない。そこで念には念を入れ、新たな本城を築こうと思うておる。その普請奉行を、そなたに頼みたい」

主君の話は曾根昌世から聞かされていた通りの内容だった。

「御屋形様、その新城とは古府中にお築きになられるのでありましょうか？」

昌幸の問いに、勝頼は首を横に振る。

「いや、古府中では、いささか奥まりすぎておる。父上は山に囲まれた古府中をひとつの要害に見立て、信濃の城を固められた。されど、これだけ版図が広がれば、戦も方々で起きてしまう。それゆえ、信濃のどこへでも迅速に出張れる場所に、新たな本城を築きたいと考えておる」

「僭越ながら、その場所をお聞きしとうござりまする」

「いくつか候補に上がったのだが、古府中に近く、南北へ出やすい場所となると、韮崎の地が良いのではないかと思うておる」

勝頼が言ったように、韮崎は古府中の北西三里半（約十四キロ）の場所に位置し、しっかり整備された逸見路で繋がっている。少し先には棒道の起点である北杜があり、真っ直ぐ南へ走る身延道を使えば確かに駿河へも出やすい。

「仰せの事柄については承知いたしました。されど、懼れながら申し上げますれば、そのお役目、それがしには荷が重すぎまする。これまで城を普請した経験もなきゆえ、新しい本城を築くために何をすればよいのか、見当もつきませぬ」

昌幸は正直に己の心情を述べた。

それを聞いた穴山信君が主君に申し出る。

「御屋形様、これより先の話は、それがしにお任せいただけませぬか」

「よかろう」

「真田殿、謙遜が過ぎるのではないか」

　穴山信君は薄い笑みを浮かべながら話を続ける。

「つい先だっても、そなたは名胡桃と沼田の城を迅速に修復しておるではないか。それに奥近習の頃から大御屋形様に付き添い、数多くの城に手入れなさる様を見てきたと存ずる。さらに、上野でも屈指（くっし）の堅城をいくつも検分しておるではないか。その見識を見込んで、御屋形様がそなたに白羽（しらは）の矢をお立てになられたのだ。できぬという道理はなかろう」

「さように仰せられても、すでに築かれた城の修復と新しき城の普請はまったく違うのではありませぬか。縄張りひとつとっても、思いが及びませぬ」

「それならば、心配はいらぬ。場所の選定とともに、縄張りも決まっておる。御屋形様がそなたに願っているのは、滞（とどこお）りなく普請を進める奉行なのだ」

　信君はこともなげに言う。

　そこには「昌幸はただ現場の監督をすればよいのだ」という意図が見て取れる。つまり、新城の発案はこの重臣がしてあるから、余計な心配をせずに役目に就（つ）けということだった。

「真田、この城は普請を急がねばならぬ。それを成し遂げるためには、そなたの如き優れた統率の力が必要となる。それゆえ、しばらくはこの役目に専心してもらいたい。余はこの城を新府城と名付けたいと思うておる」

勝頼が念を押す。

新府城。つまり、新しい城ができれば、その周囲が古府中の代わりに武田の本拠地になるという意味だった。

主君からそのように言われてしまえば、断る術はない。

「……承知いたしました」

昌幸は睫毛を伏せ、頭を下げる。

「では、いったん上野へ戻り、後事の差配をしてから韮崎へ参りとうございまする」

「真田殿、上野のことは残った者たちに任せておけばよい。御屋形様も仰せの通り、普請は火急の要件である。なるべく早く役目に就いてほしい。縄張りの図面は曾根殿に渡してあるゆえ、普請の進め方は二人で相談してくれぬか。それと、何か入り用の物があるならば、曾根殿を通して上申してくれればよい」

穴山信君はそう言い渡し、会談を締めた。

主君と重臣の二人は、すぐに謁見の間を後にする。昌幸は釈然としない気分で、その場に座っていた。

「昌幸、難儀なお役目だが、御屋形様が仰せの通り、そなたにしかこなせぬ大役であることは確かだ」

曾根昌世が慰(なぐさ)めるように言葉をかける。

「昌世殿は、この築城に賛成にござりまするか」

「ああ、今の情勢を鑑(かんが)みれば仕方あるまい」

「かような情勢であるからこそ、各地の要城の修復を行ない、各方面の守りを固めた方がよいのではありませぬか。その方が新たな城を築くよりも労役や費用も少なくて済みまする。大御屋形様ならば、さように考えたのではありませぬか」

「今の武田を取り巻く状況は、大御屋形様の頃とは違うのだ。昌幸、そろそろ大御屋形様ならばという考えを控え、御主君の考えに思いを巡らせてみてはどうか」

昌世は頑固な昌幸に苦言を呈する。

「それがしには、よくわかりませぬ。取り急ぎ上野へ戻り、差配を済ませてから縄張りの図面を頂きに伺いまする。普請に関する相談は、その時に御願いいたしまする」

愛想のない口調で言い放ち、その場を立ち去った。

慌ただしく岩櫃城へ戻った昌幸は、矢沢頼綱に事情を話し、上野の後事を託した。

それから数日をかけ、名胡桃城と沼田城を廻って細かな差配を行なう。昌幸の命令を沼田城代となった海野兄弟は黙って聞き入れたが、それが守られるとは限らなかった。改めてその監視を矢沢頼康へ命じた後、小県に寄って妻と次男を伴い、古府中へと舞い戻った。主君の嫡男に仕える信幸も揃い、家族は昌幸の新しい役目を喜ぶ。しかし、当人は複雑な心境であり、決して浮かれていられる気分ではなかった。

ともあれ、新しい役目をこなすため、曾根昌世と打ち合わせを行なってから築城の候補地となった韮崎の中田（なかだ）へ向かう。そこは釜無川（かまなしがわ）と塩川（しおかわ）が合流し、水流に削り取られた台地が断崖となり、地の者たちから七里岩（しちりいわ）と呼ばれていた。

新城は七里岩の南端にある西ノ森（にしのもり）と呼ばれる小山を中心に築かれる予定になっており、昌幸と曾根昌世は家臣たちと連れだって山頂へ登る。縄張りの図面によれば、東側の頂上に本丸を置き、西に二の丸、南に二つの三の丸を配し、北から東にかけての山裾（やますそ）には堀と土塁（どるい）を巡らす帯郭（おびぐるわ）を造成することになっていた。

頂上から見渡しながら城の姿を想像してみれば、それは昌幸の思惑を遥かに超えた規模だった。

「昌世殿、かように大仰（おおぎょう）な城を短期間で築けるとお思いか？」

「……なるべく急いでとしか、言いようがあるまい」

曾根昌世も敷地の広さに度肝を抜かれている。

「地均しだけでも、どれだけの人足が必要か、算じ直さなければなりますまい」

「昌幸、この現状を踏まえて、相談をやり直そう」

「お願いいたしまする」

――まことに、この築城に着手しても大丈夫なのか？

坂道を下りながらそんな思いが脳裡をよぎっていた。

その危惧はすぐに現実のものとなる。城を造るためには縄張りをしなければならないが、そのためにはまず山肌を覆う木々を伐採し、切り株を掘り起こして元の地形を明らかにしなければならない。もちろん、切り倒した木は資材となるので、きちんと保管しておく必要がある。

敷地を裸山にしたならば、大まかな土の切り盛りを行なうのだが、その地面からも大小の石が出てくるので、それも石積みのために一カ所に集めておく。

それから、図面にしたがって杭を打ち、設計された形に縄を巡らしていくのだが、まずはこの伐採と地面の切り盛りで早くも躓いてしまう。思っていたよりも地形が険しいため、この作業が遅々として進まない。昌幸が見たところ、明らかに人足の数が足りなかった。

こうした普請に際しては、家中の武将から元手と人足が供出されるのだが、縄張りの図面を起こした時に行なった最初の算用が甘かったため、集めた人足では事足りなかったのである。

昌幸はすぐに古府中へ戻り、曾根昌世に問題を報告し、徴用の追加を願う。しかし、望んだ数の人足がなかなか到着せず、催促しても梨の礫になることが多かった。供出を求められた城持ちの武将たちも、人と銭のやり繰りに四苦八苦しており、すぐに対応できないというのが現状だった。いや、各人が出し渋っていると考えた方がよかった。

その状況を察した昌幸は、周辺から独自で人足の募集を行なうため、今度は甲州金の捻出を願う。日銭で人足を雇い、人手を増やして作業を急がせるためだった。

しかし、その金繰りもおぼつかない。度重なる戦に矢銭を使っていたため、築城に出せる甲州金も残り少なかった。再三の申し入れをした後、要請した半分の元手が渋々ながら届き、残りは新たな徴用をしてからということになった。

一事が万事、この調子である。当初、奉行を務める昌幸は苛立ち、鬼の形相で歩き回っていた。

──やはり、この築城の構想は画餅ではないのか。縄張りも算用も金繰りも、何もかもが甘すぎる。よくも、かように生温い算段を、御屋形様が承知なされたものだ。

作業を進めれば進めるほど、最初に構想した者の稚拙ぶりが明らかになるような気がする。さすがに古府中との不毛なやり取りに飽き果て、昌幸は開き直った。数日、役目を放り出して酒を呑みまくった後、この役目に対する考え方を根本から変える。

――この絵図を描いた者が未だここへ来ないところを見れば、どうせ、普請に対して責任を持つ気はないのであろう。おそらく、城の形が見えてくるまで来ることはない。ならば、勝手にさせてもらうぞ。

昌幸は現地の状況に合わせて、己の手で縄張りを直し、図面を描き変える。大筋の構想だけを残し、細部の造りも思い切って変更した。作業から逆算すれば、当然のことだった。

――いずれは己の城を築く機会が巡ってくるやもしれぬ。その日のための修養と思えば、この難儀も少しは意味が増してくる。

信玄が築城に際して語っていた教訓を思い出しながら、昌幸は築城に関わるすべてをやり直す。そうすると俄然、仕事が面白くなり、城造りを一から実地で学ぶということが、非常にためになるとわかった。

逆境にあっても物事を前向きに捉え直し、集中して行なうところが昌幸の特質だった。

責任を取る者が前を向くと、驚くほど作業も円滑に進むようになる。度重なる古府中との交渉により、脅しすかしを含めた談判の手法も身につけた。

天正九年（一五八一）三月に着手した築城は、約四カ月で基礎の切り盛りと縄張りが終わり、炎天の夏を迎えた頃から作事が始まる。すでに昌幸は城造りを行なう面白さにのめり込んでいた。

忙しく動き回っていたある日、突然、弟の加津野信昌が訪ねてくる。

「兄上、炎暑の中、ご苦労様にござりまする。御屋形様からの作陣見舞いをお届けに参りました」

「見舞いと称して、進捗の目付をしに来たのではないか、信昌」

「いえいえ、まことに酒肴をお届けに参りましただけで……」

「さようか。ならば、一献傾ける前に、縄張りを見ておくがよい」

昌幸は弟を案内し、縄張りについて説明する。

「いやぁ、この七里岩の断崖は、岩櫃城にも劣らぬ絶壁にござりまするな。城の大きさも聞きしに勝る。兄上がこれを奉行なさっているとは……」

信昌はしきりに感心していた。

「御屋形様が心配なさらぬよう、よしなに報告しておいてくれ」

「わかりました」

その夜、二人は作事陣屋で酒を酌み交わす。他愛のない世間話に区切りがついたところで、昌幸が切り出す。

「信昌、そなたに話しておかねばならぬことがある」

「ああ、上野でお聞きした父上の御言伝(おことづて)の件にござりまするか。何でありましょう」

「父上がお亡くなりになる直前、ちょうど長篠の合戦の一年ほど前のことであった。この身が枕元へ呼ばれ、色々と話をした。その中に、そなたへ伝えてほしいという事柄があり、遅くなってしまったが、その話をさせてくれ」

昌幸は神妙な面持ちで語り始める。

実は兄弟といいながら、昌幸と加津野信昌は同歳(おないどし)である。それは母親が違うからであり、昌幸の生まれた月がわずかに早いから兄となっている。昌幸の母は正室の恭雲院(きょううんいん)だが、信昌の母は側室の阿続方(あつぐのかた)である。くしくも、二人はほぼ同時に幸隆の子を授(さず)かったのだが、父は正室である昌幸の母に気を使い、信昌が生まれて間もなく加津野家へ養子に出した。

だが、三男の昌幸も七歳で質(しち)として古府中に送られ、躑躅ヶ崎館で暮らしている。同時に授かった子は父や母と充分な時を過ごすこともなく、それぞれの境遇で育った。

父の幸隆はそのことを気に病んでおり、昌幸を病床へ呼んで詫びたのである。そして、加津野家へ行ったため呼べなかった信昌への言伝を託す。

「……父上は、ただ済まぬと。そなたと母上にただ済まぬと詫びてくれと申された。それを伝えた上で、この身にあることを託された」

「父上は何を託されたのでありましょうや？」

　信昌は真剣な面持ちで訊く。

「いずれ、そなたが真田の名跡に戻ることがあるやもしれぬ。その時のために、お前が信昌と兄弟の絆を深めておいてくれぬかと申された。二人の兄には頼めぬゆえ、同じ年に生まれたお前にそれを託したいと」

「まことに……まことにござりまするか」

「ああ、まことのことだ。その時は、この身も武藤（むとう）の名跡を嗣いでいたから、何となく父上の申されることがわかるような気がした。二人の兄者たちも元気であり、よもや長篠で討死するなどということは考えもしなかった。されど、父上はそなたのことを最期まで案じ、直に詫びられぬことを悔いておられた。決して、ないがしろにしていたわけではない。そして、いつか、この身と共に真田の名跡へ戻ることを望んでおられた」

「父上が……父上が」

信昌は瞳を潤ませ、思わず右手で口元を押さえる。

「二人の兄者たちも天に召され、真田の漢も少なくなってしまった。この身からも願いたい。色々と思うところはあるだろうが、兄弟として、身内として今後もよろしく頼む」

「兄上……」

信昌の右眼から止めきれなかった一筋の泪が流れ落ちる。

「……こちらこそ」

「では、あらためて固めの盃だ」

昌幸は双方の盃に酒を注ぎ、二人は一気にそれを呑み干した。それから、酒を酌み交わしつつ、朝まで話を続ける。まるで、兄弟としてのこれまでの空白を埋めるように。

信昌が古府中へ戻った後も、作事は順調に進み、郭の造作が行なわれるまでになった。

そして、韮崎で秋を迎えた昌幸のもとへ良くない知らせが届く。

上野から矢沢頼康が駆けつけ、異変を報告する。それによれば、昌幸が韮崎へ赴いた後、徐々に海野兄弟の態度が変わり、ついには頼康に沼田城から出て、矢沢城へ戻れと命じたらしい。

「……それだけではなく、御屋形様から通達が届きまして、海野輝幸に岩櫃城代を命じるゆえ、父に矢沢城へ戻るように勧告がありました」

「何だと⁉」

　昌幸は血相を変える。

「さような話は聞いておらぬぞ」

「いえ、御大将には、すでにお伝えしてあると……」

「まことか」

　思わず腕組みをし、昌幸が唸る。

　──明らかに、上野でおかしなことが起こっている。何かを仕掛けた者がいるとすれば、それはこの身を上野から引き離した者の仕業に違いあるまい。

「十月の末までには、父が岩櫃城から退去しなければなりませぬ。われらはどうすれば、よろしいのでありましょうや」

　矢沢頼康は不安げな面持ちで訊く。

「名胡桃はどうなっておる」

「名胡桃城は何も変わっておりませぬ」

「さようか。ならば、そなたは頼綱殿と一緒に名胡桃城へ行き、鈴木殿に事情を打ち明け、そこで待機してくれぬか。この身は御屋形様に岩櫃城の件を確かめてみる」

「わかりました」

指示を受けた頼康は急いで上野へ戻った。

昌幸はすぐにでも上野へ戻りたいと思ったが、普請の奉行を放り出すわけにはいかなかった。古府中からは年内には城の形が見えるようにしろと命じられている。仕方なく曾根昌世に連絡を取り、岩櫃城の件を確かめようとした。しかし、いくら待っても、それに関しての返答が届かなかった。

そうしているうちに、さらに悪い知らせが届く。今度は上野からではなく、畿内で織田信長の周囲を探っていた歩巫女のお久根からの報告だった。

それによれば、信長はすでに畿内で並ぶ者もなくなり、南海道に大軍を送り、山陽道の雄である毛利家を降さんとしていた。さらに、京で大掛かりな馬汰を行ない、まるで征夷大将軍にでもなったかの満悦ぶりらしい。風聞によれば、それが終われば次の戦の用意をしており、甲斐へ向かうのではないかと、巷ではまことしやかに囁かれているという。

「信濃にいてはなかなか実感できませぬが、信長の軍勢は膨れ上がり、その武威は増すばかりにござりまする。安土城の禍々しい大きさに加え、信じ難い数の兵が集まっていると、お考えくださりませ」

お久根は心配そうに伝えた。

「さようか。新城の普請では備えが間に合わぬかもしれぬな。引き続き、美濃を含めて様子を探ってくれ」

「承知いたしました。間もなく、東海へ出た清開坊もこちらへ報告に参ると思いまする」

「わかった。大儀であったな」

種々の報告を受け、昌幸の胸中はざわついていた。

――信長の動きが思っているよりも遥かに疾い。おそらく、和睦の申し入れは不調に終わるであろう。何か大きな事が起こる前に、上野の件をどうにかせねばならぬ。

そして、十月に入ると、昌幸の抱いた嫌な予感通り、最悪の事態が起こる。なんと、古府中からの通達を楯に、海野兄弟が矢沢親子に退出を迫り、輝幸が兵を率いて岩櫃城へ入った。

それだけでなく、海野幸光が沼田城にいた用土信吉も追い出してしまったというのである。

――おのれ、海野兄弟め。乱心したか！

これには昌幸の堪忍袋の緒が切れる。

すぐに矢沢親子、用土信吉、出浦盛清を韮崎へ呼び、密かに会合を持つことにした。

相変わらず、古府中からは上野に関する返答はなく、「年内に勝頼が新府城へ入り、新年を迎えられないか」という催促だけが届いていた。

上野から駆けつけた家臣を前にして、昌幸はきっぱりと言い放つ。

「われらを欺いた海野兄弟の所業を、この身は決して許さぬ。誰が後ろにおり、なにゆえ、この身が上野から引き離されたのかもわかっている。これは家中で起きた、つまらぬ出世争いにすぎぬが、手をこまぬいて看過するつもりは毛頭ない。いま、当家に蔓延る悪しき行ないを糺すためにも、あの二人を討たねばならぬ。これより考えた策を授けるゆえ、心して聞いてくれ」

鬼相となった昌幸を見て、上野から駆けつけた家臣たちは軆を強ばらせる。誰もが口唇を結び、伏目がちになった。

その中で、河原綱家が恐縮しながら口を開く。

「御大将、海野兄弟を討つとの仰せにござりまするが……」

「何であるか」

昌幸は表情を変えずに訊く。

「……御屋形様の御沙汰を待たずに、われらが独断で手を下しても……まことに、よろしいのでありましょうや」

それは綱家だけでなく、同席した家臣たちに共通する疑問だった。

それゆえ、昌幸の副将であり、すでに真田家の実質的な家宰であるといっても過言ではない河原綱家が、あえて皆の気持ちを代弁するように訊ねにくい質問を放ったのである。

昌幸は一同の顔を見回し、睫毛を伏せながら小さな溜息をつく。それから、おもむろに口を開いた。

「皆の危惧は、よくわかっているつもりだ。されど、こたびのことに関して、御屋形様の御裁可を仰ぐつもりはない」

面を上げ、昌幸は決然と言い放つ。

「なぜならば、これは上野における滋野一統、つまり、真田家中における問題であるからだ。海野兄弟がいかように思っていようとも、上野において一度は失墜した滋野一統の威光を回復したのは、わが父や兄たちであり、羽尾から海野に改姓しただけの者どもではない。そのことについては、ここにいる矢沢の叔父上をはじめとして鎌原、禰津など滋野一統の血脈に連なる一族も異論は挟んでおらぬ。海野兄弟は父上のお許しで真田の麾下に入った吾妻衆の武将に過ぎず、跡を嗣いだこの身とて、上野先方衆筆頭の重責を担って東上野までを制したという自負がある。それを知りながらも、裏から重臣に取り入り、虎威をもって上野で勝手な振舞をするということは、滋野一統を束ねる真田家への反逆にも等しい。沼田城代のことはひとたび静観したが、事が岩櫃城にまで及ぶとならば看過はできぬ。海野兄弟は、越えてはならぬ一線を越えた。滋野一統の中で起きた反逆ならば、筆頭である真田家が成敗せねばなるまい。それゆえ、あえて御屋形様の御沙汰は仰がぬ」

口調は穏やかだったが、苛烈な決意は充分に家臣へ伝わっていた。

「皆には少々、性急で奇異に聞こえるやもしれぬ。されど、この身は長篠の一戦で厭というほど思い知らされたのだ。理不尽な動きをする者の裏では、必ず見かけ以上に大きな謀略が蠢いている。それを見落とせば、見落とした者が相応の痛手を負うことになる」

「昌幸殿、そなたは海野兄弟が北條と内通しているとお疑いか？」

矢沢頼綱は少し驚いた顔で訊く。

「頼綱殿、海野兄弟にとっては己が野心を実現してくれるのであれば、武田であろうと、北條であろうと構わぬのではありませぬか。元々は山内上杉方の斎藤憲広の家臣であり、武田へも、北條へも、さして思い入れは深くないはず。しかも、旧主の劣勢を見て、自ら父上に武田を頼りたいと阿ってきた者たちにござる。加えて、いま信長は畿内で大掛かりな戦の支度をしており、その兵が信濃と甲斐へ向くのではないかという風聞が流れている。北條は家康と結んだゆえ、織田家の本隊が武田に対して動くならば、上野へ侵攻する絶好の機と見ているのではないか。その北條がただの力攻めに出るとは思えぬ。必ず、何かの下拵えをしてくるであろう。それゆえ、妙な動きをしている海野兄弟が、武田と北條を両天秤にかけていると見ておくぐらいが、ちょうどよい」

昌幸が冷めた口調で答える。

「なるほど、吾妻と利根を押さえ、どちらへでも靡けるようにしていると……」

渋面になった頼綱が、白んだ髭をしごく。

「よしんば、海野兄弟が北條と通じていなかったとしても、あの者どもを成敗した理由を御屋形様に申し上げる時は、それだけで充分であろう。向こうがしたたかに動いてくるのならば、こちらはそれ以上に抜け目なく動けばよい。いずれにせよ、この身はすでに海野兄弟の所業を許すつもりはない。頼綱殿、そのことだけは変わりませぬ」

「そこまで肚を括っておられるか……」

「この身には、何の逡巡もない。信長との戦いを控えている以上、われらは後顧の憂いを断っておかねばならぬ。そのためにも海野兄弟を排除し、沼田城、名胡桃城、岩櫃城を完全に掌握しておく必要がある」

昌幸が冷酷ともいえるほどの采配を揮おうとしていることに対し、家臣たちは多少なりとも驚きを感じていたが、その決断に異論はなかった。確かに、海野兄弟の遣口は寄騎としての節義を越えており、昌幸の矜恃をあからさまに傷つけていた。

「頼康、名胡桃城の様子は？」

「鈴木殿も海野兄弟の動きを知り、それを訝しがっておりまする。いずれは、名胡桃城へも海野兄弟の手が伸びるのではないかと心配なさり、御大将のご指示を待っておられまする」

「さようか。この先は名胡桃城を基点にして動かねばならぬゆえ、鈴木殿には成敗の件を伝えておいた方がよいな」

「まことに、すべてをお伝えして、よろしいので？」

矢沢頼康は少し不安そうな顔で確認する。

「構わぬ。鈴木殿は見かけと違わず剛直な漢だ。そういう相手を味方に留めておきたいのならば、肚を割って包み隠さず話しておいた方がよい」

「承知いたしました」

頭を下げる息子の頼康を横目で見ながら、矢沢頼綱が訊ねる。

「昌幸殿は先ほど海野兄弟を討つ策と申されたが、それはいかようなものであろうか」

「いくら成敗だとしても、無策で兵を挙げるわけには参らぬ。そこで、今こそ金子殿に約束を果たしてもらおうと思っている」

昌幸の言葉に、一同は小首を傾げる。

「あっ……」

出浦盛清が何かを思い出したように声を発する。

「あの時の約定にござりまするか？」

「さよう。金子殿には沼田景義へ『沼田城を明け渡す』と持ちかけてもらい、かの者を会津から誘き寄せ、それを討伐するという名目で兵を挙げればよい。沼田城の海野幸光は沼田景義と共謀した咎によって捕らえる。さらに間髪を入れず、岩櫃城へ寄せ、弟の輝幸を捕縛すればよい。二人は生け捕りにし、自害させよ」

昌幸は眼を細め、凍りつくような声で言い渡す。

「承知！」

険しい面持ちの家臣たちが一斉に答える。

「盛清殿、ここに『沼田景義を謀殺すれば、川西の領、千貫目を与える』という起請文を用意してありまする。これを使い、金子殿の背中を押してくれぬか。ついでに、海野兄弟へ靡かぬよう、きつく釘を打っておいてほしいのだ」

「承知いたしました。おまかせくだされ」

出浦盛清は引き締まった顔で頷く。

「真田殿、それがしはどうすればよろしかろうか?」

用土信吉が真剣な面持ちで訊く。

「信吉殿は沼田城近くの上沼須に金剛院という寺があるゆえ、そこに兵を伏せて時を待っていただけぬか」

「わかりました。沼田景義の討伐に加わるということにござりまするな」

「さよう。しばし、ご辛抱くだされ。終われば、すぐに沼田城へ戻れまする」

「承知いたしました」

「では、決行の予定を、霜月の内とする。この身は韮崎から動くことはできぬが、策通りに皆が動いてくれると信じ、朗報を待つことにする。これは謀り事だ。すべては隠密裡に行なわねばならぬ。各々、目立たぬよう支度にかかってくれ」

昌幸は一度も笑みを見せずに会合を締める。

皆には冷静なように見せていたが、その実、己の裡では驚くほどの怒りの焔が燃え上がっていた。

家臣たちが散会してから、昌幸はしばらく一人で作事陣屋の一室に籠もり、その熱を冷まそうとする。正座して黙想を続けながら、なぜか父の幸隆と最後に話した時の言葉を思い出していた。

『そなたは幼い頃より人の心がわかりすぎるところがあり、しかも、それを放っておけぬ性質(たち)だ。されど、武士には情(なさけ)よりも非情が必要となる時の方が多く、優しさというものが判断を狂わせることもある。情にまかせて、すべてを背負おうとすれば、己の身動きが取れなくなり、結局は誰も救えなくなるということがままあるのだ』

なにゆえ、父がこのようなことを遺戒(いかい)として残したのか、面会した日にはまだ判然としていなかった。

――されど、今ならば、はっきりとわかる。情にまかせて、すべてを背負おうとすれば、己の身動きが取れなくなり、結局は誰も救えなくなるということがあるという言葉は、滋野一統として小県から追われ、武田家に服属してでも一統の矜持と小県の地を取り戻そうと決断した、父上の心境そのものであったのだろう。それがわかったのは、誰も救えぬ温情よりも、何かが救える非情の方が時には大事だということを、この身も思い知らされたからだ。長篠の一戦という深い闇を抜けることによって……。

海野兄弟を誅伐(ちゅうばつ)すると決めてから、ここ数日の間、昌幸の心にまったく躊躇(ためらい)や逡巡は湧いてこなかった。逆に、己でも驚くほど冷たく乾いた心持ちになっており、いかにすれば淀みなく誅伐を完遂(かんすい)できるかという着想ばかりが浮かんできた。

しかも、冷酷に謀計だけを考える己を、もう一人の己が離れた処から見ているという奇妙な感覚さえあった。

――もしも、人に様々な心の音色を奏でる琴線というものが張り巡らされているのならば、おそらく、長篠から帰還した時に、いくつかの琴線が切れてしまったのであろう。それがいかような心音を担っていたのか正確にはわからぬが、優しさとか、思いやりとか、無邪気さとか、そういった類の琴線なのかもしれない。わが子らには、人として大切にせねばならぬ琴線だと教えねばならぬものばかりだ。だが、すでに、人として大切にせねばならぬ琴線と、一門の惣領として必要な琴線はまったく違う、そのように思っている己自身がここにいる。つまり、温情と同等の非情があるということを解悟しなければ、己の大事なものは守りきれぬということだ。

昌幸の脳裡はしんと醒めており、次々と思念が降ってくる。それが叢雨の如く怒りの焰を消していった。

不思議なことだが、あれほど冷たく乾いた心持ちで考えていたはずの事柄を、家臣たちに伝えようとすればするほど、己の裡で怒りの熾火が燃え上がってしまった。

その時、昌幸は明確に自覚した。

——この身は冷静な振りをしながら、海野兄弟を許せないほど憎んでいたのだと。あの者たちが己の我執(がしゅう)や保身のためだけに、父上が取り戻そうとした滋野一統の和を踏みにじろうとしているのだと皆へ伝えながら、心底(しんそこ)に沈めていたはずの瞋恚(しんい)の焔が燃え上がってしまった。それを恥じるつもりはないが、もうこれ以上考えるのは止(や)めにしよう。今はもっと大局を見ることが必要だ。

昌幸には海野兄弟の邪曲(じゃきょく)な動きが、現在の武田家中に潜む、ある種の危うさと重なっているように見えていた。

武田家もまた、信玄が存命だった頃の緊密な結束はすでになく、脆(もろ)い地盤の上で各々が身勝手な振舞をしているように思えてならない。そんなところに信長の大軍が攻め寄せてきたならば、これまでの忠節など簡単に瓦解してしまいそうな気がする。

——とにかく、出来うる限り早く新府城の普請を進め、周囲の動向に目配りせねばならぬ。

昌幸は気持ちを切り替え、明日からの普請の算段を始めた。

新府城本丸の造作が突貫で進められるなか、清開坊が東海から戻り、昌幸に様子を報告する。

「三河、遠江、駿河、相模を廻って参りましたが、東海道は相当にざわついており、大戦の支度に奔走しているといった気配にございまする」

「さようか。高天神城については、何か話を拾えたか」

昌幸の問いに、清開坊は髭面を歪める。

「拾うには拾えましたが、ここでお話ししてよいのやら……」

「構わぬ。聞いたままを伝えてくれ」

「わかりました。遠江と駿河の一帯では、武田の御屋形様が高天神城と岡部元信殿を見殺しにしたと、誰もが口を揃えて言っておりまする。よくよく探ってみましたならば、元信殿は家康に降伏を申し出たが許されなかったようにございまする。それというのも、岐阜から高天神城の将兵を皆殺しにし、国人衆への見せしめにせよというお達しが出ていたようにございまする。元信殿は仕方なく城を出て敵勢へ斬り込んだものの、大久保忠教の手勢に討たれたそうにございまする。その話とともに、在地の国人衆へ調略がかけられ、武田はもう遠江へ援軍を出す余力もないゆえ、徳川に付くならば今しかないという話が吹聴されておりまする」

「信長の狙いは、最初から高天神城の奪取ではなく、武田家の威信を失墜させることであったか」

蓼の葉を嚙んだような顔で、昌幸が呟く。

「おそらく、ご推察の通りかと。もうひとつ、不気味な風聞が流れておりました」

「何であるか」

「信長が朝廷に働きかけ、武田家を東夷とし、御主上に御綸旨と御錦旗をお願いしていると……」

「武田家が東夷だと！」

昌幸が思わず声を荒らげる。

「……公方の義昭殿のために、大御屋形様が病を押してまで上洛を敢行した、その武田家が朝敵だと！」

「あくまで三河で拾った風聞ゆえ、真偽のほどは定かではありませぬが」

清開坊は申し訳なさそうに巨軀を縮めながら言う。

——朝敵治罰の御綸旨までが思うようになるというのならば、すでに信長はわれらの想像を超えた怪物になっているということだ。果たして、そんな相手とまともに戦えるのか……。

昌幸は愕然としながら思った。

「清開坊、他に話はないか？」

「これ以上はございませぬ。次は武蔵と下野を廻ってみようと思うておりますが、それでよろしかろうか」

「取り急ぎ、それで頼む。東海がその様子ならば、北條は間違いなく上野への侵攻を支度しているはずだ。それらの動きを探ってくれ」

「承知いたしました」

清開坊の報告を聞いた限りでは、予想以上の危機が迫っているとしか思えない。

——海野兄弟の誅伐を早めたいが、これだけはどうにもならぬ。上野はおそらく、北條との競り合いの場となる。

昌幸は歯痒い気持ちを抑えながら上野からの報告を待った。

清開坊と入れ替わるように、矢沢頼康が韮崎を訪れ、「各人の支度は順調に進んでおり、後は金子泰清が旧主を誘き寄せる日を決めるだけとなっている」と報告する。

「海野兄弟は得意満面で、毎夜にわたり酒宴を開いているそうにござりまする」

頼康は憎々しげに吐き捨てる。

「捨て置け。増長すればするほど隙が増えるだけだ。それよりも北條の動きに注意してくれぬか。いきなり上野へ動くということもあり得る」

「わかりました。出浦殿にお願いし、金子殿の仕事を急がせまする」

「頼むぞ。されど、焦って動きを悟られぬようにな」

「承知いたしました」

すべての事柄が複雑に絡み合い、時を争うように進む中、新府城の普請に光明が見え始める。本丸の棟上げが終わり、師走のうちには何とか主君を迎えられる目処がついた。しかし、他の曲輪については年を跨がなければ、完成が見えてこないのが現状であることに変わりはない。

　昌幸は曾根昌世にありのままを報告したが、勝頼は本丸の完成を思った以上に喜び、師走の半ばには新府城へ入り、そのまま正月を過ごしたいという答えが返ってくる。現場の人足にも主君の上機嫌を伝え、褒美の酒を振る舞った後、さらに気合を入れ直した。

　そうしているうちに、矢沢頼康が二度目の報告に訪れ、決行の日が決まったことを知らせる。

「沼田景義が城へ来る日取りが決まりました。霜月の有明にござりまする」

　頼康が言った霜月の有明とは、十一月二十六日のことである。二十六夜は明け方の空に細い月が昇るところから有明月と呼ばれていた。

　暦はすでに霜月の上旬に入っており、あと半月ほどで有明を迎える。

「よし。では、決めた策通り、淀みなく事を進めるようにと皆に伝えてくれ」

「承知いたしました。すべてが終わりましたならば、重寛を岩櫃城から早馬で走らせまする」

「うむ。わかった。到着するまで寝ずに待っておる」

難題が進展を見せ、昌幸は少しほっとする。

しかし、それから決行の日を迎えるまでが随分と長く感じられた。

その夜、昌幸はいつもの室に籠もり、独りで時を過ごす。夜中のうちに望月重寛の早馬が到着することはないとわかっているが、落ち着かない気分を抑えるようにじっと時が過ぎるのを待った。

——戦いの指図だけをして、結果を待つだけというのは、存外焦れったいものだな。かほどに気を揉むくらいならば、自ら戦場へ赴く方がどれほどましであるか。各地に戦を構え、そのすべてに古府中から眼を配っておられた大御屋形様も、かような気持ちで重臣の方々の報告を待っておられたのであろうか。

昌幸は思わず口唇の端から苦笑をこぼす。

——されど、これからもっと差配せねばならぬ城が増えたならば、かような戦いも覚悟しておかねばならぬ。何よりも家臣たちの能と力を信頼せねば……。

払暁が迫り、昌幸は作事陣屋の外へ出てみた。

紺青から縹色へと変わりつつある空に、消え入りそうな細い月が昇っている。何を思うでもなく、しばらくその有明月を眺めていた。

鼻孔に吸い込む大気は冷たく澄みきっており、乾いた冬の匂いがした。

その時、遠くから馬蹄の音が聞こえてくる。やがて、それが逆光の中で人馬の影絵となり、昌幸の前で止まった。

「御大将……」

駒の背から飛び降りた望月重寛が片膝をつく。

「……すべては御大将の策通りに終わりましてござりまする」

掠れた声を振り絞った重寛の言葉が、すべてを物語っていた。

「大儀であった。中へ入り、喉を潤すがよい」

昌幸はそれだけを言い、腕組みをして空を見上げる。

黎明に溶けゆく儚い月だけが、その双眸に映っていた。

このような形で人を切り捨てたのは、生まれて初めてのことである。だが、後悔はない。さりとて、誇らしさも感じなかった。

幾ばくかの安堵と、幾ばくかの虚しさが、胸中で綯い交ぜになり、緩やかな渦を作り出していた。

一度だけ深呼吸し、昌幸は陣屋の中へと戻った。

望月重寛の報告によれば、昨夜の亥刻（午後十時）過ぎ、金子泰清の手引きで沼田景義が沼田城の追手門を潜ったと同時に、矢沢頼康と用土信吉が率いる軍勢も城内へ雪崩れこんだという。

沼田景義は由良国繁から借りた五十ほどの兵を連れていたが、矢沢頼康の手勢が難なく討ち取り、そのまま兵を率いて本丸へ乗り込み、酔って寝込んでいた海野幸光を捕縛した。

頼康は沼田景義の首級を突きつけ、海野幸光に自害を申しつける。幸光は最初、「覚えのない沾衣だ」と抵抗したが、頼康が昌幸から預かった書状を読み聞かせると謀計にかけられたことを悟って観念し、最後は自ら喉を突いて果てた。

沼田城の制圧を見届けた望月重寛は、その一報を早馬で矢沢頼綱に届ける。叔父の率いる軍勢は夜陰に紛れて岩櫃城を囲み、出浦盛清があらかじめ城内に放っていた乱破の手引きで兵を送り込む。兄と同じように酔夢に浸っていた海野輝幸を捕縛し、沼田景義の討伐と幸光の自害を伝える。戦支度で乗り込んできた矢沢頼綱を見て、輝幸も観念して自害したという。

「討ち取った者は、沼田景義とその手勢、海野兄弟と手向かった宿直番など、わずかな人数に限られておりまする。その後、両城とも大きな騒擾はなく、矢沢親子の差配に従っておりまする」

望月重寛が神妙な面持ちで報告を終える。

「うむ、わかった。後の捌きは、この身にまかせておけ。来月の半ばには御屋形様がここへお越しになり、正月をお過ごしなされる。それが落ち着いたならば、機を見て、この一件をご報告いたす。皆には、心配せずに、いつも通りの役目をこなしてくれと伝えてほしい。それと、いつ北條が動くかわからぬゆえ、沼田、名胡桃、岩櫃の連係を緊密にし、三城の備えを万全に整えよとそれぞれの城代に伝えてくれ」

「承知いたしました」

「そなたも走り通しで疲れたであろう。ここで少し休んでから、上野へ戻るがよい」

「有り難き仕合わせにござりまする」

やっと安堵の色を浮かべ、重寛は頭を下げた。

昌幸は一睡もしていなかったが、眠りたいという気にはならない。すぐに次のことを考え始め、脳裡で思案が止まらなくなった。

――おそらく穴山殿が自ら上野へ赴くことはないであろうから、御屋形様へのご報告は急がぬ方がよい。ただし、北條が上野へ動けば大騒ぎになるゆえ、慎重に機を見極めねばならぬ。昌世殿を通じ、少し根回しをしておいた方がよいかもしれぬ。

上野の手綱(たづな)を取り戻した昌幸は、眼前に控えた主君の来訪だけに集中し直す。

師走も半ばを過ぎ、城の備えと本丸の造作が終わった新府城に、武田勝頼と嫡男の信勝がやって来た。

何とか格好のついた城を見て回り、勝頼は上機嫌だった。

「真田、この追手門の丸馬出しと三日月堀は見事ぞ。これならば、父上が検分なされても、及第をいただけたであろうて」

「身に余るお言葉にござりまする」

昌幸は素直に喜びを表した。

「しばらくは、この城で過ごし、仕上げに向けた詰めの検分を行なう」

笑みを浮かべた勝頼が言い渡す。

「御意」

頭を下げた昌幸の脇で、穴山信君が声をかける。

「当初の指図通りに造作が上がってよかった。真田殿、ご苦労であった。引き続き、指図通りに奉行を頼む」

「承知いたしました」

昌幸は何事もなかったように頭を下げる。

しかし、この城の縄張りが当初の指図から大幅に変更されていることを一番よくわかっていたのは、図面をひいた穴山信君だった。勝頼の上機嫌を見て取った一門衆筆頭は、縄張りの変更をわざと見過ごし、それとなく己の手柄を付け加えたのである。

「昌幸、何とか、ここまでこぎ着けたな」

曾根昌世が昌幸を労う。

「城自体の造作は、まだまだこれからにござりまする」

「まあ、気張り過ぎず、正月は少し骨を休めよ。どうせ、人足たちも動かぬのだ」

「わかりました。昌世殿に少しご相談したき事柄もありまするゆえ、暇をいただけましたならば、酒を持って伺いまする」

「おお、ゆっくりとな」

昌世は口元で盃を傾けるまねをしながら笑った。

木の香りも新しい新府城で年越しと年賀の支度が進められ、忙しく天正九年（一五八一）が終わっていった。

武田信勝の供で息子の信幸が韮崎に来ていたこともあり、昌幸は家族を呼んで年を越し、正月を祝った。

三箇日が過ぎても、各地から武将たちが年賀の挨拶と新城建造の祝いに訪れ、新府城は大わらわとなる。昌幸は七日過ぎから築城再開の準備を始め、あっという間に日が過ぎて一月の終わりを迎えた。

そこまで上野における北條の動きはなく、昌幸はそろそろ海野兄弟の一件を切り出すべきだと判断する。まずは曾根昌世に経緯を伝え、根回しをしようとした。

「昌世殿、上野の件で少しお話がありまする」

ところが、昌幸に相談を持ちかけられた上輩の顔色が明らかに変わっていた。

「昌幸、それどころではない。大変なことが起こった」

「いかがなされました」

「木曾義昌殿が……信長に寝返った」

上輩の言葉を聞き、昌幸も驚愕する。

「まさか、義昌殿が⁉」

木曾義昌は信玄の娘、真理姫を娶った武田家の外戚であり、勝頼の義弟である。

その重臣中の重臣が木曾谷で叛旗を翻したという。にわかには信じ難い出来事が起こっていた。

「織田方からの虚報なのではありませぬか？」

険しい面持ちとなった昌幸が、曾根昌世に訊く。

「いや、虚報ではない。木曾殿の家臣であった千村備前守がこの新府城へ参り、主の造反を直に御屋形様へ告げたのだ」

「ならば、間違いはありませぬな。されど、なにゆえ御屋形様の義弟である木曾殿が……」

「実は、大きな声で言えぬのだが、この城を築くために課した徴用への不満から信長へ寝返ったというのだ」

「まことにござりまするか⁉」

謀叛の理由が己の役目に関係すると聞かされ、昌幸は苛立ったように吐き捨てる。

「……たかだか、それしきのことで」

「確かに武田の家臣にとっては、これしきのことだ。さような理由で謀叛を起こすなど、あまりにも莫迦げておる。されど、木曾殿の本心が別にあるとしても、今となっては計り知れぬ。これよりこの件について御前評定が開かれるゆえ、昌幸、そなたも同席してくれ」

「わかりました」

昌幸は頷き、二人は御前評定が開かれる広間へと向かった。事態の深刻さを察し、列座する重臣たちが苦々しい面持ちで押し黙る中、主君が大上座に着く。

「すでに皆も聞き及んでいると思うが、義昌が信長に寝返った。信じ難い話に思えるが、家重自ら注進してきたことゆえ、間違いはなかろう」

勝頼の言った家重とは、信玄が木曾義昌を親戚とするために真理姫を輿入れさせた時、目付役として同行した千村備前守のことである。

「義昌はこの城を普請するために課した賦役徴用が重すぎるという不満から叛いた

と家重は申しているが、さように些末な理由だけではあるまい。されど、今さら真意を詮索しても始まるまい。身内でありながら当家に仇をなし、信長に荷担するというのならば、直に義昌の不義を糺さねばならぬ。それゆえ、こたびは典厩を先陣大将といたし、余が自ら木曾谷へ出向く」

勝頼は決然と言い放つ。口調はあくまでも冷静さを装っていたが、声色に相当の怒りが含まれていることを昌幸は感じ取っていた。

勝頼自らの出陣が告げられ、重臣たちの間にも動揺が走る。

「御屋形様がわざわざ出張らずとも、それなりの一軍を差し向ければ……」

跡部勝資の言葉を遮り、勝頼が冷酷な命令を下す。

「出陣は二月二日といたすが、その前に古府中にいる木曾の質をすべて打首にせよ。勝資、そなたが滞りなく役目を果たせ」

古府中には人質として送られた木曾義昌の母と長男の千太郎、長女の岩姫がいる。義昌の母は齢七十、長男の千太郎はまだ元服も済んでいない齢十三、長女の岩姫は裳着が済んだばかりの齢十七だった。

苛烈な命令に怯みながら、勝資が上申する。

「……お、懼れながら申し上げまするが、質を処刑いたせば、木曾殿に翻意を促すことができませぬ。真理姫様も木曾谷におられることであり、質の処刑は最後の手段とした方が得策ではありませぬか」

「謀叛を決めたからには、質の命が助からぬことぐらいは覚悟の上であろう。ここで義昌の愚行(ぐこう)を許し、質の命を救ってやるのでは、家中に今後の示しがつかぬ。余は裏切者と談合するつもりはない。ただ討ち果たすのみぞ」

勝頼は家臣たちの顔を見ようともせず、三白眼(さんぱくがん)で虚空(こくう)を睨む。発せられた言葉が主君の想いのすべてを物語っており、それ以上、意見を述べる者はいなかった。

「真田、そなたはここに残り、城の普請を急いでくれ。おそらく、戦いは木曾谷だけに止(とど)まらぬ」

「御意！」

昌幸は重々しく答え、頭を下げる。己にできることは、新府城の備えを一刻も早く完成させることしかない。

この評定の後、木曾家からの人質はすべて打首の刑に処される。躊躇(ためら)いなく処刑を断行したところに、勝頼の心底で煮えたぎる凄まじい怒りが見て取れた。

それから慌ただしく出陣の支度がなされ、勝頼は嫡男の信勝を伴い、従弟(いとこ)の武田典厩信豊(のぶとよ)を先陣大将として諏訪(すわ)の上原(かんばら)へ布陣する。数日後、織田勢が美濃の木曾口と岩村口(いわむら)へ軍勢を進めたという一報が届けられた。

そして、昌幸のもとへ驚くべき報告が届く。

下伊那郡にある吉岡城が、織田方の河尻秀隆や森長可の率いる軍勢に攻め寄せられて落ちたというのである。しかも、吉岡城代を務めていた下条信氏の実弟、下条氏長が敵の河尻秀隆に内応し、織田方の軍勢を無傷で城へ招き入れてしまったらしい。当然のことながら、城から出て美濃との国境に布陣していた下条信氏は行き場を失い、長男の信正を連れて三河の黒瀬へと落ち延びた。

下条信氏といえば、信玄の妹を正室に迎え入れて御一門衆となり、秋山信友の配下で信濃先方衆を務めていた精鋭である。

――その実弟が織田方に内通していたとは……。木曾家といい、下条家といい、離反してゆくのは御身内ばかり。いったい何が起こったというのか。

昌幸は愕然としながら、悪い予感を抱いた。

――おそらく、信長の打ち込んだ調略の楔は、これだけではあるまい。

その予想通り、悪い知らせは止まらなかった。伊那郡の飯田にある松尾城の小笠原信嶺も織田方へ寝返り、それに呼応して吉岡城にいた森長可の軍勢が妻籠口から北上し、動揺した保科正直の飯田城が自落してしまう。驚くべき疾さで武田勢の防御が自壊し、織田勢は一気に南信濃へと雪崩れ込む。

これが二月十四日のことであり、時を同じくして浅間山が噴火し、上野、信濃、甲斐の一帯を震撼させる。韮崎にいた昌幸でさえも、その余波を感じるほどの地鳴りが起きた。

――かような機に領内で天変地異が起こることは、戦における凶兆とされているゆえ、家中に余計な狼狽が走るであろう。木曾義昌の討伐どころではなく、ここは一刻も早く御屋形様に戻ってもらわねばならぬ。

昌幸がそう思っていたところへ、上野から出浦盛清が駆けつける。

「真田殿、大変なことになりました。各地の透破から上がった報告によりますれば、織田方が総力を上げて当家の領内に迫っているとのこと」

盛清の話によると、織田方の先陣となっているのは、伊那郡へ侵攻した河尻秀隆や森長可だけではないという。岐阜から信長の長男である織田信忠が大軍を率いて出立しており、それに呼応するように飛騨から金森長近、駿河から徳川家康、遠江から滝川一益の軍勢が迫っていた。その動きを見た北條氏直が伊豆から武田領へ侵攻する気配を見せ、鉢形城の北條氏邦も軍勢を集結させ、明らかに上野への侵攻を準備しているというのである。

「……海野の残党で北條へ走った者がおり、おそらく、事前から北條氏邦と海野兄弟の間で何らかの約束が取り交わされていたようにござりまする。真田殿、一足早く手を打っておいて、まことによかった」

「うむ。ところで、浅間山の噴火は？」

「とんでもない地鳴りに襲われ、西上野の一帯にはまだ灰燼が降っておりまする。されど、それぞれの城に大きな被害はありませぬ」

「さようか。盛清殿、これらの状況をなるべく仔細に伝え、すぐ退陣なさるよう御屋形様を説得してくれぬか」

「承知いたしました」

「それがしは兵を配し、城の備えを固めておく」

昌幸は主君の説得を出浦盛清に託して送り出した。

その後、二月二十五日に今度こそ耳を疑うような一報が届けられる。それは古府中にいる息子の信幸からのものだった。

『昨日、穴山信君殿が躑躅ヶ崎館へお見えになり、ご嫡男を連れ出し、お屋敷におりました家族も連れて駿河の江尻城へお戻りになりました。その際に、われら近習の者が御屋形様からのお許しがありませぬとお止めいたしましたが、穴山殿が家来を使い、力尽くで制止を振り切られましてござりまする。尋常ではない御様子でしたので、取り急ぎ、父上にお伝えしておきまする』

信幸からの書状を読んだ昌幸は呆然と立ち竦む。文面が示す状況を頭では理解していたのだが、それを認めることを軀が拒否し、奇妙な硬直を生んでいた。

御一門衆の筆頭が、謀叛⁉

最初にその言葉が想い浮かび、脳裡で堂々巡りしていた。

信じ難いことだったが、もしも穴山信君が勝手に嫡男と家族を連れ出して自城へ戻ったのならば、謀叛にも等しい暴挙である。武田家の重臣は皆、息子たちを近習として躑躅ヶ崎館で勤めさせ、古府中の屋敷に家族を置いていた。それが主君への忠誠の証であり、それらの者を許しなく勝手に古府中から出すことはできない。そんな暴挙を力尽くで行なえば、謀叛の疑いありと見なされて処罰される。

――かような最中に穴山殿が自城に質を連れ帰るということは、まさに織田方と内通しているという証左ではないか。やはり海野兄弟の動きも、そこに繋がっていたのか。駿河の江尻城が敵の前線になるということは……。

昌幸の動悸が一気に高まる。

穴山信君の動きは明らかに敵方との内応を示唆しており、御一門衆筆頭が謀叛を起こせば武田家は窮地に立たされるだけでなく、家中の不信が高じて結束が壊れる恐れがあった。

――信長の狙いは、われらが本丸！　つまり、古府中が危ない！

昌幸はそのように判断し、すぐに諏訪の上原へ早馬を飛ばし、勝頼に「穴山信君、謀叛」の一報を届けることにした。それから、河原綱家を呼び、異変を告げる。

「穴山殿が織田方に寝返ったようだ。古府中が危ないゆえ、そなたは手勢を連れて戻り、屋敷の者たちを守ってくれぬか。もしも、敵勢が寄せてきたならば防戦の余地はない。戦わずに、ここまで退いてくれ」

「……まことに、戦わずともよいので？」

「御一門衆筆頭が謀叛の中心にいるとあらば、どれほどの者が籠絡されているか、見当もつかぬ。一緒に逃げようとする者たちだけを引き連れてくれればよい」

昌幸は一切の楽観を排して現状を捉えようとしていた。

「承知いたしました！」

河原綱家は手勢を連れ、すぐに古府中へ向かった。昌幸は歯を食いしばり、己の焦りを抑えながら、主君の帰還を待つ。

その間にも、駿河の三枚橋城と伊豆の戸倉城が自落し、上野厩橋城の北條高広が北條へ寝返った。そして、古府中へ戻った河原綱家からの遣いが早馬で戻り、最も聞きたくなかった一報を受け取る。

曾根昌世、出奔。古府中にいたはずの上輩が、姿を眩ましていた。穴山信君の謀叛を知り、城代を務める駿河の興国寺城に家族を連れて行ったのかもしれない。

——まさか、昌世殿までが……。

昌幸の耳には、武田家の結束が瓦解してゆく音がはっきりと聞こえていた。

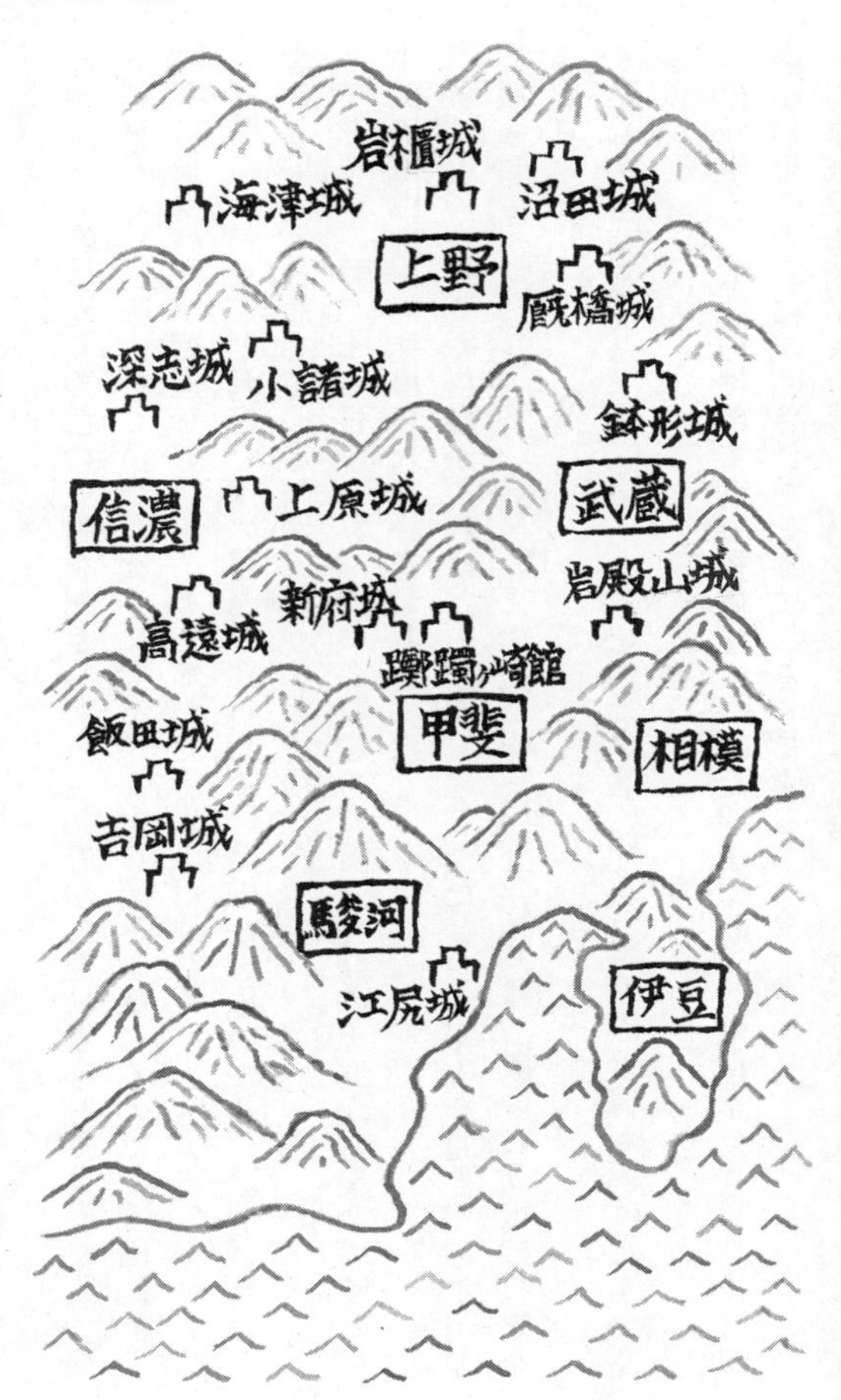
岩櫃城
海津城
沼田城
上野
厩橋城
深志城
小諸城
鉢形城
信濃
上原城
武蔵
岩殿山城
新府城
高遠城
躑躅ケ崎館
甲斐
相模
飯田城
吉岡城
駿河
江尻城
伊豆

――金襴の契りを誓った武田家臣の絆が、かくも脆く断ち切れていくというのか……。

張り裂けんばかりの己の鼓動を聞きながら、肋骨が急速に収縮したような胸の痛みに襲われ、呼吸が押し潰されそうになる。こんな痛みを感じるのは、武田義信の謀叛に長坂昌国が荷担していることを知った時以来だった。

同時に、信長がどれほど深い謀略を巡らしていたのかを思い知り、己がどれほど恐ろしい敵と相対しているのかということを悟った。

そして、二月二十八日になり、やっと勝頼の軍勢が諏訪の上原から戻ってくる。すぐに重臣たちが集められ、評定が開かれた。

各地での寝返りや自落がこれほど短期間に起こったという報告を聞き、さすがの勝頼も顔色を失って黙り込む。特に、穴山信君の裏切りは、家中に痛恨の打撃を与えていた。

誰もが言葉を失って俯く中、沈黙を蹴破るが如く、勝頼の近習が駆け込んでくる。

「御注進！　火急の件にて御無礼御免！　ただいま諏訪より早馬が参り、高遠城が織田信忠の大軍に包囲されたそうにござりまする」

高遠城は勝頼が木曾谷討伐の陣を構えた上原城から七里（約二十八キロ）ほど南

にある諏訪の要城である。そこまで織田信忠の大軍勢が迫っていたとすれば、勝頼の退却は偶然ながらも絶妙の機で行なわれたことになる。もう数日、帰還が遅れていれば、敵の先陣に呑み込まれていたかもしれなかったからだ。

だが、高遠城の包囲は、別のことを意味していた。それは織田勢の侵攻が雷撃の如く凄まじい疾さであり、武田家がすでに南信濃での覇権を失ってしまったということである。このまま敵に諏訪を越えられれば、韮崎までは棒道を使って素早い進軍が可能であり、先陣に呼応して別働隊が遠江、駿河、伊豆からも迫ってくるはずだった。

「……どうやら、ここで進退を決め、どこで決戦いたすかを定めねばならぬようだな」

勝頼は掠れた声を振り絞る。

それは策の具申を促す言葉だったが、一同は押し黙ったまま軀を強ばらせていた。

淀んだ沈黙の中で、昌幸は眼を瞑っていた。その耳元に誰かの声が響いてくる。

『……昌幸、戦いを進言した者たちや御屋形様に咎があると思うならば、なにゆえ、あの評定の時に命がけで反対しなかったのだ？』

長篠の一戦の後、兄たちの仏前で聞いた長兄の言霊だった。

――わかっている、兄者(あにじゃ)。己が命をかけてでも言わねばならぬ時というものがあるのならば、それは今この時に他ならぬ。

昌幸は意を決して声を発する。

「御屋形様、懼れながら申し上げたき策がございまする」

「真田……」

勝頼は少し驚いたように昌幸を見る。いつもはあまり評定で口火(くちび)を切らない漢(おとこ)に、他の者たちも一斉に視線を向けた。

「……皆が黙っていては評定にならぬ。何なりと申せ」

「はっ。では、直入に申し上げまする。どうか一刻も早く新府城からお退きになり、岩櫃城へお入りくださりませ。そこで態勢を立て直し、決戦に備えるが上策と存じまする」

昌幸の具申に、一同は眼を見開いて小首を傾げる。

「何を申されるかと思えば、古府中ではなく、吾妻の岩櫃城とは……」

長坂釣閑斎が呆れたように呟く。

「最後までお聞きくだされ」

昌幸は鋭い視線で老臣の両眼を射貫く。

「かかる情勢を見ますれば、信長は当家の重臣にかなり深く調略の網をかけた上で、素早い進撃を行なっておりまする。ここにおりませぬ側近の者、各地の謀叛や自落から商量いたしますれば、どれほどの者が籠絡されているのか、見当もつかぬほどかと。されど、裏切りから垣間見えてくるものもございまする。穴山殿の寝返りで駿河の江尻城が敵の前線となった以上、織田勢の標的は古府中であると断じざるを得ませぬ。もしも、われらが古府中へ戻り、敵が諏訪からの棒道、駿河からの身延道、大月からの甲府道を使い、三方から大軍で挟撃してきましたならば、防御の術もなく、われらの全滅は必至と考えまする」

明け透けに敗勢を語る昌幸の視線を、勝頼は真っ直ぐに受け止める。

「……続けよ、真田」

「はっ。されど、今ならばまだ古府中の者たちを伴い、棒道を使って北杜から小諸へ退くことができると存じまする。まずは典厩殿に小諸城の備えを固めていただき、御屋形様にはそのまま上田を経由して吾妻の岩櫃城へ入っていただきとうござりまする。あの城は崖上の堅城ゆえ、最も守りに適しておりまする。しかも東に名胡桃城と沼田城がありますゆえ、箕輪城と合わせて北條への備えとなりまする。善光寺平の海津城にも兵を廻し、木曾谷から善光寺道を迂回してくる敵勢に備えればよいかと。当面、われらの味方は越後の上杉家しかありませぬゆえ、善光寺平まで援軍を願いましょう。今こそ景勝殿に借りを返していただきとうござりまする。この備えならば、同じ三方から敵が来るとしても、簡単には負けませぬ」

昌幸はここ数日考えていた己の策をすべて語りきった。

「さ、されど、真田殿……」

跡部勝資がおずおずと問いかける。

「……岩櫃と沼田の城代は、確か穴山殿がご推挙なされた海野兄弟ではなかったか」

「海野兄弟は北條との内通の咎により、すでに成敗してありまする」

昌幸は何の外連（けれん）もなく言ってのける。

「えっ⁉　……成敗？」

跡部勝資は戸惑いを浮かべて身を引いた。

「御屋形様、ご報告が遅れ、まことに申し訳ありませぬが、海野兄弟の家来と北條の者との密会が発覚しましたゆえ、上野先方衆筆頭として、やむなく昨年末に二人を捕らえて処罰いたしました。今年になってからも海野の残党が北條方へ走っており、もしも海野兄弟を放任しておれば、穴山殿に呼応して謀叛を起こしていたやもしれませぬ。されど、どうか、ご安心くださりませ。後任として、それがしの腹心である矢沢父子を入れてありまするゆえ、岩櫃城と沼田城に穴山殿や北條の手は及んでおりませぬ」

明らかに昌幸の独断専行だったが、今となっては咎める意味もなく、他の者たちはただ驚きの色を浮かべるだけだった。

「さようか……。確かに、守りを主体に考えるならば、真田の申した策は理に適っておる。他に意見のある者はおらぬか？」

勝頼が一同を見渡す。

譜代の家老衆である小山田信茂が手を挙げる。

「懼れながら、それがしは真田殿とまったく違う見解を持っておりまする」

「岩櫃城が崖上の堅城と申すならば、わが岩殿山城も難攻不落の崖淵城にござりまする。御屋形様にはそこへ入っていただき、各城に散らばっている兵を古府中へ集め、逸見路、身延道、甲府道の入口を固め、岩殿山城を詰城として古府中全体を城塞に見立てた籠城の策を具申いたしまする。当家が古府中を捨てることは、甲斐源氏の棟梁である武田家の大義をないがしろにすることにもなりかねませぬ。それは、いかにもまずい。古府中にて三方からの敵の侵攻を凌ぐ間に、本願寺を通して京の朝廷に和睦の斡旋を願ってはいかがにござりまするか。今すぐ京へ使者を立て、われらは古府中へ戻るが肝要と存じまする」

小山田信茂の具申は、信玄が山岳に囲まれた甲斐一国を巨大な城に見立てたという戦略にも通じ、一考の余地があった。大月の岩殿山城も天然の要害に築かれており、力攻めの難しい堅城だった。

しかし、昌幸はその策に納得できなかった。古府中全体を城に見立てたとしても、岩殿山城は詰城として離れすぎており、何よりも北條の勢力圏に近すぎる。守りを重視するならば、やはり岩櫃城を選ぶべきだと思っていた。

「岩殿山城、それもあるか……。他に誰か意見はないか？」

勝頼の問いかけに、他の者たちは渋面で黙り込んでいる。

「真田、そなたはいまの具申を聞いてもなお、古府中へ戻れば全滅は必至と考えるか？」

「はい。それがしの考えは変わりませぬ」

昌幸はきっぱりと答える。今回だけは譲るつもりはなく、それが己の忠義のあり方だと信じていた。

「わかった。ならば、余に一晩考える時をくれ。明日には結論を出す。大儀であった」

さすがに勝頼も即断はできず、いったん評定を締めた。昌幸は複雑な思いで立ち上がるが、他の重臣たちはなぜか腫物を避けるように近寄ってこなかった。

翌日、諏訪から早馬が駆けつけ、「高遠城が陥落し、仁科盛信と小山田昌成が率いていた城兵が全滅した」という悲報を伝える。さらに数騎の早馬が駆け込み、諏訪高島（たかしま）城の安中七郎三郎（あんなかしちろうさぶろう）が織田信房（のぶふさ）に城を明け渡し、それを知った深志（ふかし）城代の馬場（ばば）美濃守昌房（みののかみまさふさ）も一戦も交（まじ）えず織田長益（ながます）に降伏したことを報告した。

——もはや一刻の猶予（ゆうよ）もならぬ。

昌幸が焦り始めた時、再び御前評定が招集された。

「余の決断を申し述べる」

勝頼が重々しい声で一同に言い渡す。

「ひとたび岩櫃城へ退き、決戦への態勢を整え直すことにした」

その言葉を聞き、多くの家臣たちから詰めていた息が漏れる。それは溜息とも、安堵の吐息ともつかないものだった。

「典厩、そなたは急ぎ小諸城へ戻り、要路の確保をしてくれ」

勝頼の命令に、武田信豊は素早く頷く。

「御意！」

「真田、そなたは吾妻へ行き、周囲の守りを固めてくれ。余は古府中の者たちと合流し、すぐに後を追う」

「御意！」

昌幸は内心ほっとしながら、あえて主君に訊く。

「して、御屋形様。この新府城はいかがいたしまするか？」

「心残りではあるが、敵の足場となるくらいならば、焼いてしまうしかなかろう」

「……承知いたしました」

手塩にかけた新城を焼くことに複雑な思いもあったが、昌幸も主君と同じ見解だった。

上巳の節句を迎えた三月三日の払暁、撤退を決めた勝頼は、新府城に火を放つ。

昌幸は砥石城の池田重安と岩櫃城の矢沢頼綱へ早馬を飛ばし、知行や扶持米の宛行を許す旨を伝え、兵を集めさせることにした。それから、騎馬頭の深井三弥を呼ぶ。

「三弥、そなたは急ぎ古府中へ行き、綱家に御屋形様の岩櫃城入りを伝え、信幸と家族たちを小諸城まで連れてきてくれ。長篠の一件でわかっていると思うが、道中、われらの敗勢につけ込もうとする野伏夜盗の類が出るやもしれぬゆえ、充分に気をつけよ。老人や童など足弱の者たちを守ってくれ」

「承知いたしました」

深井三弥は引き締まった顔で頷き、韮崎を後にした。昌幸は手勢を率いて武田信豊の後を追い、小諸城へと向かう。

――ここで家中の態勢を立て直し、越後の援軍を得られれば、しばらくは持ち堪えることができる。その先のことは、後で考えるしかない。

そう思わざるを得ないほど状況は切迫していた。

――上野の様子も心配だが、今は御屋形様の本隊と古府中の者たちをここへ迎え入れ、無事に岩櫃城へ入れることが先決だ。

ところが昌幸の思惑に反し、勝頼の本隊や古府中の者たちがいっこうに小諸へ到着しない。丸二日が経ち、さすがに「何かが起こったのではないか」と思い始めた三月六日の早朝、河原綱家と深井三弥に付き添われた息子の信幸と家族たちが小諸城へ到着する。

「綱家、何があった？　御屋形様は？」

昌幸の性急な問いに、河原綱家は息を乱したまま答える。

「……実は……岩殿山城へ……向かわれましてござりまする」

「岩殿山城⁉　……なにゆえだ。詳しく申せ」

綱家の話によれば、新府城から古府中に戻った勝頼は吾妻への撤退を指示したのだが、翌日になって急に甲斐大和の駒飼宿へ行くと言い出したという。一晩のうちに、何かが激変したのである。

「……近習から漏れ聞こえた話では、北條の御方様をご実家へ帰すため、小山田殿の岩殿山城へ入ると。そこならば、御方様を通じて北條氏政とも話ができるかもしれぬと……」

綱家が言った北條の御方様とは、勝頼の継室のことであり、北條氏康の六女にして氏政の妹だった。

「莫迦な！　かような事態に至って北條氏政と話をしても無駄であることぐらいはわかるであろう。廻りの者は何をしていたのだ！　誰か御屋形様をお止めしなかったのか！」

昌幸は怒気を含んだ視線を、やつれた面持ちの信幸に向けてしまう。

「……小山田殿や跡部殿は、浅間山の噴火もあることゆえ、岩櫃城よりは岩殿山城へ籠城する方がよいと申され……。それで……それで、信勝様がこの身へ『そなたは父のもとへ戻れ』と……。済みませぬ」

息子の信幸は今にも泣き出しそうな顔で詫び、綱家が取りなすように話を引き取った。

「御屋形様の出立と同時に、織田信忠の軍勢が古府中に迫っているという一報が届き、われらは逸見路を避けて北の鷹巣山へ入り、一昼夜をかけて逃げ延びて参りました」

「ならば、すでに織田信忠の軍勢が古府中へ寄せたということか」

「……おそらくは」

消え入るような綱家の答えを聞き、昌幸は所在もなく曇天を仰ぐ。織田信忠の大軍が古府中へ入ったのならば、古府中から岩殿山城へ向かった主君の救援はほぼ不可能に近かった。

——武田が滅ぶ……。

これまで決して思い浮かべてはいけないと己に言い聞かせてきた言葉だけが脳裡に浮かんでいた。あれほどの繁栄を誇った武田家が、これほどまでに容易く瓦解してしまうとは思ってもみなかった。しかし、その時が確実に迫っていた。それはまるで砂上の楼閣が崩れ去る音のように思えた。

昌幸は呼吸することも忘れ、ただ眼を閉じ、己の耳鳴りに耐える。

主家が滅びるというだけでなく、齢七から二十九年間も武田家に仕えてきた己の生様そのものが、跡形もなく崩れ落ちようとしていた。

第三道

存亡

燃え尽きようとする蠟燭の芯が小さく爆ぜ、辺りに焦げた匂いを漂わせる。

薄い闇の中で不安定に揺らめく焔が照らす昌幸の横顔は、思い詰めた鬼面だった。

眼前に置かれた文机の上には、北條氏邦から送られてきた書状が広げられている。そこには箕輪城代の内藤昌月や上野和田城代の和田信業らが北條家へ服属したことが記され、昌幸にも臣従を勧める文言が並んでいた。

織田信長の侵攻によって武田一門の結束が瓦解したことを見越した素早い調略だった。

――北條氏邦は己の麾下に加われば、織田家へ所領安堵の執り成しをすると申し入れてきた。されど、まことにそれを鵜呑みにしてよいのだろうか？

昌幸は書面から目を離し、小さく溜息をつく。

――おそらく、北條としては、われらを麾下に置くことで、すでに上野を支配していると織田家へ示したいのであろう。だが、今の信長にもの申せるほど、北條家に力があると見てよいのかどうか……。その見極めを誤れば、滋野一統が再び四散するだけに留まらず、真田が潰されることさえもあり得る。

状況は切迫しており、決断を先延ばしにするのは得策ではない。しかし、出処進退を決断するために拠処としたい報告や風聞が錯綜し過ぎており、決め手に欠いていることも事実だった。

――ここが正念場なのだ。ひとつでも決断を違えれば……。

昌幸は文机から立ち上がり、両肩にのしかかる重圧を振り払うように障子を開け放つ。

それから、この事態に至るまでの出来事を思い起こしてみる。それはまさに緩んだ山肌が崩落するが如く瓦解した武田一門の姿に他ならなかった。

主君の勝頼が新府城からの撤退を決めた後、昌幸は岩櫃城へ嚮導するため小諸城で到着を待っていた。しかし、そこへ届いたのは、主君と重臣たちが古府中から勝沼の大善寺へ入り、小山田信茂が城代を務める岩殿山城へ行くために都留郡の駒飼宿に向かったという一報である。御前評定では吾妻の岩櫃城に籠もり、信濃と上野において迎撃の態勢を整え直すと決めたはずだが、なにゆえか勝頼は翻意して逆の方角へと向かっていた。

その後に届いた報は、いずれも昌幸が耳を疑うようなものばかりだった。

去る三月七日、勝頼は嫡男の信勝、継室の桂林院を連れ、長坂光堅、跡部勝資、土屋昌恒、小宮山友晴、安倍勝宝、秋山親久、大熊朝秀らの重臣たちと笹子峠の麓で小山田信茂の迎えを待った。ところが、信茂はなかなか現われず、九日になって家臣の小菅五郎兵衛と小山田行村が到着し、この二人は夜更け過ぎに質となっていた信茂の老母らを奪って逃げてしまったのである。

人質を奪回した小山田信茂は、なんと都留郡への要路を塞ぎ、勝頼一行の岩殿山入城を拒んだ。突然の謀叛により、行手を阻まれた勝頼は、日川渓谷沿いの進路で引き返そうとしたが、ここでも地下人に妨害される。已むなく、武田家ゆかりの天目山棲雲寺へ向かおうとするが、滝川一益の率いる織田勢が迫っていることを察知し、田野の高台に急拵えの陣を構えて決戦に備えた。

そして、三月十一日を迎え、わずかな手勢で、田野へ押し寄せた織田勢の大軍と戦う。土屋昌恒と小宮山友晴の一隊が狭い崖道に立ちはだかり、敵の寄手を絞って奮戦する。昌恒は一列となった織田の寄手を次々と打ち破り、最後は崖下へ転落しないように片手を蔦に絡ませ、敵を主君に近づけまいと右手だけで切り凌いだという が、多勢の前に力尽きて討死した。それを知った安倍勝宝も小勢で果敢に敵勢へ斬り込むが、あえなく討ち取られてしまった。

すでに覚悟を決めていた勝頼は、息子の信勝と継室の桂林院と共に自害を決意する。武田勝頼、享年三十七。信勝が齢十六、桂林院は齢十九の最期だった。

それを見届けた長坂光堅、跡部勝資、秋山親久、大熊朝秀らも主君にならって殉死する。この時、勝頼と運命を共にした家臣と侍女らは百人に満たなかったという。

小諸城へ逃げてきた者から顚末を聞いた昌幸は、暗澹たる思いに囚われ、呆然と立ち竦むしかなかった。そして、同時に、武田家の滅亡をはっきりと悟った。

しかし、なぜか、昌幸の胸中には、長篠の一戦の後に感じたような身を切り刻まれるが如き哀しみはなかった。主君が岩殿山城へ向かったと聞かされてから、心のどこかでこのような結末になることを覚悟していたからかもしれない。齢七から二十九年間も仕えてきた主家が滅びたというのに、そこには言葉にならない虚脱しかないことに、昌幸は困惑していた。

もちろん、無念がなかったというわけではない。あるにはあったが、その無念とは主君がたった一夜で己との約束を覆したことに対する失望であり、その翻意を止めきれなかった側近たちに対する怒りである。

むしろ、紙一重の差で生死が入れ替わる状況の中で、偶然にも息子や家族たちの命が助かったことに微かな安堵を覚える己がおり、忠臣としてはあるまじき感情だと思いながらも、それが偽らざる本音であることもまた現実だった。

さらに、その後も状況は刻一刻と悪化しており、何もせず悲嘆に暮れていることはできなかった。昌幸は織田勢の追撃に備えるため、急ぎ小県の砥石城へ戻り、上野の諸城へ早馬を飛ばす。北條氏邦からの書状が届けられたのは、それから間もなくのことである。

そして、その後も悲惨な知らせが続いた。信濃の浪合へ入った信長が、勝頼と信勝の首級を検分し、飯田で晒したという。その翌日、三月十六日には小諸城において武田信豊が腹心の部下であった城代の下曾根浄喜に弑逆されてしまう。おそらく、信豊の首級を手宮笥にして織田方へ寝返るつもりだったのであろう。

昌幸は岩櫃城へ出立する直前にこの一報を聞き、すぐに移動を取り止め、上田と真田の里の守りを固める。小諸城が敵の手に渡ったとなれば、織田勢の追撃は指呼の間に迫っていると考えるべきであり、今は岩櫃城よりも砥石城を守るのが先決だった。

息をひそめるように砥石城と松尾本城の守備を固めながら、昌幸は血眼になって織田勢の動きを探ろうとした。すると、清開坊たち修験僧が驚くべき風聞を入手してくる。

主君を裏切った小山田信茂が服属を願うために織田信忠の処へ参じたところ、ただちに捕縛され、打首の刑に処されたというのである。信忠は古府中にある一条信龍の屋敷を陣所とし、信龍をはじめとして古府中に残った武田信廉、武田龍芳、山県昌満らの御一門衆と重臣を処刑したばかりだった。だが、持ちかけもしないのに主君を裏切った小山田信茂を不忠者とみなし、織田家には不要として申し開きを聞くこともなく罰した。さらに、主を弑逆した下曾根浄喜も信用ならぬ者として捕縛され、そのまま小諸城の牢獄で謀殺された。

片や、穴山信君は織田信忠と徳川家康に面会し、帰属を許された。もちろん、謀叛の発端となった木曾義昌をはじめとし、事前からの内通を行なっていた者や、早々と城を明け渡した者たちの多くも許されている。どうやら、曾根昌世も興国寺城を明け渡すということで、家康の麾下に入ったらしい。

武田家を裏切った者たちにも、はっきりと明暗の分かれる結果が出ていた。

――信長がいかなる尺度で信賞必罰を決めているかわからぬが、轡を舐めさえすれば助かるわけではないということだけは明らかだ。ただ頭を下げ、許しを請うだけでは、服属も叶わぬということであろう。これから武田家旧臣への追討が始まるゆえ、何か手を打たなければならぬ。当面の問題は、北條氏邦からの申し入れを受けるべきか、否かだ。

気がつくと、白々と夜が明け始めていた。一睡もしていなかったが、心気がささくれ立ち、昌幸は眠りたいという気持ちにはならなかった。今はできうる限りの策を考え、できうる限りの手立てをつくさねばならない。すでに暦は天正十年（一五八二）の卯月朔日を迎え、一刻を争う危急存亡の局面に立たされていた。

昌幸は出浦盛清が残した透破たちを望月重寛にまとめさせて上野の様子を探り、四阿山の修験僧と禰津の歩巫女を総動員して信濃と甲斐の諜知に当たらせている。その中で望月重寛が重要な風聞を拾い、報告してきた。

「御大将、実は織田家の滝川一益殿が箕輪城へ入ったとのことにございまする」

「なにっ、箕輪城は北條氏邦が押さえていたはずだが……」

「確かに、先月の半ばに内藤昌月殿が北條へ降り、氏邦殿がいち早く箕輪城を押さえておりまする。それを以て氏邦殿は箕輪城を北條家のものとしてほしいと申し入れたようにございまする。されど、信長殿が許さず、氏邦殿へ退去を命じ、滝川一益殿を箕輪城へ向かわせたとのことにございまする。さすがに氏邦殿も天下人の命令には逆らえず、渋々ながらも城をでたようにございまする。滝川一益殿は坂東御取次役に任じられ、この後、厩橋城へ移って関八州の仕置を行なうのではないかと巷では囁かれておりまする」

「坂東御取次役として厩橋城へか……」

　昌幸は腕組みをして眉をひそめる。

「……謙信殿が関東管領職になった時をなぞるような動きであるな」

「滝川殿は近々、服属を申し出る国人衆には本領安堵を許すという布告をなさるそうにございまする。おそらく、坂東御取次役とは織田家への帰属を申し出る関八州の諸家を吟味する役でありましょう。そのような意味では関東管領職にも匹敵するお役目ではないかと」

望月重寛は収集した風聞をもとに己の見解を述べた。武田の三ッ者頭、出浦盛清に鍛えられ、急成長しているようだ。

「そうかもしれぬな。滝川殿を目付役とし、北條の動きも封じるつもりなのであろう。して、その滝川殿はまだ箕輪城にいるのか？」

「はい、さようにござります」

「ううむ……」

眉間に皺を寄せ、昌幸は目を瞑る。

――本領安堵の布告がなされれば、坂東の諸氏は雪崩を打つように滝川殿の下へ集まるであろう。そうなってから動くのでは遅すぎる。されど、肝心の本領安堵は、果たして武田家の旧臣に対してもなされるのであろうか？

それが大きな問題であり、迷いどころでもあった。

――出方を間違えば、小山田信茂と同じ憂目をみることになる……。

「重寛、箕輪城の内藤昌月殿は、いかように処遇された？」

昌幸の問いに、望月重寛が素早く答える。

「それがしが集めました風聞によりますれば、内藤殿は箕輪城に留まり、滝川殿の饗応役を仰せつかったとのこと」

「われらを含めて上野に残る勢力の内情を聞き出すために昌月殿を残したという意

味もあるな。されど、昌月殿が残っておれば、執り成しぐらいは頼めるはずだ。いずれにしても、滝川殿が箕輪城に留まっている間に何らかの結論を出さねばならぬ。重寛、そなたは引き続き様子を探ってくれ」

「承知いたしました」

望月重寛は砥石城を後にし、素早く次の諜知へ向かった。

――小諸城の動きも気になる。ここ一両日中あたりで答えを出さねばなるまい。

昌幸は室に籠もり、一人で思案を始める。

滝川一益が織田家の坂東御取次役として箕輪城へ入ったことを探り当てたのは大きかった。これで北條氏邦からの誘いは、ほとんど意味をなさないということになる。やはり、昌幸の考えた通り、信長は東海と坂東における北條家の動きを制限しようとしているようだ。

逆にいえば、北條氏邦の誘いに乗らなかったことが、くしくも正解となった。焦って動いておれば、後手を摑まされることになっていただろう。

現状を勘案すれば、己を含めて滋野一統が生き残るために、まずは滝川一益に接触すべきだった。だが、昌幸にはすんなりとその結論を受け入れることはできなかった。何よりも己の主君である武田勝頼を田野で討ち取ったのが、滝川一益の軍勢だったからである。

――一統の存続と本領安堵のためだとはいえ、主君の仇敵に何事もなかったかのように頭を下げることができるのか？

それは武士としての生き方の根本に関わる問題だった。

確かに、別の考え方ができないこともない。

冷静に出来事だけを見れば、滝川一益が主君を討たなかったとしても、他の武将が討ち取っていたであろう。己の感情を度外視すれば、要は自ら頭を下げて織田家に服属を願うべきかどうかが問題なのであり、それが許されるかどうかは動いた後にしかわからない。

それに加え、あえて感情を殺して滝川一益に頭を下げても、服属が認められて本領安堵がなされるためには何が必要となり、どれほどの見込みがあるのかということも問題だった。おそらく手ぶらで会いに行っても一蹴されるだけであり、それなりの覚悟が必要となるであろう。つまり、面会のための手宮笥だ。

――最低でも沼田城は差し出さねばなるまい。……いや、それだけでは済みそうにない。もしも、名胡桃城と岩櫃城も差し出せと言われたならば、それでは本領安堵にならぬと言い返せるであろうか？

昌幸は最悪の事態までを脳裡で描いてみるべきだと思っていた。

おそらく、上野の三城を奪われたのでは、頭を下げて織田家に服属を願う意味がなくなるだろうし、滋野一統もばらばらにされてしまう。ならば、最初から沼田城ひとつを差し出して、すべてが収まる策を考えるべきだった。

――だが、果たして織田家に服属を願うことだけを考えていてよいのか？　別の手立てはないのか？　たとえば、上杉家と結ぶというのはどうだ？

脳裡に別の思案が走り始める。

旧縁を利用し、上杉家に服属を願い出るという方策だった。

信長が武田家を滅ぼした今、次の標的は盟友だった上杉家になるはずである。そこでいち早く上杉景勝の麾下へ入り、上野の三城を足場として織田家と戦う構えを取る策だ。越後が兵を廻してくれるならば、防御に優れた三つの城は、簡単には落ちない。ぎりぎりまで踏ん張り、織田家と上杉家の和睦を待つという手も考えられる。

しかし、その策にも大きな問題があった。

上野の三城は緊密に連携するが、上杉家と手を組んだ瞬間に砥石城と松尾本城が危うくなるかもしれない。織田家の軍勢は小諸城まで迫っており、善光寺平の要となっていた海津城も織田家臣の森長可が押さえたと聞いている。

となれば、信濃側から上杉家が援軍を廻すことは困難であり、砥石城と松尾本城を含めて小県を織田家に奪われることになってしまう。つまり、真田の里が失われるということであり、それで上野の三城が残ったとしても本末転倒だった。

もちろん、過去に父の幸隆が選択したように、上野の三城を保ちながら捲土重来を期すという手がないわけではない。しかし、どう考えても、滋野一統にとって本貫の地である小県を奪われるのは間尺に合わなかった。

それに加え、越後との同盟に奔走していたわけではない昌幸に上杉家と繋がるための有力な伝手もない。

──どうやら、この策には少し無理があるようだ。他の手を考えてみるか……。

昌幸は頭痛に見舞われそうなほど思案を繰り返すが、どれも決め手を欠いているように思え、なかなか結論に辿りつけなかった。

それもそのはずだった。いくら策を捻り出してみても、優劣を較べるための順序付けがなされていないからである。つまり、昌幸は何を一番に守るべきかという肚を、まだ括れていなかった。

守るべきものは、たくさんある。一族、家臣、城、所領、領民……。

眼に見えるものだけではなく、見えなくとも重要なものはある。矜恃、義勇、結束、身分、立場……。挙げれば、きりがなくなる。まずは、己がどうしても守りたいものをひとつ決めるべきだった。

――だめだ……。考えれば、考えるほど、身動きが取れなくなりそうになる。

昌幸は優柔不断な己を放擲するように、床の上で大の字になる。

半ば自棄になりながら、床の上で目を瞑った。しばらく、そのままで己の気息だけを確かめていた。

すると、突然、瞑目した闇の中に懐かしい景色が浮かんでくる。

初陣となった川中島だった。そして、なぜか、茶臼山の陣中で信玄と交わした会話を想い出す。

『昌幸、依怙にかられぬ者と依怙にかられた者が戦をすると、どちらが勝つと思うか？』

主君から唐突な問いを投げかけられ、昌幸は戸惑うだけだった。

当時の長尾景虎（謙信）は、信濃へ進出した武田家を意識して『我は依怙にかられて弓箭を取らず。されど、筋目を以てならば、何方へも与力をいたす』と巷へ広言していた。依怙とは「私利私欲や我執に囚われた心」のことである。信玄の問いは、まさに景虎の言葉に対するものだった。

答えに窮した昌幸を見て、主君は面白そうに笑う。

『どうした、答えられぬか。答えられぬということは、依怙にかられぬ者、無私の義勇が勝つと思うておるのだな』

『いえ……さようなことは……』

『我は依怙にかられて弓箭を取らず、か。確かに、体裁は良いな』

そう呟き、信玄はからからと笑った。

『されど、答えはいたって簡単だ。依怙にかられた者が勝つに決まっておる。なにゆえか、わかるか？』

――御屋形様が景虎に負けるはずがないから……。

そんな答えが脳裡に浮かんでいたが、それを口にすることはできなかった。

『……わかりませぬ。御教示くださりませ』

『簡単に考えよと申したはずだぞ。ここに背負っているものの重さが違うからだ』

信玄は笑みを浮かべ、甲冑の両肩を叩いてみせる。

『景虎が語る狭義の依怙など片腹痛いわ。余にとって依怙とは、己に従う者たちすべての望みを呑み込める器量のことだ。その重さを両肩で支えられる者だけが国を統べるに値する』

その言葉を聞いた途端、昌幸の背筋に稲妻が走る。信玄の言葉は、君主としての信玄の生き方を最も端的に表わしていたからだ。

『よいか、昌幸。戦というものを始めれば、そこには必ず何某かの利がついて回る。それゆえ、主君は家臣や領民へ分け与えられる利を見越せぬ合戦など、始めてはならぬのだ。国を預かる者が戦に求める利とは、断じて私利ではない。いや、己の利を国の利、民の利と同等にまで膨らませられる者が人の命を預かれるのだ。君主が戦うのは、あくまでも戦いの後に領国の豊かな政を行なうためである。それゆえ、利を量らぬ戦など、余にとってはあり得ぬのだ。あくまで、己のために命を賭してくれる者たちへ恩恵を与えるべく戦い、その望みを叶えてやらねばならぬ。それを依怙の戦いと呼びたいのならば呼ぶがよい。戦いに己の利を持ち込まぬという考えこそが、何の労苦も知らぬ青臭き小童の発想に他ならぬ。景虎が体裁を繕うための大義とやらよりも、余の依怙がいかほど大きいかをはっきりと示さねばならぬ。こたびの戦は、そのような戦だ』

信玄は腰に差してあった鉄扇を抜き、己の掌に打ち付ける。

『よく覚えておくがよい、昌幸。余は信濃の民すべての望みを呑み込んでやる覚悟で、ここにおる』

暮れ方の斜光に照らされながら、妻女山の敵陣を見つめる主君の超然とした横顔を見ながら、昌幸は言葉にならぬ感慨に打ち震えていた。

そして、四度目の川中島合戦は両者が一歩も引かず、稀に見る死闘となった。

その戦を終え、自らも手傷を負った信玄が呟いた言葉がある。

『将器は劣勢の戦によって量られ、君主の器量は敗北によって量られる。勝敗は兵家の常と申すが、真の敗北は二度できぬ。負けを負けに見せぬ手仕舞いも、兵法の極意のひとつよ』

それが己への自嘲であったのか、景虎の器を量った言葉であったのか、その時はわからなかった。

だが、今ならば、わかるような気がする。

――終わった戦の勝敗に「もしも」はないが、長篠で負けを負けに見せぬ手仕舞いができていれば、武田家の滅亡まではなかったやもしれぬ。その決断をする機会は、何度かあったはずだ。真の敗北は二度できぬ。やはり、それが真実だった……。

二人の主君を想い、昌幸は長い息を吐く。

――今さらながら、大御屋形様は凄まじい御方であった。依怙とは己に従う者たちすべての望みを呑み込める器量。その重さを両肩で支えられる者だけが、国を統べるに値する。一統を率いる者の心構えもまた同じであろう。

昌幸は目を見開き、両足を振って勢いよく起き上がる。

信玄の薫陶を想い出し、胸につかえていたものが取れたような気がした。

――決めた。滋野一統を率いる者として、滝川一益殿に会おう。そこで己の器が量られるはずだ。

主君だった勝頼に申し訳ない気持ちもあったが、あえてそれを振り切り、織田家に降ると決めた。

肚を括った昌幸の動きは早かった。

すぐに内藤昌月と滝川一益に宛てた書状を認めた。

それから、砥石城の池田重安を呼び、今後のことを告げる。

「これからすぐに上野に出立せねばならぬ。後事をそなたに託すが、もしも、織田勢が攻め寄せてきたならば、籠城の構えを取りながら『いま真田昌幸が箕輪城の滝川一益殿に伺候している』と相手方の将に伝えてくれ。その意味は、わかるな？」

「織田家の麾下に入ると……」

「先方が許してくれればの話だがな。一統と小県、吾妻を守るためには、致し方なかろう」

「わかりました。くれぐれもお気を付けて」

「ああ、朗報を待っていてくれ」

昌幸は河原綱家らの腹心を伴い、まずは岩櫃城へと向かう。そこで城代の矢沢頼康と合流し、名胡桃城の鈴木重則を連れて沼田城へ赴いた。

沼田城代の矢沢頼綱をはじめとして用土信吉らの将たちも望月重寛から状況を聞

かされており、昌幸が駆けつけた意味をわかっていた。

「叔父上、これから箕輪城の滝川一益殿に面会を申し入れまする」

「やはり、そのご決断をなされましたか」

矢沢頼綱は少し残念そうな面持ちで答える。

「皆には申し訳ないが、面会の手宮笥として沼田城を差し出さねばならぬ。その心積もりだけはしておいてもらいたい」

「沼田城ひとつだけで、話が済みまするか？」

頼綱も昌幸と同じことを考えていたようだ。

「済ます手立ては考えてある。名胡桃城と岩櫃城だけは本領として安堵してもらいたいと願うつもりだ」

「わかりました」

矢沢頼綱をはじめとして家臣たちは沈んだ面持ちで頷く。

「綱家、そなたはこの書状を携え、すぐに箕輪城の内藤殿の処へ向かってくれ。真田がどうしても滝川一益殿に沼田城を明け渡したいと申しておるゆえ、何とか面会を取り持ってくれぬかと伝えてくれ」

昌幸は内藤昌月と面識のある河原綱家を使者に選ぶ。

「承知いたしました」

綱家は深井三弥(ふかいさんや)らを連れ、すぐに箕輪城へ向かった。

――さて、ここからがまことの勝負だ。負けを負けに見せぬ手仕舞いができるか、できぬか、己の器量が試される戦いだ。

昌幸は気を張り詰めながら返事を待つ。

――早ければよいのだが、遅くなればそれだけ悪い知らせが届く公算が高い。

だが、意外なことに、翌日戻った河原綱家が返事を携えてきたのである。

「内藤殿がすぐに滝川殿へ取次を行なってくださり、その日に面会の承諾をいただきましてござりまする」

「返答が早ければ早いほどよいと思うていたが、こうなると逆に心配になるな」

昌幸は思わず苦笑をこぼす。

「それで、いつ参上せよと?」

「すぐにでも、と」

河原綱家も苦い笑みを浮かべていた。

「さようか。滝川殿はどのような方であった」

「遠くからしか拝見しておりませぬが、一見して剛の者かと」

「ならば、待たせるわけにはいかぬな。足労(そくろう)をかけるが、これから箕輪城へ戻り、明日参上仕(つかまつ)りますと滝川殿へお伝えしてくれ」

「えっ、明日にございまするか⁉」

「ああ。武骨者は、えてして短気だ。早い方がよかろう。話が広まる前に動くが上策」

とぼけた言葉とは裏腹に、昌幸の顔は真剣そのものだった。

「畏まりましてございまする」

「頼んだぞ」

すぐに面会を決め、使者を送り出す。

話が広まる前に動くが上策と言った昌幸の真意は、北條や上杉に動きを悟られたくないというところにあった。そして、もうひとつ、面会までの時間を最短にした理由がある。

――降る相手に考える時を与えたくない。

それが昌幸の本音だった。

翌日の払暁から昌幸は水垢離を行なう。心身を清めてから神棚に手を合わせ、六連銭の透紋を散らした大紋直垂を身に纏う。侍烏帽子の上に、純白の鉢巻を締め、装いを整えた。

それから、わずかな家臣だけを伴い、箕輪城へと向かった。

箕輪城は信玄が上野攻略の最終目標とした坂東屈指の堅城である。

そして、昌幸にとっても上野先方衆であった父や兄たちの思い出が残る場所だった。

――この城を落としたという一報が届いた時、どれほど躑躅ヶ崎館が湧いたことか。久方ぶりに来たが、山ひとつを切り盛りした縄張りは実に壮大だ。

昌幸は東側に位置する搦手門の前から城を見上げる。

新府城の普請奉行を経験したおかげで、築城における縄張りが以前よりも読めるようになっていた。

そこへ内藤昌月が迎えに出てくる。

「安房守殿、こたびは迅速な決断にて、当方へご連絡をいただき、面目が立ちましてござりまする」

「修理殿、よろしくお願いいたしまする」

昌幸は頭を下げる。

「滝川左近将監殿は織田家でも屈指の武辺者ゆえ、潔い漢を好んでおられるようだ。おそらく、安房守殿とは意気も合うと存じまするが」

「であれば、よいのだが……」

「大丈夫。左近将監殿は御前曲輪におられるゆえ、さっそく参りましょう」

内藤昌月の先導で、昌幸の一行は搦手門から二の丸へと続く長い坂を登り始める。

「ところで修理殿。こちらに父上と兄上もおられるとお聞きしたが」

昌幸の問いに、内藤昌月は小さく頷く。

「ええ、色々とありまして、この城まで落ち延びて参りました」

昌月の父は信玄に槍弾正と呼ばれた剛の者、保科正俊である。当時は「武田に三弾正あり」といわれており、残りの二人が逃げ弾正の香坂昌信と攻め弾正の真田幸隆だった。

内藤昌月は兄の保科正直に続いて正俊の次男として生まれたが、跡継ぎに恵まれなかった内藤昌豊の養子となったのである。

織田家の侵攻が始まった時、保科正俊は嫡男の正直と共に飯田城で籠城したが、織田信忠の大軍に攻め寄せられ、高遠城へ敗走する。高遠城代の仁科盛信と共に戦うが、衆寡敵せず高遠城から昌月のいる箕輪城へと逃れてきた。

「一戦も交えずに城を明け渡したこの身を、臆病者と謗る方があるやもしれませぬ。されど、周囲の城がことごとく寝返り、父と兄から信濃での悲惨な戦いの話を聞き、はっきりと信長殿には敵わぬと悟りました。それゆえ、家臣の命を惜しみ、降伏した方が潔しと考え、城を明け渡す折衝をいたしました。安房守殿もそれがしを情けなしとお思いにござりましょうが……」

「いいえ、それはこの身とて同じ。御屋形様を岩櫃城へお連れしようとしましたが、結局はお救いできなかった。小山田や穴山信君の如く主君を裏切ったりはしなかった、というだけが救いにござる。到底、誰かを非難できる立場ではござらぬ。もちろん、修理殿を情けなしなどとは思うておりませぬ。そのご判断があったからこそ、それがしもこうしてここに居られまする」

「さように申していただけるとは……」

内藤昌月は微かに首を振る。それから、気を取り直したように訊ねる。

「左近将監殿に目通りする前に、安房守殿の望みを聞いておきたいのだが。それがしにも何かできることがあるやもしれぬ」

「本日は沼田城を差し出すつもりで参りました。それで何とか旧領を安堵していただけぬかと」

「旧領とは、どこを指しておられるのか」

「信濃の小県と上野の吾妻にござりまする」

「わかり申した。そのつもりで同席させていただきまする。では、こちらへどうぞ」

内藤昌月は本丸から城の最奥部、御前曲輪へ入っていく。

そこは信玄が箕輪城へ来た時に御座処（ござしょ）として使っていた郭（くるわ）であり、本丸に較べれば書院程度の広さしかない。

——普通ならば、家臣や鞍替えした新参者たちを並べ、己の威光を誇示したくなるところであろう。されど、本丸の大広間で目通りせぬということは、滝川殿もまだ側近以外の者に話を聞かせたくないということなのであろうか？

昌幸は相手の思惑を読もうとする。

入口で小姓に刀を渡し、昌幸は扇だけを手に謁見の間へ進んだ。

「左近将監殿、真田安房守殿が参られましてござりまする」

内藤昌月が申次を行なう。

「おお、ようこそ参られた。堅苦しいのは苦手ゆえ、そこへ」

滝川一益は扇の先で眼の前を指す。

「失礼いたしまする」

昌幸はいったん平伏してから、膝立ちで躙り寄る。

「真田安房守昌幸と申しまする。滝川左近将監一益殿に折り入ってのお願いがありまして、罷り越しましてござりまする」

口上を述べてから、昌幸は再び平伏した。

「まったく、武田家の者たちは礼儀正しいの。いや、行儀が良すぎると申すべきか。堅苦しいのは苦手と申したはずだ。まずは面を上げてくれ。漢は顔つきを見れば、だいたいの人となりがわかる」

一益は苦笑を浮かべながら言い渡す。

「失礼をばいたしました」

昌幸はゆっくりと面を上げた。

月代（さかやき）を剃（そ）り、細い口髭（くちひげ）をたくわえた一益の左右に、わずか二人ずつの家臣がいるだけだった。

「ほう、よい面構（つらがま）えじゃ。話に違（たが）わぬ美丈夫（びじょうふ）であるな、真田殿。さぞかし信玄公にも愛（め）でられたのであろうな」

人を喰（く）った調子で一益が続ける。

「何やら、本日はそれがしが喜ぶ話を持ってきてくれたと聞いておるが？」

「はい。本日、持参いたしました手宮笥（てみやげ）は、利根（とね）の沼田城にござりまする。どうか、お納めいただきとうござりまする」

昌幸は勿体（もったい）ぶらずに結論を述べる。

「ほう、沼田城とな。北條が欲しがっておった城ではないか。それはたいそうな手宮笥であるな。のう、益重（ますしげ）」

「はい、殿。越後へ通ずる三国（みくに）街道と水上（みなかみ）を睨（にら）む要衝（ようしょう）にある、なかなかの堅城と聞いておりまする」

滝川益重が答える。この漢は一益の従兄弟であり、勇猛をもって鳴る滝川衆の家臣筆頭だった。

「されど、真田殿。それがしは御屋形様に上野一国と信濃国のうち佐久と小県の二郡を任されておる。加えて、坂東取次役として関八州(かんはっしゅう)の諸家を従えよと命じられた。つまり、誰が入っておろうとも、沼田城はすでに儂(わし)のものであるとも言えるわけじゃ。まあ、さように申してしまえば、上野の城はすべて我が物ということになってしまうのだがな」

そう言いながら、一益は豪快に笑う。

――やはり、沼田城だけでは足りぬということか……。

昌幸は表情を変えなかったが、次の言葉に備えて身構えた。

「とはいえ、そなたのように城を差し出してくれねば、攻め取りをせねばならぬ。上野にあるすべての城を攻めるのは、さぞかし難儀(なんぎ)であろうな。真田殿は武田の家中で上野先方衆の筆頭であったと聞いておるが、沼田以外にどの城を預かっていたのか?」

一益の鋭い問いかけだった。

昌幸は戸惑(とまど)いもせず、正直に答える。

「沼田城の他には、上野の名胡桃城、岩櫃城。もちろん、その周囲にある小城も在地の者たちに任せてありますが、わが傘下にありました。信濃の小県には砥石城と松尾本城がありまする。これらすべてを緊密に連携させ、守りを固めておりました」

「ほう、さようか。内藤殿から聞いた話とまったく同じであるな。隠し立てなく話してくれるとは、そなた、潔く気風のよい漢じゃな。気に入ったぞ」

一益はまたしても豪快に笑う。

「して、沼田城の見返りに、何を望まれるか？　忌憚なく申してくれ」

「では、申し上げまする。それがしを織田家の麾下にお加えいただきとう存じまする。その上で信濃の小県と上野の吾妻の旧領を安堵していただけませぬか」

「ふむ。だいぶ大きな旧領であるな。して、城は？」

「できうれば、家臣が入っておりまする名胡桃、岩櫃、砥石、松尾の城はそのままお預け願えませぬか。その連携がなければ、兵の維持ができず、いざという時に戦働きもできませぬ」

「なるほど。そなたが申すことは理に適っておるが、それだけの城と兵を預け、そなたがわれらを裏切らぬという保証はいかがいたすつもりであるか？」

「身の証を立てさせていただきまする。その証とは……」

昌幸の口元に、全員の耳目が集まる。

「この願いを叶えていただけまするならば、わが嫡男の信幸を左近将監殿にお預けいたしまする」

その言葉を聞いて驚いたのは、相手よりも昌幸の家臣たちだった。

「沼田城に加え、そなたの嫡男を質に出すと申すか？」

真顔になった一益が聞き返す。

「はい。それが織田家の麾下に入る身の証と思うておりまする」

昌幸も真っ直ぐに相手の両眼を見つめる。

二人以外の者たちは、固唾を呑んで一益の答えを待っていた。

「よかろう。それで手を打とうではないか」

一益はこともなげに答える。

「有り難き仕合わせにござりまする」

「実は真田殿、わが御屋形様はもの凄く短気な御方でな。家臣が即答できぬと烈火の如くお怒りになる。畢竟、われら家臣たちも短気にならざるを得ず、間怠い話が大嫌いなのだ。もしも、そなたが煮え切らぬ話をしていたならば、手を打つことはなかったであろう。この短き間に、よくそこまで決断してくれたな。そなたの肝の据わり具合は、しかと見せてもろうた」

「痛み入りまする」

「益重、そなたが沼田城へ入ればよい」

一益が滝川益重に命じる。

「承知いたしました。真田殿、後ほど沼田城について詳しくお聞かせ願えぬか」

「はい、是非もなく。それがし嚮導いたしまするゆえ、行く道すがら周囲の情勢についてもお知らせいたしまする」

即答する昌幸を見て、一益は笑みを浮かべる。

「さて、難しい話はこれにて仕舞じゃ。真田殿、こっちの方はいける口か？」

一益は右手で盃を煽る仕草を見せた。

「嫌いではありませぬ」

「それはよかった。では、固めの盃と参ろう」

手を叩いて小姓を呼び、酒宴の支度を命じる。

「もうひとつ申しておくと、わが御屋形様は酒宴でしかつめらしい顔をして盃に手をつけぬ者もお嫌いになる。それゆえ、弱い者も死ぬ気で酒を呑む。いける口ならば、それにこしたことはない。盃較べでもいたそうぞ」

「ご相伴に与りまする」

昌幸も微かな笑みを浮かべて答える。盃較べならば、簡単には負けない自信があった。

それから、この会談に立ち会った者だけで酒宴が開かれる。

――これが織田家屈指の武辺者か。豪快に見えながら、その実は細かく相手を観察し、抜け目のない問いを放ってくる。明け透けに見せながら、その脇は案外堅いと見た。喰えぬ漢だ。さすがに坂東御取次役に任ぜられるだけのことはある。

それが一益と盃を重ねた昌幸の印象だった。

この翌日から沼田城の引き渡しが始まる。昌幸は滝川一益と城代となる益重を案内し、周囲の地勢や状況について説明した。

沼田城代を務めていた矢沢頼綱は岩櫃城へ戻り、用土信吉(ようどのぶよし)は上沼須(かみぬます)の金剛院(こんごういん)を砦(とりで)に改築するために城を出た。

名胡桃城には矢沢頼康と鈴木重則が残り、何とか最小限の配置換えだけで済んだ。息子の信幸が出仕するのは、滝川一益が厩橋(まやばし)城に入る皐月(さつき)になってからと決められたが、昌幸には大仕事が残っていた。

信幸を質に出すことは、家臣どころか家の者にも相談しておらず、独断で決めたことである。今回は躑躅ヶ崎館に出仕させるのとは違い、本人を含めて家の者を納得させるのが難しそうだった。

――おそらく、最も反対するのは於松であろうな。

昌幸は妻に人質の話をするのが辛(つら)かった。

しかし、事前に相談していれば己の決心が鈍りそうだったので、あえて告げなかったのである。

昌幸は小県の館へ戻り、まずは於松に事情を打ち明ける。

「済まぬが、織田家の麾下へ入るために、忠誠の証として信幸を質として出さねばならぬ。滋野の一統と所領を守るために仕方がなかった。事前に相談しなかったのは悪かった」

その話を聞き、於松は奥歯を嚙みしめ、しばらく黙っていた。

それから、瞳（ひとみ）を潤（うる）ませながら口を開く。

「事前に相談しなかったのは、己の決心が鈍りそうだったから。訳を聞いたならば、お前様はさように仰（おっしゃ）るのでありましょうね」

「その通りだ。そなたが思うほど、この身は強くないのだ」

「ならば、わたくしがいかように言おうとも、信幸が人質になることは変わらないではありませぬか。なのに、なにゆえ、わたくしに承諾を求めるのでありましょうか」

「そなたにも苦渋の決断であることをわかってほしかった」

「わかりました。では、こたびはわたくしも信幸と一緒に参りまする」

於松はきっぱりと言った。

「えっ⁉」

　思わぬ返答に、昌幸は狼狽える。

「……されど、弁丸の面倒をみてもらわねば」

「申し訳ありませぬが、それはお義母様にお願いいたしまする。弁丸も齢十三となり、これまでほど手はかかりませぬ。それゆえ、お義母様に面倒をみていただき、わたくしが信幸と一緒に参りまする」

　於松の口調はいつになく頑なで、簡単には説得できそうにない。今回の独断をよほど肚に据えかねているようだ。

「そなたがいないと裏方が……」

　昌幸は頭を搔きながらぼやく。

「わたくしの決心は変わりませぬ。これから、お義母様と話をして参りまする」

　於松は両手をついてから、そそくさと室を後にする。

　昌幸は大きく溜息をつき、床の上に寝転がる。

　――こたびのことを、よほど怒っているのだな。あのような姿は見たことがない。子を持つ母はどんどん強くなり、夫には優しさを分け与えてくれなくなる……。

　しばらく大の字になり、ふてくされていた。

そこに母の恭雲院がやって来る。

「昌幸、寝ている場合ではありませぬ。起きなさい」

「あ、母上……」

昌幸は驚きながら飛び起きた。

「そこにお座りなさい」

「はぁ……」

「なにゆえ、あのように大事なことを於松殿に相談して決めなかったのでありましょうか？」

「いや、その、己の決心が鈍るというか……泣かれるのが辛いというか……」

「そなたは武門の裏方へ入る女子の覚悟を何もわかっておりませぬ。よいか、そなたの父はああ見えて、実に細かく気遣いをし、ことあるごとに相談を持ちかけてくれる御方でありました」

「えっ、父上が……」

「たとえ、御自分で揺るがぬ答えを持っていようとも、あえて虚心坦懐に問いかけてくれました。そなたを躑躅ヶ崎館へ出す時もそうであり、何度も二人で相談いたしました。そのような時を過ごすことで、段々と覚悟を決めていきまする。武門の裏方へ入った女子は、常に伴侶が何を抱え、何を考えているかを忖度しながら生きており、変えようのない答えがあるとわかっていても、相談してくれることで我慢というものができるようになりまする。昌幸、於松殿がそなたの答えを忖度できぬほど莫迦だと思うておるのか？」

「いいえ、さようなことは……」

「されど、そなたがしたことは、さような仕打ちと変わりありませぬ」

「はい。……於松に謝って参りまする」

「その必要はありませぬ。於松殿には弁丸の面倒を見てもらい、この母が信幸と一緒に参りまする。二人で話し、そう決めました」

「ええっ⁉」

今度こそ仰け反るほど驚いた。

「母上……」

「そなたも大変な時だと思いまする。かような時こそ、各々ができることをしなければなりませぬ。於松殿には、裏方を守ってもらわねばなりませぬ。そなたはいま抱えている悩みを於松殿に相談しなさい。さすれば、女子も万が一に備え、新たな覚悟ができるようになりまする」

「……わかりました」

昌幸は再び頭を掻きながら頷く。

――はぁ、真田の女は強い……。それにしても、あの父上がまめに相談を持ちかけていたとはな。

暦(こよみ)は皐月となり、滝川一益が厩橋城へ入り、信幸も出仕する日が決まった。

「信幸、前にも申した通り、こたびは武田の若君に仕えた時とはまったく違う。大丈夫か」

昌幸は息子に念を押す。

「はい。大丈夫にござりまする」

「何か困ったことがあったならば、重寛(しげひろ)に相談せよ」

昌幸は望月(もちづき)重寛に供(とも)を命じた。この漢ならば、透破(すっぱ)を使って素早く状況を知らせたり、城を抜けたりできると考えたからである。

「わかりました」

「お祖母様(ばあさま)のことは頼んだぞ」

「お任せくださりませ」

信幸はしっかりと頷いた。

「では母上、よろしくお願いいたしまする。何かありましたら、供の重寛にお伝えくだされ」

「心配せぬでも大丈夫。それよりも於松殿と仲良く」

母の恭雲院は逆に釘を刺す。

「わかっておりまする。あれから、じっくりと話をいたしました」

昌幸は困った顔で笑う。それから、息子の一行を送り出した。

滝川一益との折衝は思ったよりもうまくまとまり、何とか所領の安堵に漕ぎつけた。

沼田城以外の城は手元に残り、小諸城には一益の腹心である道家正栄が入ったので、小県の諸城や真田の里も安定する。昌幸は一益の勧めにより信長に駿馬を献上した。

昌幸が面会した後、一益は関八州に「織田家に従うならば、本領は安堵する」と触れを出したので、近隣の国人衆はこぞって人質を連れて伺候に訪れる。順調に進んだ坂東の取次を祝い、一益は新たに臣従した者たちを集め、厩橋城で能楽の興行を開催した。

身辺の状況が落ち着くかに思われた、その矢先のことである。思いもしなかった事件が起きた。

六月五日の夜更け過ぎに、修験僧の清開坊たちが小県に戻り、昌幸のもとへ駆けつける。

――かような時刻に訪ねてくるとは、余程のことであろう。

胸騒ぎを覚えながら、清開坊の報告を聞く。

「昌幸様、京で謀叛が起き、織田信長殿が討ち取られたようにござりまする」

「なにっ！」

にわかには信じ難い話だった。

「……謀叛の首謀者は誰だ？」

「惟任光秀殿ではないかと」

「惟任光秀といえば、信長殿の腹心ではないか。それは確かか？」

「信長殿は洛内の本能寺という法華宗の寺を宿所としておりましたが、そこを囲んだのが桔梗の旗印で、それが惟任殿の紋であると」

「そなたは実際に旗印を見たのか？」

昌幸の問いに、清開坊は首を横に振る。

「何分にも洛内は大騒ぎになっており、本能寺が焼討されたことは確かめましたが、すでに軍勢は安土城へ向かったとのことにござりました」

「その話がまことならば、京の都だけではなく、日の本全土が大変なことになるな」

眠気が一気に吹き飛ぶような話だった。

「清開坊、そなたは引き続き詳しいことを探ってくれ。それとお久根たちに北條の動きを探らせてくれ」

「承知いたしました」

修験僧は慌ただしく探索へと戻った。

——滝川殿はこの話をすでに知っているのであろうか。すぐに伝えておいた方がいいか？

目まぐるしく思案が巡る。

——いや、まだ惟任光秀の謀叛と決まったわけではなく、信長殿の安否も定かではない。不確かな話はせぬ方がよい。それよりも、もし信長殿が討たれたとしたならば、この後に起こりそうなことを考え、備えを行なうべきであろう。おそらく、日の本全土で燻っている戦の火種がまたぞろ火を噴くぞ。

信長が弑逆されたと知れば、北條は上野で動く好機と考えるだろう。それだけでなく、越後の上杉も相当に動き易くなるはずだった。

——滝川殿はいったいどうするのであろうか。もしも、同じ家中の惟任光秀が謀叛を起こしたのならば、成敗した者が信長殿の後継者となる。上野から畿内へ戻るのか。背中を見せれば、必ずや北條は食いついてくるぞ。上野のどこかで戦になるが、いったい、それはどこだ？

夜が明けるとすぐに、昌幸は動き出す。岩櫃城、名胡桃城をはじめとする上野の諸城に早馬を飛ばし、出陣の支度を命じる。砥石城と松尾本城にも籠城戦の支度をさせた。

しかし、それから二、三日は何の動きもなかった。

昌幸が訝(いぶか)しく思いながら岩櫃城へ入った途端、厩橋城から招集の知らせが届く。

昌幸は河原綱家らを伴い、厩橋城へと向かった。

城内へ入ると、内藤昌月が駆け寄ってくる。

「安房守殿、京で大変なことが起こったようだ」

「惟任光秀の謀叛にござりまするか」

「すでに、ご存じであったのか」

「京にいた者がたまさか戻ってきまして、信長殿の宿所であった本能寺が焼討されたと。念のため、二日ほど前から戦の支度をさせておりまする」

昌幸の返答に、内藤昌月は眼を丸くする。

「す、すでに戦支度を……。いったい、どこと戦を?」

「上野ならば北條、信濃ならば上杉といったところでありましょう。されど、左近将監殿の動き次第では、別の敵となるやもしれませぬな」

「ああ、さようか」

「とにかく、左近将監殿の話を聞かねば」

昌幸は評定が行なわれる大広間へ急いだ。

大上座に蓼の葉を嚙んだような滝川一益がおり、その場は異様な緊迫に包まれている。集まった諸将が席につき、評定が始まった。

「本日は火急の件にて足労願ったが、まずは本題へ入る前に参じてくれたそなたらに礼を申したい。上野の皆とは知り合って間もないが、ここに集っておるのは味方であると信じておる。実は存じている者もいるかとは思うが、京で明智光秀という家臣が謀叛を起こし、わが御屋形様を弑逆した。それが去る六月二日のことであるが、それがしが知ったのは一昨日のことである。この件を上野の皆に伝えるかどうか重臣たちと話し合いをしたが、それがしの一存で伝えることにした。反対する者もいたが、早晩耳に入ることを隠し立てすることもあるまい」

滝川一益はゆっくりと一同を見回してから言葉を続ける。

「それがしとしては、すぐに畿内へと馳せ参じ、御屋形様のご子息である織田信雄様と信孝様をお守りし、主君の仇である光秀との弔い合戦に臨みたい。されど、上野に背中を向けた途端、それを好機と捉える者も少なからずおるであろう。この機に乗じて滝川一益の首級を上げ、北條への手宮笥としようと考えてもおかしくはない。もしも、さような者がいるならば、遠慮なく戦いを仕掛けてくればよい。それがしはその戦を捌き、御屋形様の恩に報いるために畿内へと戻るつもりだ。それはなるべく早い方がよい。そうでないと、光秀に追従する莫迦者が現われぬとも限らぬ。さて、ここまでの話、皆はいかように考えるか」

一益の問いかけに、諸将は一様に黙り込む。

その沈黙を破り、昌幸が手を挙げる。

「ひとつ、お聞きしてもよろしかろうか」

「おお、真田殿か。何なりと」

一益は話を促す。

「さきほど北條の名が出ましたが、左近将監殿は何か動きを摑んでおられまするか」

「北條氏直がこの話を知り、相模と武蔵の兵を集めているという話は聞いた。いずれにせよ、われらがいなくなれば、北條はこれまで上野にしてきたことを再開するであろう」

「確かに。では、上杉の動きは？」

「北陸へは当家から柴田勝家という者が仕置に出ておる。確か、越中の城を囲んでいるはずだが、鬼柴田が相手では上杉景勝も迂闊には動けまい」

「されど、北條と上杉が密かに手を組んでいた場合、上野での戦いは一変いたしまする。われらは常に挟撃を警戒しながら戦をせねばならなくなりまする。それに、柴田殿が左近将監殿と同じように弔い合戦へ戻れば、上杉はここぞとばかりに上野と信濃へ出張ってくるでしょう」

昌幸の話に、一同は厳しい面持ちで頷く。

滝川一益はその真意を読み取ろうとするように、昌幸の両眼を見つめる。

「続けられよ、真田殿」

「加えて、北條がどこから動いてくるのかも定かではありませぬ。それを見極めようと、相手方の動きを待てば、それだけ畿内へ戻るのが遅くなりまする。北條も左近将監殿の動向を見極めてから策を決めようという魂胆かもしれませぬ。そうなれば、なおさら上野に釘付けとなりまするが」

昌幸の言葉に、すかさず滝川一益が答える。

「なるほど……。されど、坂東の仕置を任された身としては、われらに背く北條と一戦も交えずに引くわけにはまいらぬ。真田殿、これまでの侵攻経路から鑑みて、北條の動きを予測できぬか？」

「これまでの北條ならば鉢形城を拠点とし、厩橋城へ寄せるのが常道と存じまする。されど、今は左近将監殿の軍勢がおりますゆえ、じっくりと寄せてくるやもしれませぬ。詰め将棋の如く、ひとつずつ城を落としながら進むこともあるかと。なにせ、相手方は事を急ぐ必要がありませぬゆえ」

「うぅむ。いずれにしても尻に火が点くのは、われらの方か……」

「さらに、この機に乗じて誰がどのように動くかもわかりませぬゆえ、北條以外にも警戒せねばなりませぬ」

「真田殿の話で、これがいかに困難な戦であるかは、よくわかった。この身もいちはやく畿内へ戻りたいところではあるが、今は逸る心を抑え、北條の動きを警戒するしかあるまい。上野の皆には、まず自城の守りを固め、その上で北條と野戦になった場合の将兵を供出する支度をしてほしい。また、各所で何か不審な動きがあった場合には、すぐに知らせてもらいたい」

滝川一益は難しい顔で評定を締めた。

岩櫃城に戻る道々、昌幸は轡を並べた河原綱家に話しかける。

「こたびの戦はわれらにとっても難しいものとなるであろう。北條と戦うことに変わりはないとしても、戦に見出す意義がこれまでとはまったく違う。正直に申せば、織田家には命を懸けてまで果たさねばならぬ義理はない。常に引き際を考えながら戦をせねばならぬというのは命懸けで勝ちにいくより難しいかもしれぬ」

「まことにござりまする。将兵たちの士気も上がりますまい」

河原綱家も渋面となる。

「さりとて、何もせずに手をこまぬいておれば、北條に上野を席巻されるだけだ。

おそらく、この機に鞍替えを考える者も少なくはなかろう。この身とて質（しち）を預けていなければ、色々と考えたくなるところだ。されど、今は左近将監殿に付き従うしかあるまい」

　それが昌幸の本音だった。

「もしも、野戦に出す将兵を求められたならば、誰を出しまするか？」

「この身が兵を率いて出るしかあるまい」

「御大将自らご出陣なさると」

「他の者には城を守ってもらわねばならぬ。それに、この戦の勘所（かんどころ）は己で見極めたい。それがしが兵を率いて左近将監殿の旗本（はたもと）に組み込んでもらうのが最善であろう」

「わかりました。その時は是非、それがしもお連れくださりませ」

「ああ、頼りにしているぞ、綱家」

　昌幸の命令が早かったため、岩櫃城と名胡桃城をはじめとする上野の諸城はすでに戦の支度を済ませていた。

　それに呼応し、小県の砥石城と松尾本城も戦支度を整え、不測の事態に備えた。

　そして、昌幸が危惧した通り、思わぬ造反が起こる。しかも、その火の手は己の膝元とも言えるところから上がった。

沼須砦に入っていた用土信吉が突如として挙兵し、滝川益重の守る沼田城へ押し寄せたのである。その兵数は、なんと五千余に及んでいた。

この事態に、名胡桃城と岩櫃城は色めき立つ。

報告を受けた昌幸はすぐに厩橋城の滝川一益に早馬を出し、自らは兵を率いて名胡桃城へ入る。

「信吉殿の兵が五千余にも及ぶというのは、まことか?」

昌幸の問いに、物見を出していた矢沢頼康が答える。

「まことにござりまする。われらが探ったところによれば、どうやら用土殿はかなり前から越後の長尾伊賀守に通じ、上杉景勝から兵を借りたようにござりまする」

「城方の兵はいかほどか」

「四千に満たぬかと。すでに用土殿は城の外郭にあたる水曲輪を攻め取ったようにござりまする」

「水の手を断ち、更なる越後からの援軍を待つつもりか。あるいは……」

さしもの昌幸も用土信吉が越後と内通しているとは思っていなかった。

「御大将、いかがいたしまするか?」

矢沢頼康が訊く。

「われらが勝手に動くことはできぬ。とりあえず、左近将監殿からの連絡を待つしかあるまい」

周囲が緊迫に包まれる中、六月十三日になり、滝川一益が上野衆を集めて二万の兵で沼田城へ駆けつける。

これに呼応し、昌幸は二千の兵を率いて合流した。

二万余の兵で寄せられた用土信吉は攻め取った水曲輪を捨て、そのまま越後へと落ち延びた。

この動きを注視していたのか、十六日になると北條氏直が叔父の北條氏邦と共に四万余の兵を率い、倉賀野表（くらがのおもて）へと進攻する。倉賀野表から厩橋城までは三里（約十二キロ）弱であり、明らかに滝川一益の留守を狙った出陣と思われた。

その急報を受けた一益は沼田城から取って返すことを決め、先行して厩橋城に滝川忠征（ただゆき）を入れ、松井田（まついだ）城に津田秀政（つだひでまさ）の一千五百を向かわせた。

そして、昌幸を呼び、あることを告げる。

「北條の兵は四万にも及び、総力を挙げた出陣と思われる。益重と兵を沼田城に残すわけにいかなくなったゆえ、そなたの将兵を入れてくれぬか」

「それならば、沼田城の城代を務めておりました矢沢頼綱が適任かと。今は岩櫃城におりまするゆえ、すぐに早馬を出しまする」

「かたじけなし。われらは一足先に厩橋城へ向かい、それからどこかに野戦の陣を布くつもりだ」

「では、頼綱が沼田へ入りましたならば、それがしもすぐに合流いたしまする」

昌幸は岩櫃城から駆けつけた矢沢頼綱に沼田城の守りを託し、自らは二千の兵を率いて一益の本隊を追った。

これと時を同じくして、織田方の動きが報告される。北信濃を任された森長可と南信濃を任された毛利長秀がそれらの領地を捨て、美濃と尾張へ戻ったという。さらに甲斐一国を預けられた河尻秀隆は、武田方に与していた土豪一揆に討ち取られていた。

北條はこうした動きも摑んでの出陣のようだった。

滝川一益の本隊は倉賀野まで押し出し、その本陣へ昌幸の一軍が合流した。

すぐに諸将に招集がかけられ、軍評定が開かれる。

「さて、北條に釣られる形でここまで出張ってきたが、それがしは上野の地勢に疎い。いかように戦うべきか、地の利を知る上野衆の方々に意見を聞きたい」

冒頭で滝川一益は策の具申を促す。

「左近将監殿、この辺りはそれがしの地元ゆえ、お話しさせていただいてもよろしいか」

倉賀野淡路守秀景が手を挙げる。

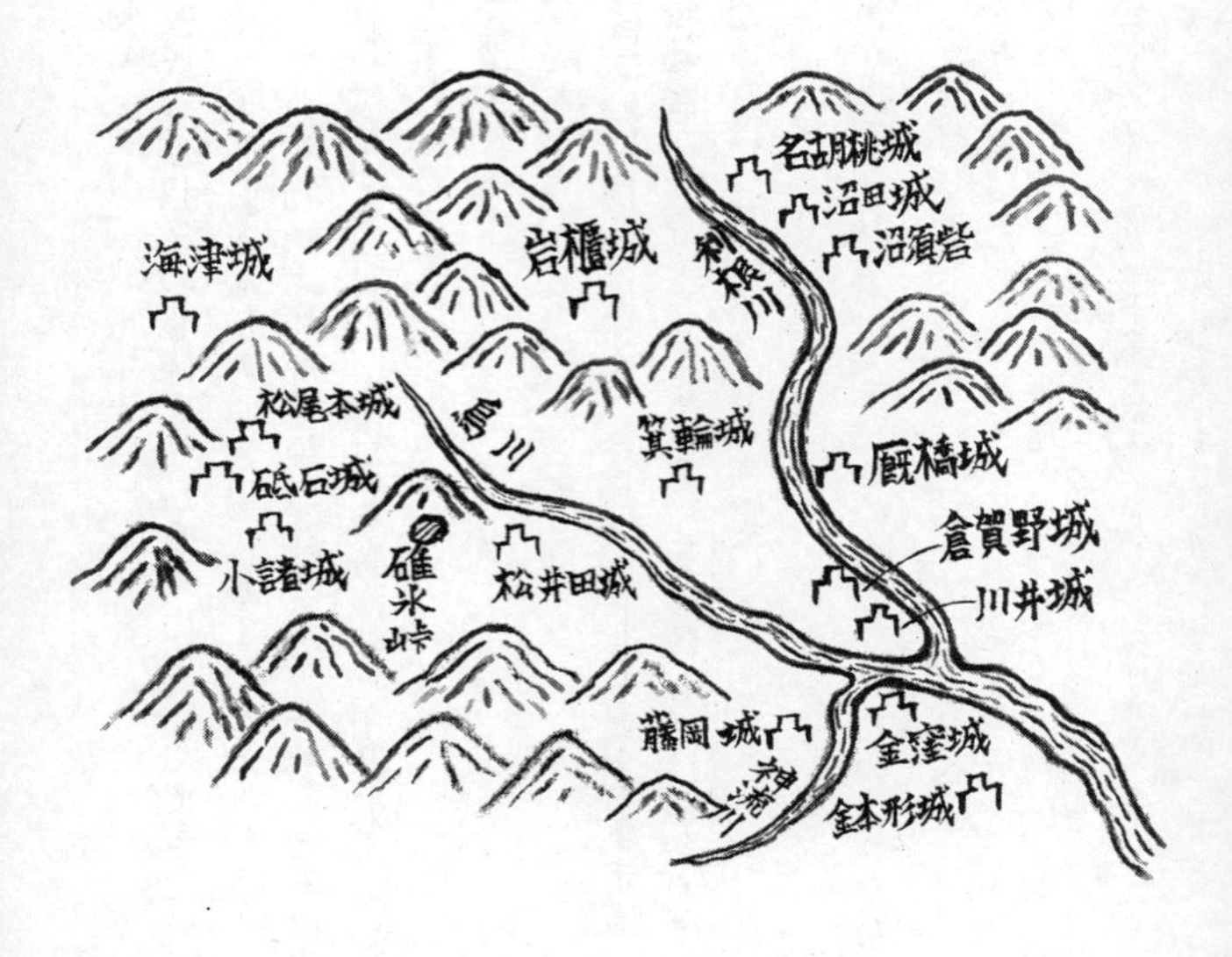
名胡桃城
沼田城
沼須砦
岩櫃城
利根川
海津城
松尾本城
砥石城
小諸城
碓氷峠
烏川
箕輪城
厩橋城
倉賀野城
川井城
松井田城
藤岡城
神流川
金窪城
鉢形城

「淡路守殿、お願いいたす」

「おそらく、北条氏直と叔父の北条氏邦が直々に出張ってきたのならば、一里半（約六キロ）ほど南にある藤岡城辺りを足場にしていると推しまする。当然、上野の地勢をよく知っている北条氏邦が精鋭の鉢形衆を率いているはずにござります。ならば、われらはまず倉賀野の東にある金窪城と川井城を攻め、敵の拠り所を潰しておくのが上策と存じまする」

「あえて、敵城を潰すと？」

意外な策が具申されたという表情で一益が訊く。

「敵城と申しても大した構えはなく、金窪城は北条方の斎藤定盛、烏川を挟んだ川井城は弟の斎藤基盛が守っておりまする。兵の数もさほど多くはなく、それがしにおまかせいただければ一日で落としてご覧に入れまする」

倉賀野秀景は自信たっぷりに言った。

「もしも、その策が採用されるならば、この辺りに詳しいそれがしもお加えいただけぬか」

和田信業も手を挙げる。

「石見守殿も賛成か。皆、この策はどうか」

滝川一益が昌幸にそれとなく視線を送った。

「よいのではありませぬか。この辺りは利根川、烏川、神流川と水辺が入り組んでおり、倉賀野と金窪原を押さえておけば、敵は渡河を考えながら戦をせねばなりませぬ。もしも、北條勢がわれらを分断しようと動いてくれれば、横腹を突く好機となるのではありませぬか。金窪城に向かうのが先陣と考えるならば、充分に意味のある策と思いまするが」

昌幸も倉賀野秀景の策に賛成する。この漢が「まずは倉賀野周辺の北條勢を捌いておきたい」という目論見を持っていることをわかった上での同意だった。

「さようか。ならば、今宵、夜陰に紛れて移動し、明日の払暁から金窪城を攻める。益重、そなたに五千を預けるゆえ、先陣大将として淡路守殿と石見守殿を率いよ」

「御意！」

滝川益重が歯切れ良く答えた。

「承知いたしました」

倉賀野秀景と和田信業も頭を下げる。

「われら本隊は北條の本隊が動いてきたところを迎え撃つ。各々、抜かりなく支度を頼む」

策が決まり、滝川一益は評定を締めた。

この日の夜更け過ぎ、地勢に詳しい倉賀野勢を先頭に、滝川勢の先陣が金窪城へ向かう。

翌六月十八日の払暁前から金窪城に奇襲を敢行し、これを攻め落とす。さらに烏川を挟んだ支城、川井城へ攻めかかり、これも難なく落とした。

守将の斎藤定盛と基盛は早々に城を捨て、這々の躰で藤岡城のある方角へ逃げ出した。

両城を落とされたことを知った北條氏邦は、鉢形衆五千を率いて金窪原へ出張ってくる。

滝川一益の率いる本隊と昌幸を含む上野衆も金窪原へ兵を押し出し、ここで両者の軍勢が真っ向から激突した。

互いに一歩も引かない厳しい戦いとなったが、金窪城からも先陣が挟撃し、敵方の石山大学や保坂大炊介らの武将と鉢形衆三百人以上を討ち取る。上野衆も太田の佐伯伊賀守が討死してしまうが、緒戦は相手の出鼻を挫いての勝利となった。

しかし、そこから北條氏邦が態勢を立て直し、弟の北條氏規に一万の兵を与え、滝川一益の背後に回らせる。それに気づいた一益は、上野衆に迎撃を命じたが、北條高広らの軍勢は逡巡したのか出足が鈍く、救援が間に合わない。

戦況が一気に不利になったと見た一益は、本隊だけでの敵中突破を命じ、敵方を討ち取りながら脱出を図る。その様を横目に見ながら、昌幸の一隊は北條氏邦の攻撃を凌いでいた。

しかし、今度は兵をまとめ直した北條氏直の一万五千余が滝川本隊に襲いかかり、進退が窮まる。この時、滝川方の重臣、津田之清や太田永宗が五百騎ほどを率いて楯となり、総大将を逃がそうとした。

これらの者は討死したが、滝川一益はかろうじて死地を脱する。夕刻には金窪原から倉賀野城へと敗走した。

昌幸も命からがらに退却し、倉賀野城を経て、残った上野勢で一益を守りながら厩橋城へと向かう。

上野衆の木部貞朝や倉賀野秀景の息子などが討死する痛恨の敗戦だった。

翌日、厩橋城下の長昌寺において討死した者たちの供養を行ない、昌幸の嫡男と老母、北條高広の次男など上野衆の質となっていた者たちを解放した。

そこに畿内から急報が届けられる。

その報告によると、本能寺で織田信長を弑逆した惟任光秀は安土城へ入り、諸将の誘降を図ったという。六月九日には上洛し、朝廷への工作を始めたが、備中高松城を包囲して毛利勢と対陣していた羽柴秀吉がすぐに和議を取り纏め、山陽道をひた走って十二日には摂津まで戻ったらしい。

秀吉はここで中川清秀、高山右近、池田恒興などの織田旧臣を味方につけ、さらに四国出兵のため堺にいた織田信孝と丹羽長秀に早馬を飛ばして合流する。

これらの軍勢をまとめた秀吉は、惟任光秀のいる京の都に向かい、両者は山崎の天王山で対決し、秀吉がこれを制したという。

それを聞いた滝川一益は、憑きものが落ちたようにさっぱりとした顔になっていた。一緒に報告を聞いていた昌幸には、少なくともそう見えたのである。

それから、一益は箕輪城に上野衆を集め、別れの酒宴を開く。厩橋城から持ち出した宝物と箕輪城にあった金銀、太刀、秘蔵の掛物などを惜しげもなく残った上野衆に振る舞い、酒を酌み交わした後、夜更け過ぎに箕輪城を出る。

昌幸は一益に頼まれ、小諸城まで嚮導することになった。

一益は松井田城に待機していた津田秀政の軍勢一千五百を加え、一気に碓氷峠を越え、道家正栄が守る小諸城に到着した。これが六月二十一日のことである。

「真田殿、ここまでの嚮導、かたじけなし。大した義理もないそれがしに、ここまで力添えしていただき感謝いたす」

滝川一益は安堵の色を浮かべて頭を下げる。

「こちらこそ、質を無事に返していただけでなく、宝物までいただき有り難うござりまする」

「もうひとつ、沼田城もお返しいたす。われらの代わりに守っていただきたい。真田殿、一献付き合うてもらえぬか。箕輪城では、ゆっくり呑む間もなかった」

微かな笑みを浮かべた一益は、口元で盃を煽る仕草を見せる。

「ご相伴に与りまする」

昌幸も笑顔で頷いた。

一益は家臣に酒肴の支度を命じ、二人は差し向かいで盃を傾ける。

「ここが信濃で、上野から逃げてきたという実感が湧かぬ。なにやら、己が現世にいるような気がせぬのだ。夢の中でもがいているようでもあり、右府様がお亡くなりになられたということも、未だに信じられぬ」

一益の言葉に、昌幸は黙って頷く。

「右府様はお酔いになられると、よく幸若を舞い、人間五十年と謡うておられた。まことに亡くなられたのならば、今年で齢四十九だ。早すぎる。この身はさしたる功も積まず、齢五十八になり、北條如きにしてやられた。彼の世に行ったならば、右府様に叱られるであろうな」

一益はしみじみと呟く。

これまで昌幸は信玄の最後の敵となった織田信長に対し、明確な像を抱いたことがなかった。もちろん、会ったこともなければ、人となりも知らない。ただ、気性の激しい、怖ろしげな天下人であるという漠然とした印象しかなかった。

しかし、一益の話を聞き、信長も家臣から慕われる主君であったという実感を初めて抱いた。

——巷では第六天魔王とまで言われた漢でも、やはり、家臣にとっては尊敬してやまぬ主君なのであろう。大御屋形様も決して優しいだけの御方ではなかった……。

なぜか、改めて信玄のことが懐かしく思えた。

二人はしみじみと互いの思いを噛みしめ、しばらく黙って盃を傾けた。

昌幸は気を取り直し、少し話題を変える。

「左近将監殿はこれからいかがなされるおつもりか」

「ここで周囲の情勢を確かめてから、京へ戻らねばならぬ。問題は東山道を使って美濃を抜けられるかどうかであろう。木曾谷すら無事に通れるかどうかわからぬ」

「木曾義昌殿の出方次第にござるか」

「京へ戻れたとしても、後事がいったいどのようになっているのか、見当もつかぬ。秀吉が光秀を討ったというのも、まことなのかどうか……」

「もしも、秀吉殿が仇を討ったとするならば？」

「朝廷の意嚮もあるとは思うが、おそらく右府様の跡を秀吉が嗣ぐことになるのであろうな。されど、右府様の如く天下すべてを押さえることができるかどうか、この身にもわからぬ。それぐらい特別な御方であらせられたからな」

「左近将監殿は、秀吉殿とは？」

「昔から仲は悪くなかった。光秀に較ぶれば、友と呼んでもよいぐらいであろう。されど、右府様は家臣を激しく競わせていたゆえ、いつしか出世を競う敵手となっていたのやもしれぬな。われらは織田の四天王などと持ち上げられ、それぞれが最も厳しい戦場へ行かされていたから、じっくり酒を酌み交わす暇もなく、知らぬ間に仲が冷えていたのであろう」

「さようにござりまするか。正直に申せば、武田も大御屋形様の信玄公が亡くなれてから、家中がぎくしゃくいたしました。この身は頑固者ゆえ、新しい御主君にあまり好かれていなかったのかもしれませぬ。心のどこかで、『わが御主君は大御屋形様お一人』と思うておりましたゆえ」

昌幸も苦い言葉を吐露する。

「さようか。されど、武田の旧臣は織田家の者とは違う。それがしはそなたが嫡男を質に出すと申した時、心底から驚いた。潔いということもあるが、織田家中においては、できるならば避けたいことのひとつであったからだ」

「御主君に質を預けることがでござりまするか」

「さよう。右府様に質を預けるということは、その者の命を諦めるということに等しかった。何か己に落ち度があれば、すぐに首が飛ぶからだ。あの家康殿でさえ、正室と嫡男を自害させられているからの。だから、そなたが城と共に嫡男を差し出すことが忠誠の証だと申した時、正直すぎると驚愕した。されど、こうして短い間だが、時を過ごしてみると、あの時の言葉に嘘偽りがなかったことがよくわかった。武田家の培ってきた信義とは、そういうものなのであろう？」

「まあ、さほど潔いものでもありませぬ。苦肉の策で肚を括らねば、生き残れぬと思いましただけ」

「それを虚心坦懐に申せるのも、そなたの器量なのであろう。いや、すっかり世話になった。この恩は忘れぬ」

一益は改めて頭を下げる。

「こちらこそ、すべてを無事に返していただき、有り難うござりまする」

昌幸も礼を言う。こうして差しで呑んでみて、少しだけこの漢のことがわかったような気がする。根は人懐こい武骨者なのだ、と。

「ところで、左近将監殿。ひとつだけ、お訊ねしとうことがござりまする」

「何であろうか」

「この小諸城はいかがいたすおつもりでありましょうや」

「おお、この城か」

髭(ひげ)をしごきながら、一益は少し思案する。

「考えておらなかったが、わが家臣を残しておくわけにはいかぬであろうな。やはり、小諸城の処遇が気になるか」

「この城は甲斐と信濃を繋(つな)ぐ要路の途上にありまする。小諸城に加えて、北信濃の諸城、特に海津(かいづ)城がどうなるかによって、わが所領の小県に大きな影響が及びまする。それゆえ、誰が小諸城を預かるのかを知りたいと思いまして」

「ううむ……。まだ決めておらぬが、決めたならば、すぐそなたにお伝えしよう。それでよろしいか」

「ええ、よろしくお願いいたしまする」

「では、難しい話はこれまでとして、後はただ酒を酌み交わそう。また、いつ呑めるかわからぬのだから」

「わかりました」

二人は再び盃を合わせ、酒を酌み交わした。

翌日から滝川一益は周囲の情勢を探るために方々(ほうぼう)へ遣(つか)いを出す。昌幸は真田の里へ戻ってもよかったのだが、小諸城の処遇が気になり、河原綱家に指示を与えて砥石城へ戻し、己はしばらく残ることにした。

一益は木曾義昌と折衝を重ね、木曾谷から美濃を抜ける約束を取り付け、出立を六月二十七日と定めた。

それから、昌幸を呼び、小諸城の処遇を伝える。

「他の者からの推挙もあり、この城は依田信蕃殿に預けることにした。そなたも知らぬ仲ではなかろう」

「ええ、よく存じておりまする」

「ならば、そなたにとっても悪い話ではないか」

「はい。少なくとも気心は知れておりまする」

依田信蕃は昌幸よりひとつ年下の齢三十五であり、信濃先方衆であった父の依田信守と共に信玄に仕えている。

長篠の一戦では父や弟と一緒に遠江二俣城の守将を務めていた。長篠で武田勢が大敗し、家康の率いる大軍が押し寄せたが、僅かな手勢で籠城を続ける。この間に病の高じた父の信守が亡くなり、信蕃が守将となった。

家康は堅固な守りの二俣城を攻めあぐね、城の周囲に複数の砦を築き、兵糧攻めにすることしかできなかった。

依田信蕃は実に半年もの間、粘り強く籠城を続け、さすがに城攻めを諦めた家康から、開城と引き換えに城兵全員を助命する条件を引き出した。

城内を綺麗に掃除した後、すました顔で退去した剛の者である。昌幸はあまり親しく付き合う機会がなかったが、家中で気になる漢の一人だった。

「二十七日に出立する時、依田殿に引き渡す約束になっているのだが、それまで滞在なされるか」

一益の言葉に、昌幸は頷く。

「お言葉に甘え、お見送りさせていただきまする」

そして、二十七日の朝に家臣を連れた依田信蕃と面会した。

「これは安房守(あわのかみ)殿、お久しゅうござる。お会いできてよかった」

依田信蕃は嬉しそうな顔で近づいてくる。

「こちらこそ、長きにわたる無沙汰(ぶさた)をしておりました。左近将監殿から右衛門佐(えもんのすけ)殿のお話を聞き、是非にお会いしたいと思うていたところ」

昌幸も差し出された相手の両手を握りしめる。

「それがしは相変わらず小県におりまする。右衛門佐殿が小諸城を預かると聞き、胸を撫(な)で下ろしておりました」

「当方もじっくり話をしたいと思うておりました。日を改めて、お会いできませぬか」

「もちろん。こちらからもお願いいたしまする」

武田の旧臣が織田家の家臣を通して再会するという奇妙な巡り合わせだった。

「では、われらはこれより出立いたす。依田殿、後のことはお頼み申す」

滝川一益が依田信蕃に小諸城の後事を託す。

「わかりました」

「真田殿、色々と世話になったな」

一益が別れの挨拶をする。

「こちらこそ。また、お会いいたしましょう。どうか、道中、お気をつけて」

昌幸と依田信蕃は滝川一益の出立を見送った。

京で起きた本能寺の変は、日の本全土に争乱の火種を撒き散らした。

特に武田家の旧領であった甲斐、信濃、上野の三国は、織田家の支配が崩れて北條、徳川、上杉の草刈り場と化してしまう。

いったんは滝川一益の傘下に入り、所領を守った昌幸であったが、再び正念場に立たされていた。

織田家の坂東御取次役だった一益が撤退してから、傘下にいた上野の諸勢力は緩んだ地盤が崩落するように北條家へと流れる。厩橋城の北條高広しかり、箕輪城の内藤昌月しかりであった。

――前の神流川の合戦において、左近将監殿の援軍であった北條高広の出足が妙に鈍かったのは、これを見越してのことだったかもしれぬな。あの者は昔から変わり身が早い。

上野の動きを知った昌幸は、思わず苦笑をこぼす。

――されど、箕輪城の昌月殿までが北條(ほうじょう)に与したのならば、早々に対処を決めねばなるまい。

沼田城をはじめとする上野の諸城は、深刻な北條の脅威にさらされている。それだけではなく、善光寺平へ南下した上杉景勝や、甲斐を浸潤している徳川家康の動きも気になっていた。

――それでも、まずは北條との折衝だ。

昌幸は河原綱家を呼び、箕輪城への遣いを命じる。

「内藤昌月殿に会い、北條家と話をしたいと申し入れてくれぬか。その上で、傘下に入るため、いかような条件が必要になるか、内々に教えていただけぬか、と昌月殿に持ちかけてほしい」

「北條家へ降(くだ)ると？」

綱家は驚いたように訊く。

「降るつもりで話を持ちかけねば、条件も定かにはなるまい。今は北條との折衝を行ない、少しでも時を稼ぎたい。その間に上杉や徳川がどう動くのかを見極めたいのだ」

「なるほど。信濃と甲斐の情勢を見ながら、北條家との交渉を進めるということにござりまするか」

「今、われらにとって最も厄介なのは沼田城の眼前まで迫ろうとしている北條家だ。その足を少しでも止めることができれば、今後のことを決めるための思案に時を使うことができる」

「承知いたしました。しからば、内藤殿にも当家がまことに北條家へ降ると思っていただけるよう、お話をしておきまする」

「頼んだぞ、綱家」

昌幸は腹心を送り出し、北條家との折衝を開始した。

河原綱家が何度か箕輪城へ出向いている間に、暦は文月へと変わる。物見に出た修験僧たちの報告があり、七月十二日には碓氷峠を越えて北條勢が佐久へ侵攻したという。

そして、この軍勢はなんと北條氏直が自ら率いており、同時に上野原から古府中へ向かっている別働隊がいるという。

北條勢は小諸の目前まで迫っており、昌幸のいる砥石城にも緊張が走る。

——まさか、われらが従属を打診したことで上野は後からでも料理できると考え、甲斐と信濃へ標的を変えたということか？　……ならば、北條家と上杉家が密約を結んだと読むこともできるが。

ところが、佐久の春日城にいた武田旧臣の依田信蕃は北條に降らず、城を出て山上の三澤砦に籠もり、交戦の構えを取った。

その理由はほどなく昌幸にも明らかとなる。依田信蕃の実弟、信幸が隠密に砥石城を訪ねてきたからである。

「本日は兄の名代として、安房守殿に当方からのお願いを伝えに参りました」

依田信幸は深々と頭を下げる。

「何であろうか」

昌幸は厳しい表情でそれを見つめる。

「われらが小勢ながら佐久へ出張った北條へ降らぬのは、徳川家の援軍を待っているからにござりまする。滝川左近将監殿から小諸城をお預かりした後、兄はかの方の勧めもあり、家康殿と面会し、傘下に入ることを決めました」

「まことか？」

意外な選択に、昌幸は少し驚く。

「はい。ただいま甲斐衆を中心とした徳川の援軍が佐久へ向かっており、家康殿の本隊も甲斐へ入ろうとしておりまする。そこで兄から安房守殿へのお願いがあり、どうか、われらに力をお貸し願えないかと」

「それは徳川に与せよという意味にござるか？」

「……ええ。われらが援軍を得て春日城を奪回し、徳川の軍勢が小諸城を押さえた後、砥石城におられる安房守殿が味方となってくださるならば、北條は佐久に止まることができぬはず」

「なるほど、家康殿としては後顧の憂いを断ちたいということか」

「徳川の力がなければ、北條は小勢のわれら武田旧臣だけを見て侮り、何度でも信濃へ侵攻してきまする。どうか、安房守殿のお力をお貸しくださりませ」

依田信幸は両手をついて平伏した。

「頭をお上げなされ、信幸殿。確かに、信蕃殿の言う通りだが、われらはまた別の事情も抱えておる。ご存じの通り、真田は上野にいくつかの城と所領を持ち、北條と相対しておる。それを考えるならば、軽々に徳川と結ぶことはできぬ」

「されど、北條、徳川、上杉という大勢力に囲まれたわれらが、どことも手を組まぬで存続するのは、三十三間先の的中を射るほどに難しいと思いまするが」

「さように考えるのが順当であろう。問題は脅威の度合いと、遺恨の深さだ。それに目を背けて手を結ぶ相手を決めることはできぬというのも、また武田旧臣の因業であろう」

「それはそうだと思いまするが……」

依田信幸は小さく項垂れる。この者も昌幸が長篠で何を失ったか、よく知ってい
た。

「ともあれ、これだけは約束できる。信蕃殿が北條家と戦っている間は、われらが敵対することはせぬゆえ、背中のことならば安心なされ。もしも、上杉が出張ってきたならば、われらが砥石城で食い止める。さように徳川へも伝えてもらって構わぬ」

「安房守殿……」

面を上げた依田信幸に、昌幸は笑みを含んで頷いて見せる。

「……かたじけなし」

「信蕃殿によろしくお伝えくだされ」

「わかりました」

依田信幸は昌幸の返答を携え、佐久へと帰っていった。

その後、徳川の援軍として柴田康忠と辻弥兵衛が三澤砦に到着し、九月になると岡部正綱、今福求助らの率いる軍勢が駆けつけ、依田信蕃は春日城を奪還した。

徳川家康の本隊も若神子まで出張り、北條の別働隊と激突する。依田信蕃はこの辺りの地勢を熟知している利を生かし、神出鬼没の遊軍奇襲隊を編成して相手の

兵粮を狙い、北條勢の兵站を寸断した。

　これにより郡内において北條勢が徳川勢に敗北し、十月二十九日に家康は有利な条件を勝ち得て、北條氏直と和睦した。

　年末を迎え、北條と徳川の争いは、いったん収まったように見えた。

　すると、年明けに善光寺平から上杉方の飯山城主、岩井信能が率いる一隊が南下し、砥石城の北西にある虚空蔵山まで出張ってくる。昌幸は砥石城から兵を出し、この上杉勢を撃退した。

　――さしたる数の軍勢でもなく、おそらく上杉の様子見であろう。されど、やはり南下の動きが強まっていることは確かだ。

　昌幸は北の上杉に対しても警戒を強める。

　佐久にも、まだ火種が残っていた。

　依田信蕃が奪還した春日城のすぐ東の佐久鳴瀬に岩尾城があり、この城は信濃先方衆を命じられた昌幸の父、真田幸隆が攻略し、城代を務めていたことから昌幸もよく知っている。幸隆が落とす前は大井家の居城であったが、大井行吉は落城を機に武田家へ従属した。

　その大井行吉が武田家の滅亡の時から北條家へ鞍替えし、こたびの佐久侵攻でも先兵となった。

北條勢が退いてからも大井行吉と依田信蕃は睨み合いを続けており、ついに年が明けた天正十一年（一五八三）二月二十三日、信蕃は徳川の軍監となった柴田康忠とともに岩尾城へ総攻撃を仕掛ける。

依田信蕃と弟の信幸は自ら陣頭に立ち、三の丸まで攻め寄せたが、潜んでいた敵鉄炮隊の総撃ちに遭い、無念の討死を遂げてしまう。それでも柴田康忠が大井行吉を追い詰め、降伏を勧告して開城させ、命を拾った行吉は上野の保渡田へ退去した。

その知らせを聞き、昌幸は驚き、同じ武田旧臣として信蕃の急死を悼んだ。

──だが、これで徳川が完全に東の北條に対して蓋をし、小諸までを押さえたことになる。

そう思っているところに、意外な人物が訪ねてくる。

異母弟の加津野信昌である。もっとも、信昌は武田家が滅んだ後、真田に復姓し、信尹と改名していた。

「兄上、お久しゅうございまする。お忙しいところ、約束もなく、急にお訪ねしまして申し訳ありませぬ」

真田信尹が恐縮しながら頭を下げる。

「信昌……いや、信尹に名を改めたのであったな。いったい、どうしたというのだ」

「実はそれがし、本日、小諸城から参りました」

信尹の一言で、昌幸は瞬時にすべてを悟る。

「そなたは今、徳川家の麾下にいるのか？」

「麾下にいるというよりは、徳川家の大久保殿がそれがしを訪ねてこられ、本日は遣いを頼まれて参りました」

「なるほど、信蕃殿の件を含め、それがしの立場を確かめるため、そなたに執り成しを頼んだということだな」

「ええ。依田殿からは、かの方がおられる限り、兄上は徳川と敵対しないと約されたと聞いておりまする。そこで改めて、依田殿亡き後も徳川と盟を結んでいただけるよう、大久保殿も願っておりまする」

「信蕃殿にも伝えたが、上野で当家が置かれている状況は、そなたも存じているであろう」

「はい、重々承知しておりまする。されど、真田家の本拠はあくまでも小県であり、それなくして一門の存続もあり得ぬと思いまする。それがしは兄上のためにも徳川家と結ぶべきと考えておりまする」

「うむ……」

虚空蔵山
上田城
砥石城
北国街道
千曲川
小諸城
岩尾城
春日城

昌幸は鬚をしごきながら思案する。

――すでに小諸まで来ている徳川と敵対するのは確かに得策ではなかろう。それに、上野の静けさと上杉景勝の動きも気になる。

善光寺平にいる上杉勢に南下の気配があるという報告もあった。

「信尹、もしも、当方が徳川家と結ぶならば、ひとつだけ条件がある」

昌幸が切り出す。

「何でござりましょう」

「徳川と結んだと知れば、おそらく北條は上野にある当方の城を標的にしてくるであろう。そのため、小県から上野に兵を廻さねばならなくなるが、同時に善光寺平にいる上杉勢が南下してくる脅威にさらされることになる。そこで、兵が少なくとも小県の防御ができる新たな備えが必要だ。その備えが北国街道の要衝である上田宿に城を築くことだと思うておる。砥石城と上田の新城で街道を挟めば、敵は簡単には寄せてこられぬ。されど、当方にはまださような余裕はないゆえ、盟を結ぶかわりに徳川家から築城の元手と人手を借りられぬか」

「築城の元手と人手!?」

信尹は兄の意外な申し入れに驚く。

「さよう。上田に城が築けるならば、当方が北から押し寄せる上杉の楯となることができる。今年に入ってから上杉も様子見のごとく兵を出してきているゆえ、南へ出たくて仕方がないのであろう。新しい城は、小諸城の支城と思うてもらえばよい。徳川家は駿河から遠江、三河、南信濃、甲斐までを手に入れ、財には事欠かぬであろうし、人も不足しておらぬ。築城に必要な元手を融通してもらい、小諸城から人工(にんく)を借りられれば、さほど時を要さず城を築ける。新府城を普請したように」

「なるほど。上杉への押さえに新たな城をと」

「信尹、この身がさように申していると伝えてくれぬか。それを呑んでもらえるならば、徳川家と結んでもよい」

昌幸は真剣な眼差しで徳川の仲介役となった弟を見つめる。

「わかりました。責任を持ってお伝えいたしまする」

真田信尹はしっかりと頷いた。

それから数日後に、信尹から「小諸城在番の大久保忠世(ただよ)殿とともに砥石城を訪ね、上田宿を検分したい」という連絡があった。

昌幸はこれを快諾(かいだく)し、徳川の一行を迎え入れる。街道と上田宿の周辺を見て回った後、砥石城で大久保忠世との会談に及んだ。

「最初に築城と聞いた時は訝(いぶか)しく思うたが、こうして検分してみれば、真田殿の申す通りであるな。わが殿も是非にそなたを味方にしたいと仰せられているので、元手と人手をお貸しする話は大丈夫だと思うが」

大久保忠世の言葉に、昌幸も笑みを浮かべる。

「それは良い話をいただきました」

「真田殿は城造りの経験がおありなのか？」

「新府城の普請奉行を務めておりました」

「ああ、さようか。ならば、心配は無用であるな。徳川の奉行はそれがしになるゆえ、必要なものは言うてくれ。ところで、北條との手切は、間違いなく行のうてくれるのであろうな」

「ええ、そのつもりでおりまする。されど、そのためには北條に悟られず上野に兵を入れなければなりませぬゆえ、築城が始まりましてから兵を移動させ、普請の目処がついてから態度をはっきりさせようかと思うておりまするが」

「なるほど、用心深いのう。われらとしては、真田殿の決意が揺るがぬならば、それでよい」

「今の当方にとって、上田の城ひとつはかけがえのうございまする。それに見合う働きをいたす所存にござりまする」

「承知いたした。ならば、事を急ごうではないか」

大久保忠世によって築城の裁可が取られ、四月から築城が始まった。

小諸城を経由して夥しい資材が人工たちによって運び込まれ、それを警護する足軽たちも付けてくれた。上田宿に喧しい槌音が響き始める。

昌幸は小県から小隊に分けた足軽を進発させ、密かに岩櫃城、名胡桃城、沼田城の増兵を行なう。上野の守りを託していた矢沢頼綱を呼び、徳川と手を結ぶ件を伝えた。

「驚きましたな、徳川と盟を結ぶかわりに、家康から城ひとつをせしめるとは」

矢沢頼綱は嬉しそうに笑う。

「されど、早晩、この話が北條に聞こえ、上野で動いてくるであろう。叔父上には余計な苦労をかけることになる」

「なぁに、兵も増やしていただき、それぞれに堅固な城ゆえ、守ることを考えるだけならば何とかなりましょう」

そう言い、頼綱は豪快に笑ってみせる。

「さように言ってもらえると、少し気が収まる。何とか、今の城と所領を守り通さねばならぬ」

「上野のことはお任せあれ。実は鎌原の一族も、われらに帰属したいと申しておりまする」

「重春殿が？　それは願ってもない」

「では、さっそく承諾の知らせを送り、吾妻での守りに加わってもらいまする」

「よろしく頼む」

昌幸は上野に関することを、一統の最長老である矢沢頼綱に任せた。

上田での築城が急速に進められる中、もうひとつ喜ばしい話が持ち上がる。

武田家の三ッ者頭であった出浦盛清が現われ、真田家への臣従を願ったのである。盛清は武田家が滅んだ後、織田信長に信濃を任された森長可の傘下に入っていた。

しかし、本能寺の変により森長可は海津城から撤退しなければならなくなり、信濃国衆のほとんどは裏切ったが、盛清だけは三ッ者の残党を率いて長可の撤退を助けた。

盛清は森長可を信濃から脱出させた後、昌幸を頼ってきたのである。

「誰かに仕えるならば真田殿しかあり得ぬと思い、こちらにお邪魔してしまいました」

「よくぞ来てくれた。われらも正念場に立たされ、一人でも多くの味方が欲しかったところだ。そなたが加わってくれるならば、これ以上に心強いことはない。よろしく頼む」

昌幸は武田にいた時から盛清の能を信頼しており、望外の喜びというのは本心だった。

「有り難きお言葉にござりまする。残った三ッ者ともども、よろしくお願いいたしまする」

こうして出浦盛清は真田家の一翼を担うことになった。

従来の修験僧や歩巫女などの間者に加え、盛清と三ッ者たちが加わったことにより、真田の諜知能力は飛躍的に高まる。昌幸にとっては、まさに降って湧いたような幸運だった。

天正十二年（一五八四）を迎え、いよいよ城郭の普請が始まる。

この城は上田原を流れる千曲川の分流に面した尼ヶ淵という崖の上に本丸を置き、複数の曲輪を持つ総構えとして縄張りされる。北側と西側には矢出沢川を引き込んだ広堀と外堀を造り、東側も蛭沢川や湿地帯を利用し、天然の水利を存分に生かした防御策を講じた。

昌幸は武田信玄の下で学んだ築城術のすべてを駆使し、新府城を普請した経験を生かして順調に城造りを進め、追手門の構えも信玄の好んだ丸馬出とした。

丸馬出とは、追手門の正面に半円形の的土を盛り、その前方に三日月型の堀を切る構えである。虎口の外側で敵の侵入を防ぎ、追走のために自軍の騎馬だけを出しやすくする仕掛けだった。

通常の城では角馬出や辻馬出という四角い土塁を造るのだが、信玄はなぜか角馬出よりも丸馬出を好み、武田の城のほとんどは丸馬出が採用されており、これが甲州流築城術の特徴ともなっていた。

昌幸は城の周囲に家臣の屋敷だけではなく、縁のある寺社や商家を取り込み、城下町の形成を目指す。それらが複雑な堀割と絡み合い、一見攻めやすそうに見える平地の梯郭城を難攻のものとするはずだった。

そして、三月末になると、出浦盛清が重要な合戦の話を摑んでくる。

惟任光秀を打ち破り、信長亡き後の政を掌握した羽柴秀吉と、それを苦々しく思い、織田信雄を取り込んで秀吉の包囲を目論んだ家康が、尾張の小牧山と長久手で大規模な合戦に及んだという。

「何か、よくわからぬ戦いだが、未だに残る織田家内の覇権争いと見てよいのか？」

昌幸は眉をひそめ、出浦盛清に訊く。

「羽柴秀吉は織田家の後継者争いにかこつけて、最長老であった柴田勝家を賤ヶ岳の一戦で滅ぼしております。その時に織田信雄を担いで家中の実権を掌握しましたが、やがて、秀吉の専横が強まり、信雄とも反目するようになりました。家康はそれを尻目に甲斐と信濃を制するという実利の獲得に奔走していましたが、信雄に請われて秀吉を快く思わぬ面々を糾合して対峙したようにござりまする」

「その反目する面々とは？」

「越中の佐々成政、四国の長宗我部元親、紀州の雑賀衆と根来衆、それに坂東では北條氏直にござりまする」

「家康はこの戦いを見据えていたから北條と早々に和睦をいたしたのか」

「そのようにござりまする」

「して、いかような結果となったのであろうか」

「家康は四国の長宗我部元親や紀州の雑賀衆と根来衆を上手く使い、秀吉の大坂城を背後から脅かしたようで、尾張での緒戦は織田信雄と家康の連合軍がやや優勢であったと聞いておりまする。そして、未だ戦いは続いておりまする」

「さようか。ならば、築城の仕上げを急いだ方がよいな。この戦が終わった後、何が起こるかわからぬ」

この戦は昌幸が思っていたよりも長びき、開戦から半年以上も経った十一月に和睦の動きを見せる。

まずは織田信雄が伊賀と伊勢半国の割譲を条件に羽柴秀吉へ和睦を申し入れ、これが受諾されて信雄が戦列から離れた。

その後、秀吉が浜松城に使者を送り、家康との和睦を申し入れる。信雄がいなくなったことで戦いの名分を失った家康は、次男の於義丸（結城秀康）を秀吉の養子にする条件で講和した。

信雄と家康がそれぞれ単独で秀吉と和議を結んだため、四国の長宗我部元親や紀州の雑賀衆と根来衆は孤立し、秀吉の軍勢に打ち破られる。佐々成政は浜松を訪ね、家康に再度の挙兵を願ったが聞き入れられず、仕方なく越中に戻った。

こうして家康と秀吉の実質的な戦いは勝負がつかず、引き分け同然の結果に終わる。

ただし、家康は羽柴秀吉の大軍を相手に、三河勢の先遣隊二万ほどで勝利したことにより、巷で野戦の達人という評判を得て面目を施した。

一方、秀吉は紀州と四国を制覇し、畿内での支配をさらに強化する。年が明けた天正十三年（一五八五）には、越中に十万の大軍を送り、富山城に籠もる佐々成政を降伏させた。

それらの風聞が届いた頃には、上田城の普請がほぼ終わっていた。

昌幸は上杉家に与していた高井郡の須田信昌を調略し、味方に引き入れる。その直後に京から不思議な風聞が流れてきた。

なんと、羽柴秀吉が元関白の近衛前久の猶子となり、正二位内大臣から関白に成り上がったというのである。

これには昌幸も度肝を抜かれる。

——羽柴秀吉は信長とまったく違う手立てで天下人になろうとしているのか⁉

そして、奇妙な出来事はさらに続く。

沼田城から矢沢頼綱の遣いとして望月重寛が訪れ、信じ難い報告をする。

「少し前より北條家から頻繁に使者が訪れ、われらに沼田城からの退去を迫っておりまする」

「重寛、そなたは何を申しておる。北條が攻め寄せてくるならばまだしも、退去を迫るはずがなかろう」

「いえ、されど、確かに……」

「訳がわからぬ。もう少し詳しく話をせよ」

「はい。北條の使者があまりにしつこく訪れ、頼綱殿が取り合わずに追い返しておりましたならば、ついに遣いの者が沼田城は和睦の証に徳川から譲り受けることに決まっていると申し、和議の起請文を突きつけてまいりました」

「和睦の証に徳川から沼田城を譲り受けるだと？」

「はい、確かに書面にはさような事柄が記されており、家康殿らしき署名と花押もあったかと……」

「なんであるか、それは！」

昌幸は両の眉を吊り上げる。

「沼田城は徳川と何の関係もない。あの城は父上の代から上野で血を流し、われらの手で勝ち取ったものだ。それを徳川が和睦の宮笥にするはずがなかろう」

「われらもさように思いましたが……」

「その話が確かならば、聞き捨てならぬ。そなたはすぐに沼田城へ戻り、矢沢の叔父上に戦の支度をするよう伝えてくれ。それがしは念のため、大久保殿に仔細を確かめてみる」

「わかりました」

「支度はよいが、こちらからの命があるまで北条に手は出さぬよう伝えてくれ」

鬼相となった昌幸が言い渡し、望月重寛はすぐに上野へ戻った。

事の仔細を問い質す書状を認め、昌幸は小諸城の大久保忠世へ送る。

しかし、しばらく返答はなかった。

仕方なく、さらに返答を促す書状を送ると、さすがに返事を送ってくる。その文面を読み、昌幸の顔色が変わる。

要約すると、そこには、こう書かれていた。

『確かに、当家と北條家の間で和睦を行なった際、上野を割譲するという約定を交わした。北條家が沼田城を所望したので、そちらはすみやかに退去すべし。その代わりに、上田城の普請に尽力いたしたので、その事を含んでいただきたい』

昌幸は書状を床に叩きつける。

――おのれ、家康め！　わが城と所領を餌に北條と和睦を図ったのか！　しかも、上田城の普請を助けてやったから、我慢せよだと。まるで家臣に命じるような口振りではないか。許せぬ！

蒼ざめていた面相が烈火の如き色に変わっている。

昌幸はすぐに小諸城へ遣いを出し、この件に関して直に話し合いたいという申し入れをした。

先方は話し合いを持つことを渋り、申し入れたことを承諾してくれと返答をするだけだった。

ここにきて、昌幸の堪忍袋の緒が切れる。そして、沼田城を明け渡す気はないと伝え、盟約の破棄を申し入れた。

そして、徳川家との雲行きが、瞬く間に怪しくなった。

（下巻へ続く）

この作品は、二〇一六年三月に、ＰＨＰ研究所より刊行された。

著者紹介
海道龍一朗（かいとう　りゅういちろう）
1959年生まれ。2003年に剣聖、上泉伊勢守信綱の半生を描いた『真剣』でデビュー、中山義秀文学賞の候補作となり、書評家や歴史小説ファンから絶賛を浴びる。2010年には『天佑、我にあり』が第1回山田風太郎賞、第13回大藪春彦賞の候補作となった。主な著書に、本書の前篇にあたる『我、六道を懼れず【立志篇】真田昌幸　連戦記』、真田幸村の大坂の陣での活躍を描いた『華、散りゆけど 真田幸村　連戦記』ほか、『乱世疾走』『百年の亡国』『北條龍虎伝』『悪忍』『早雲立志伝』『修羅』『室町耽美抄 花鏡』などがある。

ＰＨＰ文芸文庫　我、六道を懼れず【立国篇】(上)
真田昌幸　連戦記

2018年３月22日　第１版第１刷

著　者　海道龍一朗
発行者　後藤淳一
発行所　株式会社ＰＨＰ研究所
東京本部　〒135-8137 江東区豊洲5-6-52
第三制作部文藝課　☎03-3520-9620(編集)
普及部　☎03-3520-9630(販売)
京都本部　〒601-8411 京都市南区西九条北ノ内町11
PHP INTERFACE　https://www.php.co.jp/
組　版　朝日メディアインターナショナル株式会社
印刷所　共同印刷株式会社
製本所　株式会社大進堂

ISBN978-4-569-76832-8

PHP文芸文庫

我、六道を懼れず［立志篇］（上）

真田昌幸連戦記

海道龍一朗 著

武田信玄に見出された清冽な武将は、いかに「戦国稀代の謀将」と呼ばれるようになったのか。若き日の昌幸の成長を活写する歴史巨編。

定価 本体七六〇円（税別）

PHP文芸文庫

我、六道を懼れず［立志篇］（下）

真田昌幸連戦記

海道龍一朗 著

「それでもお前は真田を嗣がねばならぬ」――悲劇の戦いの中で、戦国を生き抜く覚悟を固めていく昌幸の姿を渾身の筆致で描く。

定価 本体七六〇円（税別）

PHP文芸文庫

左近(上)

火坂雅志 著

石田三成を支え、「鬼神の如し」と敵から怖れられた猛将・島左近。〝いくさ人〟として戦国の世を生き抜いた、その生涯を描く長編小説。

定価 本体七八〇円(税別)

PHP文芸文庫

左近（下）

火坂雅志 著

豊臣から徳川へ――。時代が揺れ動く中、島左近は己の信ずる道を行く。著者急逝により未完となった大作（関ヶ原合戦の歴史読物収録）。

定価 本体七八〇円（税別）

PHP文芸文庫

武士の碑(いしぶみ)

伊東 潤 著

西郷隆盛と大久保利通の後継者と目された村田新八。西南戦争とパリを舞台に〝最後の武士〟として生き抜いた新八の活躍を描く力作長編。

定価 本体九二〇円(税別)

PHP文芸文庫

将門（まさかど）

東国の覇王

矢野 隆 著

「帝をも超える真の王になる」と予言された平将門。哀しみを抱え、鬼神の如く闘う「最強のもののふ」を切々と描くアクション時代小説。

定価 本体九八〇円（税別）

PHP文芸文庫

死んだのか、信長

本能寺の変異聞

岩井三四二 著

本能寺の変勃発！　この驚天動地の事態に、重大な決断を迫られた信長の息子、家臣、敵将たちの姿を共感たっぷりに描いた傑作短編集。

定価　本体七四〇円（税別）

PHP文芸文庫

女城主

戦国時代小説傑作選

池波正太郎／井上靖／岩井三四二／植松三十里／滝口康彦／山本周五郎 著／細谷正充 編

戦国時代、男の名で家督を継いだ女城主・井伊直虎のほか、民を愛し、城を守った女城主たちの美しくも気高い姿を描いた短編小説集。

定価 本体六二〇円（税別）